ullstein

Bob Dylans Musik fasziniert und begeistert seit vielen Jahrzehnten Musikfans aus allen Generationen. 2021 feierte der amerikanische Sänger und Songwriter seinen 80. Geburtstag; Anlass genug, mit der vorliegenden Anthologie auf sein vielgestaltiges Werk und seine Wirkung zurückzublicken. Ergebnis ist eine Hommage aus Texten, die unterschiedlicher nicht sein können: Kurzgeschichten, Bekenntnisse, Autofiktionen, Reiseberichte, Reportagen und vieles mehr. Ein Vater unterhält sich mit seiner Tochter über ihre erste Tätowierung, die sie an das Dylan-Album *Blonde on Blonde* erinnert. Eine Songwriterin erklärt, wie man sich als Frau misogyne Songs des Musikers aneignen kann. Ein Autor folgt den Spuren, die Bob Dylan angeblich in Mexiko hinterlassen hat. Ein Schriftsteller malt sich aus, wie Bob Dylan eines Tages Schach gegen den Großmeister Bobby Fischer spielte. Eine stimmgewaltige und immer wieder aufs Neue überraschende Sammlung an exklusiv für diesen Band verfassten Texten, die dem wohl größten amerikanischen Songpoeten unserer Tage ein literarisches Denkmal setzen.

MAIK BRÜGGEMEYER, geboren 1976, ist Herausgeber der Anthologie. Er arbeitet seit 2001 beim *Rolling Stone*, schreibt über Musik, Literatur und Film und veröffentlichte bislang zwei Romane, einer davon kreist um Bob Dylans Werk. Zuletzt erschien von ihm das Sachbuch *Pop. Eine Gebrauchsanweisung.*

Maik Brüggemeyer (Hrsg.)

Look Out Kid

Bob Dylans Lieder, unsere Geschichten

Ullstein

Besuchen Sie uns im Internet:
www.ullstein.de

Wir verpflichten uns zu Nachhaltigkeit

- Klimaneutrales Produkt
- Papiere aus nachhaltiger Waldwirtschaft und anderen kontrollierten Quellen
- ullstein.de/nachhaltigkeit

MIX
Papier
FSC FSC® C083411

Ungekürzte Ausgabe im Ullstein Taschenbuch
1. Auflage April 2022

Umschlaggestaltung: zero-media.net, München,
nach einer Vorlage von semper smile, München
Titelabbildung: Getty Images/Photo by © Michael Ochs
Satz: Pinkuin Satz und Datentechnik, Berlin
Gesetzt aus der Minion Pro
Druck und Bindearbeiten: CPI books GmbH, Leck
ISBN 978-3-548-06609-7

Look Out Kid!

Bob Dylans Lieder, unsere Geschichten

Sprechen wir über den Homer unserer Zeit. Sprechen wir über Peter Kurzeck, den 2013 verstorbenen poetischen Chronisten und Abschweifer. Als ich in seinem Epos *Das alte Jahrhundert* las, genauer gesagt im fünften Band *Vorabend*, stieß ich gleich zu Beginn auf eine Stelle, in der er auf den Sänger zu sprechen kommt, um den es hier gehen soll. Der Erzähler berichtet von seiner Schreibmanie. »Seit ich nicht mehr trinke, ist es noch schlimmer geworden«, heißt es da. »Kann nur immer weiter so (…). Und dabei Musik. Janis Joplin. Bob Dylan. Den ganzen Herbst und Winter *Hard Rain.*«

Hard Rain ist ein Live-Album von Bob Dylan aus dem Jahr 1976, aufgenommen am vorletzten Abend einer langen Tournee. Der Sänger hat seine Lieder wund gesungen. Die Haut aus Metaphern, Wortspielen und musikalischen Ornamenten ist abgescheuert, geblieben ist reine Energie, ist eine Bewegung oder besser: sind viele Bewegungen – zeitliche, räumliche, emotionale –, von denen Kurzeck sich tragen lässt. Nicht an fremde Orte, sondern an Orte aus seiner eigenen Geschichte.

Bob Dylan zuzuhören ist für jeden, der sich seinen Liedern aussetzt, wie der Blick aus dem Zugfenster, an dem schemenhaft Bilder aus dem eigenen Leben vorbeiziehen. Seine Lieder regen den Speichelfluss des inneren Erzählers an.

Dabei hält der amerikanische Theatermacher und Psychologe Jacques Levy, der Mitte der Siebziger mit Dylan an einigen Liedern gearbeitet hat, den Songwriter selbst nicht mal für einen besonders guten Erzähler. Dylan habe Probleme, sich auf eine Geschichte zu konzentrieren und sie linear wiederzugeben, erklärte er mal in einem Interview. »Er geht nicht von A nach B nach C nach D. Er hat viele gute Sachen in seinen Songs, aber sie ergeben nur selten eine Geschichte.«

Im Englischen nennt man diese mäandernden, oft Nebensächlichkeiten betonenden und nicht zum Ziel findenden Erzählungen *shaggy dog stories*. Sie erzählen keine Geschichte vom Anfang bis zum Ende, sie handeln vom Erzählen selbst, sie *sind* das Erzählen. Und genau das ist es, was auch in Dylans Zuhörer die Lust weckt, einen der vielen losen Fäden, die der Songwriter liegen lässt, mit seinen eigenen Gedanken, Fantasien und Erlebnissen weiterzuspinnen. Sein Song »Subterranean Homesick Blues« von 1965 etwa scheint aus lauter ersten Sätzen zu bestehen, die man gleich fortschreiben möchte.

Johnny's in the basement mixing up the medicine …

I'm on the pavement thinking about the government …

The man in the trench coat badge out, laid off says he's got a bad cough wants to get it paid off …

Look out kid, it's somethin' you did God knows when but you're doing it again,

You better duck down the alley way lookin' for a new friend …

A man in the coonskin cap, in the pig pen wants eleven dollar bills, you only got ten …

So gesehen ist Bob Dylan weniger ein Geschichtenerzähler als ein Geschichtenermöglicher. Das ist seine eigentliche Verbindung zur Literatur, auch wenn die Schwedische Akademie 2016 einen anderen Grund dafür fand, ihm den Nobelpreis zuzusprechen: die »neuen poetischen Ausdrucksmöglichkeiten innerhalb der großen amerikanischen Songtradition«, die er in seinen Liedern erkundet hatte.

Diese Begründung ist fast so alt wie Bob Dylan selbst. Schon mehr als ein halbes Jahrhundert zuvor beschrieb der Jazzkritiker Robert Shelton den jungen Sänger mal als »eine Kreuzung aus Chorknabe und Beatnik … Er bricht alle Regeln des Songschreibens – außer der, dass man etwas zu sagen haben muss«. Der so Beschriebene beteuerte später in seinen Memoiren *Chronicles. Volume One*, er habe nie vorgehabt, irgendwelche Regeln zu brechen. »Ich wollte nur etwas ausdrücken, was jenseits der gewohnten Grenzen lag.«

Wenn die moderne Welt in der alten Songform Platz finden sollte, musste er diese halt erweitern, musste über Dinge singen, über die noch niemand gesungen hatte, die Form, die Sprache und die Struktur der Lieder dem anpassen, was er ausdrücken wollte. Er musste Platz schaffen für das Reale und das Surreale, die Geschichte und den Mythos, die Liebe und den Hass, die Großstadt und die Landschaft, das Innenleben und die Nachrichten, das Ernste und das Triviale, die Filme und die Literatur – von Ovid bis Allen Ginsberg, von Shakespeare bis zum japanischen Pulp-Autor Junichi Saga.

Doch auch wenn er über den traditionellen Song hinausgeht, ist das immer noch Musik, nicht Lyrik. Es braucht die

Entäußerung, den Klang der Stimme, die Betonung, die Melodie, das Arrangement, den Rhythmus – eben die Energie, um die Bedeutung eines Liedes zu erfassen.

Und die kann sich von Aufführung zu Aufführung ändern.

So wie wir alle, wenn wir etwas erlebt haben, es jedem, dem wir davon berichten, wieder neu erzählen, auf unser Gegenüber und die Umgebung reagieren, den Fokus anders setzen, ausschmücken oder verknappen, verfährt der Songwriter mit den mäandernden Geschichten, die er spinnt wie ein langes Garn. Es gilt das gesungene Wort, nicht das geschriebene.

Was für das Werk gilt, gilt für den Künstler – auch seine Identität ist permanent im Fluss, variiert und verändert sich. Denn Bob Dylan ist Teil seines Werks, ist eine Kunstfigur, die sich der junge Robert Allen Zimmerman aus dem Mittleren Westen der Vereinigten Staaten Anfang der Sechzigerjahre ausgedacht hat.

»Bob Dylan wurde am 24. Mai 1941 in Duluth, Minnesota, geboren«, heißt es auf der Hülle seiner ersten LP von 1962 in einem Text von Stacey Williams (auch das ein Pseudonym – von Robert Shelton).

»Nachdem er kurz in Sioux Falls, South Dakota, und Gallup, New Mexico, gelebt hatte, absolvierte er die Highschool in Hibbing, Minnesota, ›ganz oben an der kanadischen Grenze‹. Für sechs quälende Monate besuchte Bob die University of Minnesota mit einem Stipendium. Aber wie so viele der unruhigen, wissbegierigen Studenten seiner Generation konnten ihn die engen Mauern des Colleges nicht halten. ›Die Schule war nichts für mich‹, sagt er. ›Ich bin rausgeflogen. Ich habe viel gelesen, aber nicht die verlangte Lektüre.‹ Er erinnert sich, wie er die ganze Nacht wach-

blieb, um die Philosophie von Kant durchzuarbeiten, anstatt Living With the Birds *für einen naturwissenschaftlichen Kurs zu lesen. ›Meistens‹, fasst er seine College-Tage zusammen, ›konnte ich nicht lange an einem Ort bleiben.‹«*

Auch Robert Allen Zimmerman wurde am 24. Mai 1941 in Duluth geboren, wuchs in »Hibbing, Minnesota, ganz oben an der kanadischen Grenze« auf und besuchte die University of Minnesota in Minneapolis – beziehungsweise: Er besuchte sie eben nicht, weil er lieber in den Folkclubs des Vergnügungsviertels Dinkytown Lieder des linken Folksängers Woody Guthrie sang. Aber als milchgesichtiger Spross einer jüdischen Mittelstandsfamilie wäre das nicht besonders glaubwürdig gewesen, also erfand er sich als viel herumgekommener, mit der Halbwelt vertrauter Vagabund Bob Dylan neu. In Sioux Falls, South Dakota, und Gallup, New Mexico, war Robert Zimmerman nie gewesen. Auch nicht in Central City, Colorado, wo Bob Dylan laut Stacey Williams 1959 seinen ersten Job hatte – »in einem schäbigen Striptease-Laden«. Und wenn man hört, wie er 1962 auf seinem ersten Album mit der Stimme eines alten Mannes Folksongs und ein paar altersweise eigene Lieder singt, glaubt man ihm jedes Wort seiner Rumtreibergeschichten.

Diese Stimme ist erstaunlich, klingt sie doch im Lauf der Zeit von Album zu Album immer wieder anders, so als hätte der Sänger sich jedes Mal einen neuen Erzähler für seine struppigen Storys ausgedacht. Wohl kein Zufall, dass er in seiner Kindheit immer eine Bauchrednerpuppe mit sich rumschleppte, die er *Peco's Pete* nannte. Er liebte es schon damals, mit Identitäten zu spielen und jemand anderes zu sein als der, den die Leute in ihm sahen.

Der Musikjournalist Rob Jones hat in seinem Blog *The Delete*

Bin mal acht verschiedene Dylan-Stimmen unterschieden: den »jungen Mann in den Kleidern eines alten«, den »nasalen Jüngling«, den »gellenden Beatnik«, den »sepia-gefärbten Ton eines Erzählers von Parabeln«, den »Country-Schnulzensänger«, den aus »voller Kehle schmetternden Rocksänger«, den »Altvorderen« und den »alten quengelnden Troubadour«. Aber hat er da nicht noch einige Stimmen vergessen? Was ist mit dem biblischen Prediger? Dem weit gereisten Hobo? Dem Trickster und Falschspieler? Dem raunenden Apokalyptiker? Dylan erschafft durch den Ton seiner Stimme Typen und Figuren und weckt Assoziationen, die oft genug weit über den Text des jeweiligen Liedes hinausgehen.

Die Masche, seine Stimme zu verändern, um sich so eine Art Maske zu verpassen, ist nicht Dylans Erfindung, sondern hat ihre Wurzeln in der Tradition des Blues. Charley Patton, der große Delta-Blues-Sänger aus Mississippi, legte sich etwa das Pseudonym *The Masked Marvel*, das maskierte Wunder, zu und sang in vielen Zungen Rollenprosa.

»Hast du mal von den italienischen Schauspieltruppen gehört, die durch Italien reisen?«, fragte Dylan den Journalisten Larry Sloman 1975 spätnachts übers Telefon und erklärte ihm, seine damalige Tour mit befreundeten Künstlern wie Joan Baez, Allen Ginsberg, Roger McGuinn und Rambin' Jack Elliot, der er den Namen *The Rolling Thunder Revue* gegeben hatte, stehe in der Tradition der Commedia dell'Arte, des italienischen Straßentheaters, bei dem die Mehrzahl der Schauspieler Masken trug. »Wenn jemand eine Maske trägt, ist es ziemlich wahrscheinlich, dass er die Wahrheit sagt«, erklärte Dylan 34 Jahre später in Martin Scorseses Dokumentation *Rolling Thunder Revue*, die es im Übrigen mit der Wahrheit selbst nicht so genau nimmt.

Wie könnte man diesen inspirierenden fahrenden Sänger, Dichter, *Shaggy-Dog-Storyteller* und Geschichtenermöglicher mit den vielen Stimmen besser ehren als mit einem Buch voller Geschichten, die mit ganz unterschiedlichen Stimmen von ihm, seinem Werk und seiner Wirkung erzählen?

Für *Look Out Kid* habe ich daher einige meiner liebsten Storyteller gebeten, mir ihre Geschichten zu diesem großen amerikanischen Songwriter und seinen Liedern zu erzählen. Einige von ihnen sind in der Literatur zu Hause, andere eher in der Musik, viele sind Dylan-Fans, manchen sind seine Lieder eher zufällig über den Weg gelaufen. Alle haben sich von seinem Werk inspirieren lassen. Sie erzählen von Erweckungserlebnissen und Epiphanien, von Erinnerungen und Träumen, von Beobachtungen und Recherchen, von surrealen Orten und geheimnisvollen Figuren, von Genies und der Kraft der Vorstellungsgabe.

Ein vielgestaltiges Werk, dessen Schöpfer die Grenzen der Form auflöste, um ausdrücken zu können, was ihn bewegte, verlangt nach erzählerischer Freiheit. Und so finden sich in diesem Buch verschiedenste Textsorten wieder: Kurzgeschichten, Bekenntnisse, Autofiktionen, Reiseberichte, ein Gespräch, Reportagen, ein Mixtape, Übersetzungen, Analysen, Songtexte.

Ein Vater unterhält sich mit seiner Tochter über ihre erste Tätowierung, eine Songwriterin erklärt, wie man sich als Frau misogyne Songs aneignen kann, andere reflektieren ihr Handwerk und das Wesen der Inspiration, ein Autor folgt den Spuren, die Bob Dylan in Mexiko hinterlassen hat (oder vielleicht auch nicht), ein enger Verbündeter des Schicksals führt im Zug Kartentricks vor und trinkt Whiskey, ein erfolgreicher Drehbuchautor streitet mit seiner Frau über die Sprache der

Liebe, Bob Dylan spielt Schach gegen Großmeister Bobby Fischer.

Und auch die Dylan'sche Methode, einen Song immer wieder auf eine andere Art zu interpretieren, findet sich in dieser Buch gewordenen LP: Gleich zwei Autoren haben sich von »Ballad of a Thin Man« inspirieren lassen – die Unterschiede der daraus resultierenden Texte könnten nicht größer sein. Überhaupt scheint dieser Song in vielen der hier versammelten Autorinnen und Autoren etwas auszulösen, taucht er doch auch in Geschichten auf, die eigentlich von ganz anderen Liedern handeln. Vielleicht, weil sie sich, wie Mister Jones in dieser Ballade vom dünnen Mann, in der Welt der Literatur gut auskennen und viele Fragen an Dylans Lieder haben. Aber im Gegensatz zum »investigativen« Reporter Jones, der den Songwriter ins Verhör nimmt, haben die beitragenden Autorinnen und Autoren erkannt, dass sie sich die Antworten am Ende nur selbst geben können.

Es hat großen Spaß gemacht, die so unterschiedlichen Texte wie die Lieder eines Albums, eines Mixtapes oder einer Playlist für dieses Buch in eine Abfolge zu bringen, sodass sie sich gegenseitig kommentieren, ein Flow entsteht und sich eine übergeordnete Erzählung ergibt, die sich auch als eine alternative Dylan-Biografie lesen lässt – aber Vorsicht, die Wahrheit versteckt sich auch hier häufig hinter einer Maske.

Mein besonderer Dank gilt natürlich dem Mann hinter der Maske, Robert Allen Zimmerman, für die Erfindung meines liebsten amerikanischen Songwriters, in dessen Liedern so viele Geschichten stecken. Einige davon erzählen wir hier. *Look out kids, it's something we did!*

Maik Brüggemeyer

Tracklisting

Seite 1

Seite 2

Seite 1

It's Alright, Ma (I'm Only Bleeding)
oder: Polaroids

von Frank Goosen

Als ich neun Jahre alt war, wohnte bei uns unterm Dach ein Verdächtiger. Er war ein *Student* und deshalb den meisten Erwachsenen im Haus zutiefst suspekt. Die Mansarde hatte er nur bekommen, weil er mit dem Sohn der Vermieterin befreundet war.

Der Sohn unserer Vermieterin hieß Thomas und sah ein bisschen aus wie Reinhard Mey. Davon hatte ich damals natürlich keine Ahnung, aber es gab Fotos von Thomas und mir, und Jahre später ist mir diese Ähnlichkeit aufgefallen. Bei YouTube gibt es ein Video von Reinhard Mey, wie er im österreichischen Fernsehen »Diplomatenjagd« singt. Die Aufnahme ist von 1975, also aus dem Jahr, in dem ich neun war und der Verdächtige in unserem Haus wohnte. In diesem Clip sieht Reinhard Mey genauso aus wie Thomas. Seine Haare waren gar nicht so lang, aber sie verdeckten seine Ohren und berührten den Kragen seines hellen, gemusterten Hemdes, über dem er eine graue Anzugweste trug. Vorne hingen sie ihm in die Stirn und bis fast auf die Brille. Und das war genau wie bei Thomas, auch wenn der eine schwarze Hornbrille trug und nicht so ein helles Kassengestell wie Reinhard Mey. Auf den alten Fotos wirkt Thomas heute für mich wie ein Lieblingsschüler von Ernst Bloch oder ein Volontär bei Günter Gaus.

Durch Thomas erfuhr ich jedenfalls das erste Mal von Bob Dylan. Thomas lebte damals in der Mansarde, die später der Verdächtige und noch später ich selbst bewohnen sollte. Manchmal saß ich da oben bei ihm auf einem Sofa, das ein bisschen aussah wie das von Loriot. Thomas hatte eine Pistole, einen Colt wie aus einem Western, und mit der hatte er nachts mal aus dem Fenster in die Luft geschossen. Mein Vater hatte am nächsten Tag gesagt, Thomas habe das gemacht, weil er Drogen nehme. Ich nahm keine, hätte aber trotzdem gerne mit der Pistole in die Luft geschossen.

Einmal, als ich nach oben kam, lief Musik, und als ich Thomas fragte, was das sei, zeigte er mir *Bringing It All Back Home.* Ich konnte zwar schon lesen, verstand aber kein Englisch. Beim Namen Bob Dylan dachte ich, das Ypsilon spreche man wie ü aus und die zweite Silbe des Nachnamens mit einem langen a. Bob Dülahn. Auf der Plattenhülle sah man im Vordergrund einen Mann sitzen, aber man achtete eigentlich nur auf die Frau im Hintergrund. Sie trug ein rotes Kleid und rauchte. Alles sah aus, als würde man es durch ein Glas ohne Boden betrachten, jedenfalls war da eine kreisförmige Struktur, die mich genau daran erinnerte.

Es lief gerade ein Stück, bei dem Bob Dülahn vor allem zu reden schien. An einigen Stellen gab es dann doch wieder so etwas wie eine Melodie.

»Was singt der da?«, wollte ich von Thomas wissen.

Er war damit beschäftigt, in einem Buch etwas anzustreichen. Auch er war ein Student, aber ich wusste nicht, was er studierte und was das überhaupt war. Ohne aufzublicken murmelte er: »Es ist in Ordnung, Mama, ich blute nur.«

»Wieso blutet er? Und wieso ist das in Ordnung? Wenn ich blute, tut das weh.«

»Kann man schwer erklären.«

Meine Eltern hörten damals gerne »Schön wie Mona Lisa« von Demis Roussos.

Kurz darauf zog Thomas aus, weil er in München weiterstudieren wollte, und der Verdächtige zog ein.

»Ich glaube, das ist so ein Hippie«, sagte meine Omma ein paar Tage später. Sie saß bei uns in der Küche auf der Eckbank und trank Kaffee aus dem Alltagsservice, auf dem rosa Blumen zu sehen waren. Mit am Tisch saß meine Patentante, die eine Jugendfreundin meiner Mutter war und deren Vater das Haus gehörte, in dem wir wohnten. Im Parterre hatte er seine Zahnarztpraxis. Meine Patentante war also Thomas' Schwester. Draußen fielen ein paar Schneeflocken vom Himmel.

Ich stand in der Schiebetür aus Plastik und wartete darauf, dass Omma mir vielleicht noch mal zwei Mark für Fußballbilder gab. Unsere Küche war klein, aber bunt, denn die Eckbank war mit rotem Kunststoff bezogen, und die Vorhänge waren ebenfalls rot, mit schwer zu beschreibenden, aber floral wirkenden Mustern, in denen Grün und Gelb vorkamen.

»Das ist ein Chaot«, sagte meine Patentante. »Unser Vater wollte den nicht im Haus haben, er sagt, das ist ein Gammler, aber der Thomas hat unsere Mutter bequatscht. Und die ist nun mal für die Mietangelegenheiten zuständig.«

Gammler, das Wort hatte ich schon gehört. Mein Oppa benutzte das häufig, wenn er sich über junge Leute aufregte. »Der Oppa hat gesagt, das sind alles Bombenleger«, sagte ich.

»Ich finde, er sieht sehr gepflegt aus«, sagte meine Mutter, die an die Spüle gelehnt stand und rauchte.

»Du musst nicht alles glauben, was der Oppa erzählt«, sagte meine Omma und steckte sich die nächste Lord Extra an.

»Der grüßt immer nett«, sagte meine Mutter.

»Der Oppa?«, fragte ich.

Meine Mutter lachte. »Nein, der bestimmt nicht. Ich meine den Hippie.«

»Der Papa hat gesagt, der guckt dir immer auf den Popo«, sagte ich.

»Ist doch gut«, sagte meine Omma.

»Stimmt, du hast einen guten Hintern«, pflichtete meine Patentante bei.

Abends saßen meine Mutter, mein Vater und ich vor dem Fernseher und guckten die *Tagesschau.* Einen Tag zuvor war in Berlin der Politiker Peter Lorenz entführt worden. Mein Vater schimpfte, meine Mutter strickte. Karl-Heinz Köpcke war der Nachrichtensprecher. Von dem hatte erst neulich in der Zeitung gestanden, dass er Heiratsanträge von weiblichen Zuschauern bekam, was ich überhaupt nicht verstehen konnte. Meine Omma schon. »Der sieht doch gut aus!«, hatte sie mal gesagt. – »Du bist eine komische Frau«, hatte mein Oppa gebrummt.

In der *Tagesschau* zeigten sie ein Schwarz-Weiß-Foto von Peter Lorenz mit einem Schild vor der Brust: »PETER LORENZ – GEFANGENER DER BEWEGUNG 2. JUNI«.

»Was soll das heißen, Bewegung?«, wollte ich wissen. »Und wieso wird die Schrift in diesem Wort nach hinten kleiner?«

Meine Mutter schüttelte den Kopf. »Was dir immer auffällt!«

»Bewegung!«, sagte mein Vater. »Das sind Verbrecher. Terroristen.«

Damit war nichts erklärt, fand ich, hielt aber meinen Mund.

Ansonsten hieß es noch, dass das Bild ein Polaroid-Foto sei, und ich musste daran denken, dass wir auch eine Polaroid-Kamera hatten. Wir hatten also etwas mit den Terroristen gemeinsam.

»Und wir haben auch so einen Bombenleger im Haus«, sagte mein Vater. »Der kommt mir verdächtig vor.«

»Der legt doch keine Bomben!«, sagte meine Mutter. Und mit einem Blick auf mich: »Du machst dem Jungen Angst.«

»Ich?«, rief mein Vater. »Ich mache dem Jungen Angst? Das sind ja wohl eher die. Hast du Angst?«, fragte er mich.

»Nee«, sagte ich.

»Na also«, meinte mein Vater. Meine Mutter verdrehte die Augen, ohne dass er es sah.

Ich hatte wirklich keine Angst. Das war doch alles wie im Film. Und nach dem Film standen alle Toten wieder auf und lebten weiter. Oder spielten in einem anderen Streifen mit.

Die Entführung lief schon fast eine Woche, da wollte ich nachmittags rüber zu Mücke gehen, als gerade der Hippie zur Haustür hereinkam. Er trug einen schweren Mantel, mit merkwürdigen, quer sitzenden, länglichen Knöpfen, die man durch Schlaufen ziehen musste, und versuchte gerade, einen zusammengerollten Teppich hereinzuzerren, aber das funktionierte nicht, also hielt ich ihm die Tür auf. Er bedankte sich und fragte mich, ob ich ihm nicht helfen könne, das Ding nach oben zu tragen.

»Klar«, antwortete ich, einerseits, weil ich mich nicht traute, Nein zu sagen, andererseits, weil mich interessierte, wie die Wohnung von so einem Hippie, einem Verdächtigen, der vielleicht sogar ein Bombenleger war, aussah.

Der Teppich war zwar zusammengerollt, aber ich konnte erkennen, dass er ziemlich lange Haare hatte, genau wie der Hippie selber. Nur waren die Teppichhaare weiß. Das war ein *Flokati*, das wusste ich, weil Spülis Eltern einen hatten. Meiner Mutter kam so etwas nicht in die Wohnung, weil sie meinte, den könne man gar nicht richtig sauber halten, in den Haaren würde sich tonnenweise Dreck sammeln, den man auch mit dem guten Vorwerk-Staubsauger nicht rausbekomme.

Der Hippie ging vor, und ich guckte ihm auf den Hintern, wie er das angeblich bei meiner Mutter machte. Obwohl, man sah seinen Hintern ja gar nicht, sondern nur diesen schweren, grünen Mantel.

Oben angekommen waren wir ziemlich außer Puste. Der Hippie schloss die Tür zur Mansarde auf, und ich fragte mich, wo er den Flokati überhaupt hinlegen wollte, da war nicht gerade viel Platz, das wusste ich schon von meinen Besuchen bei Thomas. Und tatsächlich sah die Mansarde nicht viel anders aus als früher. Rechts stand ein Bett, das der Hippie am Morgen nicht gemacht hatte, mit orangefarbener Bettwäsche. Außerdem hingen ein paar Regale mit Büchern an der Wand neben der Eingangstür. Auf einer Kommode darunter sah ich einen Plattenspieler, neben dem einige LPs lagen. Die oberste war die, die ich von Thomas kannte, von Bob Dülahn. Mitten im Raum stand ein kleiner runder Tisch mit zwei unterschiedlichen Holzstühlen. Außerdem gab es einen Einbauschrank mit braunen Schiebetüren. In der Dachgaube unterm Fenster standen ein Schreibtisch, ein Stuhl mit Rollen und zwei Stative mit Lampen drauf, die mir sehr merkwürdig vorkamen. Rechts zweigte eine winzige Küche ab, von der es in ein ebenfalls winziges Bad ging, wie ich mich erinnerte. Damals ahnte ich nicht, dass ich hier die ersten drei Jahre meiner Volljährigkeit verbringen würde.

Der Hippie warf seinen Mantel auf das ungemachte Bett. »Willst du was trinken? Eine Cola?«

Cola. Teufelszeug. Machte Zähne kaputt. Legte man ein Stück Fleisch in Cola, war es am nächsten Tag weg. Total verboten!

»Ja, gerne«, sagte ich.

Der Hippie ging nach nebenan und öffnete den Kühlschrank. Ich sah mich um. Auf dem Tisch lagen ein paar Polaroid-Bilder. War der Hippie also tatsächlich ein Terrorist, ein Bombenleger? Auf den Fotos sah man eine Frau mit langen Haaren, die einen Kussmund in die Kamera machte. Vorsichtig schob ich ein Bild zur Seite, um das darunter zu sehen. Darauf trug die Frau nur eine schwarze Unterhose und hatte die Hände in die Hüften gestemmt. Deshalb brauchte man wohl Sofortbilder: weil man Nacktbilder nicht im Fotogeschäft entwickeln lassen wollte.

Der Hippie kam mit einem Glas Cola zurück.

»Die Platte da drüben kenne ich«, sagte ich, um ihm zu zeigen, dass ich praktisch erwachsen war.

»Du hörst Bob Dylan?«

»Der Thomas hatte die auch.«

»Das ist sogar die von Thomas«, sagte der Hippie. »Er hat seine Platten hiergelassen. Ich bringe sie ihm mit, wenn ich das nächste Mal nach München fahre.«

Es klingelte. »Wurde auch Zeit«, sagte der Hippie. Er drückte den Knopf, um die Haustür zu öffnen. Ich musste daran denken, dass die Leitungen für die Klingeln mein Vater verlegt hatte.

Der Hippie öffnete die Tür der Mansarde einen Spalt. Ich nippte von der Cola, die in meinem Mund prickelte. Ich wollte nicht zu schnell trinken, es interessierte mich, wer da jetzt zu Besuch kam.

»Wie läuft es in der Schule?«, wollte der Hippie wissen, aber das fragten Erwachsene immer, wenn ihnen nichts anderes einfiel.

»Gut«, sagte ich, und das stimmte. Die Grundschule war

leicht für mich, nächstes Jahr würden meine Eltern mich aufs Gymnasium schicken, sogar auf eines, in dem man im fünften Schuljahr schon Latein lernen konnte. Beherrsche man erst mal Latein, sagten meine Eltern, dann tue man sich mit allen anderen Sprachen viel leichter. Ich fragte mich, woher sie das wissen wollten, sie selbst sprachen nur Deutsch.

»Welche Fächer gefallen dir besonders?«

»Ist mir eigentlich egal.« Ich sagte ihm das mit dem Gymnasium.

»Au Mann«, sagte er, »Latein ist schlimm. Aber nicht so schlimm wie Mathe. Mathe ist das Schlimmste überhaupt. Habe ich nie kapiert.«

Mathe, das kam nach Rechnen, davon hatte ich schon gehört.

Ich hörte Schritte auf der Treppe. Der Hippie machte die Tür noch weiter auf und strich sich die Haare hinter seine Ohren. Dann stand eine Frau in einem kurzen Rock und hohen, weißen Stiefeln in der Tür. Außerdem trug sie eine Jacke mit Fellkragen und mehrere lange, goldene Ketten mit Anhängern. Die Ketten hingen ihr bis zum Bauchnabel, eine sogar bis zu ihrem weißen Nietengürtel. Sie hatte lange, wellige Haare, ihre Wangen waren rötlich geschminkt, ihr Lippenstift wirkte dagegen weißlich. Sie hatte große Augen hinter einer großen, runden Brille, und in den Ohren trug sie Ringe, von denen ich heute weiß, dass man sie Kreolen nennt. Es war die Frau auf den Polaroid-Bildern.

»Hey«, sagte der Hippie und küsste die Frau auf die Wange.

»Hey«, antwortete sie. »Mensch Joe, die nächste Wohnung nimmst du aber bitte im Erdgeschoss.«

Der Hippie hieß also Joe. Ich musste an Little Joe aus *Bonanza* denken.

»Alles *easy*, Maggie«, sagte Joe. Maggie, so hieß also die Frau. Ich war zusammen mit Joe und Maggie. Ich war begeistert, ich kam mir schon wieder vor wie in einem Film. Und ich trank Cola. Die immer noch prickelte. Ich hielt sie einen Moment im Mund, um den Effekt zu verstärken.

»Wer ist der Knirps?«, wollte Maggie wissen. Sie sah mich über ihre ganz vorn auf der Nasenspitze sitzende Brille an. Ihre Wimpern waren sehr lang. Die waren nicht echt, das wusste ich von meiner Mutter, die sich auch solche Dinger anklebte, wenn sie mit meinem Vater am Wochenende auf eine Feier ging.

»Nachbarsjunge«, sagte Joe. »Hat mir geholfen, den Teppich raufzutragen.«

»Wo willst du denn hier Fotos machen?«, fragte Maggie und beachtete mich nicht weiter. »Hier ist doch gar kein Platz.«

»Wir gehen auf den Trockenboden nebenan. Der ist super mit den Sparren und den Dachziegeln im Hintergrund. Da ist auch eine Fernsehantenne, das sieht klasse aus.«

»Dann wollen wir mal hoffen, dass da keine Wäsche hängt. Ich auf dem Teppich und dahinter die Schlüpper von seiner Mutter?« Sie machte eine Kopfbewegung in meine Richtung.

Joe lachte nur und sagte, ich solle ihm helfen, den Teppich rüberzutragen.

Die Türen zum Dachboden sahen aus wie ganz normale Zimmertüren und waren immer abzuschließen, darauf legte die Vermieterin großen Wert. Ich hatte öfter schon Wäsche hier oben hängen sehen, wenn ich meiner Mutter die Klammern angereicht hatte, aber nichts davon hatte auf mich so gewirkt, als würde das jemand klauen wollen. Heute waren die Leinen leer. Wir rollten den Flokati aus. Joe holte die Lampen aus seiner Mansarde. In der kurzen Zeit, in der wir warteten, zog Maggie ihre Jacke aus und legte sie über eine der Wäscheleinen. Unter der Jacke hatte sie eine weiße Bluse mit weißen Stickereien an, daran kann ich mich noch ganz genau erinnern, weil ich mich gefragt habe, wieso man weiße Blumen auf eine weiße Bluse stickte, die sah man doch gar nicht richtig. Maggie hatte die oberen drei Knöpfe schon auf, griff nach dem vierten, sah mich kurz an und ließ ihn zu. Joe kam mit den Lampen zurück. Außerdem zog er ein langes Kabel hinter sich her, an dem eine runde Dreifachsteckdose hing. Um den Hals baumelte ihm eine schmale, braune Ledertasche, die mich ein bisschen an den Brustbeutel erinnerte, in dem ich immer das Milchgeld für die Schule hatte. An der freien Hand hatte er noch eine andere Tasche, aber die war schwarz.

»Riesen Lightshow, Joe, ehrlich!«, sagte Maggie.

»Die Bilder sollen ja gar nicht perfekt aussehen. Die Lampen habe ich nur, damit man überhaupt was sieht.« Dann sagte er zu mir: »Nimm mir doch mal die Kamera ab.« Er beugte sich zu mir herunter, ich hob den Ledergurt über seinen Kopf und kam mir komisch vor, weil mein Gesicht seinem dabei so nahe war. Er gab mir auch die andere Tasche, stellte dann die Lampen auf und schloss sie an die Dreifachsteckdose an. Jetzt war es sehr hell auf dem Dachboden. Damals war da nichts gedämmt, man stand einfach unter den Dachziegeln. Der ganze Raum sah schmutzig aus. Bei jedem Schritt hatte man den Eindruck, man schiebe Dreck vor sich her.

»Einen Heizlüfter hättest du mal besorgen sollen«, sagte Maggie. Es war noch ziemlich kalt, obwohl der März gerade begonnen hatte. Im Sommer war es hier so heiß, dass die Wäsche innerhalb von ein paar Stunden trocken war. Das passte meiner Mutter aber nicht so richtig. Wenn die Wäsche länger hing, musste sie sich auch länger nicht darum kümmern. »Ich will nicht springen, wenn die Wäsche pfeift«, hatte sie mal gesagt.

Joe ging noch mal in seine Wohnung. Maggie betrachtete ihre Fingernägel, fuhr sich durchs Haar und warf mir komische Blicke zu.

Als Joe zurückkam, hatte er den Plattenspieler in der Hand, auf dessen Deckel die zwei Boxen lagen.

»Hol mir doch mal die Dylan-Platte«, sagte er zu mir.

»Was weiß der Kurze denn von Dylan?«, fragte Maggie.

»Vor allem, dass er nicht Bob Dülahn heißt«, erwiderte ich. Ich wusste nicht, warum ich das gesagt hatte, aber Joe und Maggie schien es zu gefallen. Jedenfalls lachten sie.

Ich holte die Platte, und Joe legte sie auf. Bob Dylan fing an zu singen. Komische Stimme, dachte ich, alles ein bisschen hektisch. Eine Mundharmonika war zu hören. Voll das Kinderinstrument, dachte ich. Was kommt noch, eine Blockflöte?

Joe öffnete die schwarze Tasche und nahm eine Kamera heraus, die man oben aufklappen konnte. Er sagte Maggie, wie sie sich hinstellen und was sie machen sollte: Hände in die Hüften, lachen, nicht lachen, Hände in die Haare, solche Sachen. Er hielt die Kamera ganz still, drückte auf einen Knopf und drehte dann eine Kurbel an der Seite.

Beim zweiten Lied auf der Platte fing Maggie an mitzusingen. Sie legte sich bäuchlings auf den Flokati, das Kinn auf ihre gefalteten Hände gestützt. Dann winkelte sie ihre Beine nach oben ab. Von vorne musste man jetzt ihre weißen Stiefel über ihrem Kopf sehen. Ich sah das alles von der Seite. Maggie trug keine Strumpfhose. Ihre Knie und ihre Oberschenkel waren nackt. Draußen musste sie noch mehr frieren als hier oben unterm Dach.

»Okay, jetzt machen wir noch ein paar Polaroids«, sagte Joe, und Maggie stand wieder auf. Sie warf mir einen merkwürdigen Blick zu, als fragte sie sich, wann ich endlich abhauen würde.

Joe nahm jetzt die braune Tasche und nahm eine andere Kamera heraus, die sehr flach war und die er erst auseinanderfalten musste. Wenn das eine Polaroid war, sah sie ganz anders aus als die, die meine Eltern hatten.

Maggie stellte sich breitbeinig auf den Flokati, stemmte die Hände in die Hüften und beugte sich leicht vor. Ihre Ketten baumelten. Joe knipste. Das Bild surrte vorne aus der Kamera heraus. Joe fasste es am unteren Rand an, wedelte ein bisschen damit herum und gab es dann mir, damit ich es festhielt. Langsam erschien Maggie auf dem Bild. Ihr Gesicht war ganz hell. Auf den Dachziegeln hinter ihr sah man ihren Schatten. Ich hörte, wie das nächste Foto aus der Kamera glitt. Auch das durfte ich festhalten. Auf dem hatte Maggie die Arme vor der Brust verschränkt.

Nach dem dritten sagte Joe zu mir: »Komm mal her, stell dich mal ins Licht.«

Ich stellte mich ins Licht. Joe machte ein Foto, reichte es mir und sagte, ich müsse jetzt gehen. Ich sah Maggie an, sie lächelte, und dann sah sie weg.

Ich wollte noch bleiben und sagte: »Auf der Platte ist ein Lied, da singt er, dass er blutet, aber dass alles in Ordnung ist.«

»Ja, das stimmt«, sagte Joe. »Aber du musst jetzt wirklich gehen.«

»Warum?«, fragte ich.

Maggie verdrehte die Augen.

»Das erkläre ich dir später mal«, sagte Joe.

Die Tour kannte ich von meiner Mutter. Ich hatte mal im

Fernsehen eine Werbung für Tabletten gesehen, von denen es hieß, sie seien auch gegen Monatsschmerzen. Ich hatte meine Mutter gefragt, was das heiße, und sie hatte gesagt, das erkläre sie mir später. Hatte sie bisher aber nicht getan.

Joe brachte mich zur Tür und machte sie hinter mir zu, aber er konnte nicht abschließen, weil kein Schlüssel von innen steckte. Ich guckte durch das Schlüsselloch, aber Maggie und Joe konnte ich nicht sehen. Ich hörte nur, wie er sagte: »Häng das einfach über die Leine.« Und: »Nein, die Ketten lass ruhig.«

Ich sah mir an, wie langsam mein Gesicht auf dem Polaroid erschien.

Abends zeigten sie in den Nachrichten, wie einige Leute in ein Flugzeug stiegen, begleitet von einem Pfarrer, der mal Bürgermeister von Berlin gewesen war. Das waren Terroristen, die man gehen ließ, damit die anderen Terroristen Peter Lorenz freiließen.

Mein Vater schüttelte nur den Kopf. »Vielleicht sollte ich mal mit dem Günther über den Langhaarigen da oben sprechen.«

Günther war ein Schrebergartenkollege von meinem Vater und außerdem Polizist.

»So lang sind die Haare von dem doch gar nicht«, sagte meine Mutter. »Außerdem sind die immer frisch gewaschen. Und rasieren tut er sich auch.«

Ich wollte sagen, dass der Langhaarige Joe hieß und keine Bomben legte, sondern nur Fotos machte, aber das behielt ich mal lieber für mich. Auch von dem Polaroid, das Joe von mir gemacht hatte, erzählte ich nichts. Am nächsten Tag wurde Peter Lorenz freigelassen.

Simple Twist of Fate

von Marion Brasch

»Können Sie ein Geheimnis für sich behalten?«

Der Mann, der mir seit Stunden im Zug gegenübersaß, stellte diese Frage leise, aber bestimmt. Ich blickte überrascht von meinem Buch auf, doch da wir im Abteil allein waren und er aus dem Fenster sah, richtete er die Frage wohl an sich selbst. Hager und bleich war er, mit eingefallenen Wangen und Augen, die in dunklen Höhlen lagen. Und er schien zu frösteln, denn obwohl der Zug geheizt war, hatte er den Kragen seines Mantels hochgeschlagen.

»Können Sie?«, wiederholte er, ohne den Blick von der vorbeifliegenden Landschaft zu wenden.

»Meinen Sie mich?«

»Ja, ich meine Sie. Oder sehen Sie hier sonst noch jemanden?«

Sein Ton war gleichmütig, doch in der Spiegelung der Scheibe meinte ich ein Zucken um seine Mundwinkel zu erkennen. Ich bin von eher verschlossener Natur und mag es nicht, von Fremden in ein Gespräch verwickelt zu werden, doch die Frage und die Art, wie er sie vorbrachte, weckten meine Neugier.

»Warum wollen Sie das wissen?«

»Ja, warum wohl?« Er drehte sich zu mir und schaute

mich belustigt an. »Sie kennen mich nicht, und ich kenne Sie nicht – sind das nicht die besten Voraussetzungen, um ein Geheimnis zu teilen?«

Ich dachte kurz nach. Er hatte recht. Und auch wieder nicht.

»Ich bin kein Beichtvater.«

»Schauen Sie mich an«, sagte er. »Sehe ich vielleicht so aus, als würde ich zur Beichte gehen?«

Nein, so sah er nicht aus. In seinem langen schwarzen und staubigen Mantel wirkte er eher wie ein Priester, der vor langer Zeit vom Glauben abgefallen war. Vor sehr langer Zeit.

»Sehen Sie«, sagte er, als könne er meine Gedanken lesen. »Also werden Sie mir nun zuhören oder nicht?«

Der Roman war nicht sonderlich spannend, die Reise noch lang, und danach würden sich unsere Wege auf Nimmerwiedersehen trennen.

»Also gut«, sagte ich und schloss mein Buch. »Ich höre zu.«

»Schön«, sagte der Fremde, schaute wieder aus dem Fenster und schwieg. Vielleicht überlegte er, wie er beginnen sollte. Oder er dachte darüber nach, ob es die richtige Entscheidung war, mich in sein Geheimnis einzuweihen. Ich versuchte, in seinem Spiegelbild zu lesen, doch sein Blick war starr in die Weite gerichtet. Irgendwann hatte ich genug und wollte gerade mein Buch wieder aufschlagen, als er sein Schweigen brach.

»Was sehen Sie?«, fragte er.

»Wie bitte?«

»Wenn Sie aus diesem Fenster schauen. Was sehen Sie da?«

Wir fuhren durch eine flache, ereignislose Landschaft, über der ein schwerer grauer Himmel hing.

»Nichts Besonderes«, sagte ich schulterzuckend. »Eine trostlose Gegend.«

»So ist es«, murmelte der Fremde. »Eine trostlose Gegend. Und damit fängt es an.«

»Fängt was an?«

»Die Geschichte, die ich Ihnen erzählen werde.«

»Eine Geschichte? Aber ich dachte –«

»Keine Sorge«, unterbrach er mich. »Es dauert nicht lang. Doch bevor ich beginne …« Er öffnete die schwere Ledertasche neben sich und holte eine Flasche Whiskey und zwei Gläser hervor. »Gönnen wir uns einen guten Schluck. Sie sehen so aus, als könnten Sie auch einen vertragen.«

»Ich trinke nicht«, sagte ich. »Jedenfalls nicht vor Sonnenuntergang.«

»Ich verstehe.« Er strich liebevoll über das Etikett der Flasche. »Und wenn ich Ihnen sage, dass die Sonne hier drin untergeht?«

Er ist verrückt, dachte ich.

»Sie denken, ich bin verrückt, nicht wahr? Dann passen Sie mal auf.«

Er hielt die Flasche gegen das Grau vor dem Fenster, und tatsächlich schien von ihrem Inhalt ein seltsames Glühen auszugehen.

»Und? Was sagen Sie?«

»Das ist … verrückt.«

»Nein, ist es nicht.« Er nahm die Flasche wieder herunter, öffnete sie und roch mit geschlossenen Augen am Korken. »Es ist das Tor zum Himmel«, sagte er versonnen, dann schenkte er ein. Wie alt mochte er wohl sein? Sein Gesicht war verwittert, die Hände knochig und mit Altersflecken übersät.

»Die durchschnittliche Lebenserwartung liegt heute bei etwa achtzig Jahren«, las er erneut meine Gedanken und schenkte ein. »Das sind neunundzwanzigtausendzweihundert Tage.«

Er reichte mir ein Glas, hielt das seine nach oben und prüfte mit kritischem Blick die Farbe des Inhalts, dessen Leuchten noch stärker geworden war.

»Neunundzwanzigtausendzweihundertzwanzig«, überspielte ich meine Verwirrung. »Sie haben die Schaltjahre vergessen.«

»Das Tor zum Himmel«, ignorierte er meine Bemerkung und ließ den Whiskey in seinem Glas kreisen. »Destilliert in gutem Kupfer, abgefüllt im blassen Licht des Mondes, und nun: zum Wohl!« Er prostete mir zu und trank. Ich nippte an meinem Glas, das Brennen in der Kehle wich einer süßen Hitze, die sich binnen Sekunden in meinem ganzen Körper ausbreitete.

»Und?« Er schaute mich forschend an. »Sehen Sie ihn?«

»Wen?«, fragte ich irritiert.

»Nicht wen.« Er schüttelte amüsiert den Kopf. »Den Sonnenuntergang meine ich. Können Sie ihn sehen?«

Draußen war das fahle Tageslicht inzwischen einer schmutzigen Dämmerung gewichen, von Sonne keine Spur.

»Nein, nein«, sagte der Fremde. »Sie müssen die Augen schließen.«

Ich schloss die Augen, und dann wusste ich, was er meinte. Vor meinen Lidern wogte ein warmes Leuchten. Teufel Alkohol, dachte ich und öffnete die Augen wieder.

»Gutes Zeug«, sagte ich.

»Nicht wahr? Und das ist erst der Anfang. Nehmen Sie ruhig noch einen Schluck.«

»Lieber nicht«, sagte ich und stellte mein Glas auf das Tischchen unter dem Fenster. »Ich vertrag nicht so viel.«

»Das verstehe ich«, sagte der Mann. Dann griff er erneut in die Tasche neben sich und zog ein Kartenspiel heraus.

»Haben Sie Lust auf eine kleine Partie?«

»Ich spiele nicht.«

»Zu schade«, sagte er mit gespielter Enttäuschung. »Dann vielleicht ein kleiner Kartentrick.« Er fächerte das verdeckte Blatt vor mir auf.

»Ziehen Sie eine. Es wird der Herzbube sein.«

Komischer Kauz, dachte ich. Aber auch interessant irgendwie.

»Also gut.« Ich zog eine Karte, es war der Herzbube. »Zufall«, sagte ich schulterzuckend und gab ihm die Karte zurück. »Schon möglich, aber vielleicht auch nicht«, sagte er, mischte die Karten und hielt sie mir hin. »Versuchen Sie's noch mal.« Ich zog eine weitere Karte, wieder der Herzbube. Und auch beim dritten und vierten Mal dasselbe. Irritiert griff ich nun doch nach dem Whiskey-Glas. »Es sind alles Herzbuben, oder?« Er grinste schief. »Das wäre ein bisschen zu einfach, finden Sie nicht? Doch schauen Sie selbst.« Er reichte mir den Stapel, es handelte sich um ein ganz gewöhnliches Kartenspiel. »Okay, noch einmal«, sagte ich, stellte das Glas ab und mischte die Karten. »Aber diesmal ziehen Sie.«

»Einverstanden. Doch ich kann Ihnen jetzt schon sagen, dass es der Joker sein wird.« Ich fächerte das Blatt auf, er zog … den Joker. »Sehen Sie«, sagte er gelangweilt. »Ich ziehe immer den Joker.«

»Das kann doch nicht sein«, sagte ich, nahm zwei Joker aus dem Spiel, mischte noch einmal mit fliegenden Händen, doch es nützte nichts, auch diesmal sollte er recht behalten. Nervös nippte ich an meinem Glas und dachte nach.

»Und was passiert, wenn wir alle Joker und Herzbuben aus dem Spiel nehmen?«

»Dann wird aus Zufall Schicksal.«

»Was soll das heißen?«

»Es heißt, was es heißt«, sagte er. »Glauben Sie an das Schicksal?«

»Nein. Ich glaube, dass alles Zufall ist.«

»Auch, dass wir uns hier begegnet sind?«

»Natürlich«, sagte ich.

»Gut.«

Er nahm mir die Karten aus der Hand, legte auch den letzten Joker zur Seite und füllte mein Glas mit dem Whiskey, dessen Leuchten jetzt das ganze Abteil in unwirkliches Licht tauchte. »Dann lassen Sie uns darauf trinken.«

»Auf den Zufall oder auf das Schicksal?«

»Auf das Geheimnis, das dazwischen liegt.«

»Einverstanden.«

Wir erhoben unsere Gläser und wollten gerade anstoßen, als plötzlich die Bremsen des Zuges ohrenbetäubend kreischten und ihn mit einem Ruck zum Stehen brachten. Kurz darauf meldete sich eine Lautsprecherstimme und informierte darüber, dass sich die Weiterfahrt auf unbestimmte Zeit verzögere und man die Türen öffnen werde, damit sich die Fahrgäste ein wenig die Beine vertreten könnten.

»Es ist so weit«, sagte er.

»Was?«

»Die Geschichte beginnt.«

Hatte ich meinen Reisegefährten eben noch für etwas wunderlich gehalten, begann mir seine Geheimniskrämerei jetzt doch auf die Nerven zu gehen.

»Welche Geschichte? Wovon sprechen Sie?«

»Die Geschichte vom Zufall, aus dem Schicksal wird«, sagte er ernst. »Aber vielleicht sollten Sie auch erst mal ein bisschen an die Luft gehen.«

Er hatte recht, hier drin war es stickig, der Whiskey hatte sich schwer hinter meine Stirn gelegt, etwas frische Luft würde mir guttun.

»Und was ist mit Ihnen?«

»Mir geht es bestens.« Er nahm sein Glas und prostete mir zu. »Gehen Sie nur. Aber sehen Sie zu, dass Sie nicht unter die Räder kommen. Und grüßen Sie Anton Pawlowitsch von mir.«

»Wen?«

»Sie werden schon sehen«, sagte er. »Und wenn Sie wiederkommen, verrate ich Ihnen das Geheimnis.«

»Wie auch immer«, sagte ich, zog meinen Mantel an, verließ das Abteil und stieg aus dem Zug in die stockdunkle Nacht.

Stille.

Kein Mensch zu sehen.

Wo zum Teufel waren alle?

Ich lief neben den Gleisen her, lief und lief, doch der Zug schien kein Ende zu nehmen, also fing ich an zu rennen. Dann plötzlich stolperte ich, strauchelte, rutschte die Anhöhe neben dem Gleisbett hinunter und landete in eiskaltem Wasser. Ich konnte nicht sehen, ob es ein See oder ein Fluss war, weil die Schwärze der Nacht die ganze Landschaft absorbiert zu haben schien. Panisch begann ich, mit den Armen zu rudern, was aber offenbar nur dazu führte, dass ich mich noch weiter vom Ufer entfernte. Ich wähnte mich schon dem Tod geweiht, als ich plötzlich wieder Boden unter den Füßen spürte. Mit letzter Kraft schleppte ich mich ans Ufer, dann verlor ich das Bewusstsein.

Das Erste, was ich sah, als ich die Augen wieder öffnete, war die flackernde Neonröhre über mir. Irgendwo lief ein Radio, in dem jemand von einer Messerstecherei in einer stadtbekannten Bar berichtete. Und ich lag in einem fremden Bett. Nackt. Ich schaute mich um. Ein Raum mit kahlen Wänden, ein Waschbecken, ein Stuhl, ein Tisch und über der Heizung unter dem schlierigen Fenster meine Sachen. Wie war ich hierhergekommen? Und wer war die Frau, die jetzt im Türrahmen stand, einen Papagei auf der Schulter?

»Da bist du wieder«, sagte sie, als sei es das Selbstverständlichste von der Welt. »Auferstanden von den Toten.«

»Wo bin ich?«, fragte ich verwirrt.

»Bei mir«, sagte sie. »Hunger?«

Der Papagei legte den Kopf schief und beäugte mich misstrauisch. Und ich ihn.

»Tschechow«, sagte sie.

»Was?«

»So heißt er. Also, was ist jetzt mit Hunger?«

»Hunger!«, krächzte der Vogel, und auch ich nickte.

Sie verließ das Zimmer, ich stand auf, zog meine noch etwas klammen Sachen an und schaute aus dem Fenster. Eine ganz gewöhnliche Straße in einer ganz gewöhnlichen Kleinstadt an einem ganz gewöhnlichen trüben Tag. Kaum Leute unterwegs, irgendwo übte jemand Saxofon, und vor der Spielhalle gegenüber saß ein Bettler, in dessen Becher hin und wieder jemand eine Münze warf.

Die Frau kam mit zwei dampfenden Tellern zurück, wir aßen Eier mit Speck, tranken Kaffee und schwiegen. Es fühlte sich an, als wäre es schon immer so gewesen.

Ich blieb drei Tage und drei Nächte, und als ich am Morgen des vierten Tages erwachte, war sie weg. Ich wartete bis zum Abend, doch sie kam nicht wieder. Ich redete mir ein, dass es mir nichts ausmachte, doch es machte mir was aus, also beschloss ich, sie suchen zu gehen.

»Los, los!«, krächzte der Papagei und flog auf meine Schulter. »Es ist zu langweilig ohne Liebe!«

Wir liefen durch die Straßen der kleinen Stadt bis zum Kanal, und plötzlich sah ich sie unten an den Docks, sie redete mit einem Mann und ging schließlich mit ihm weg. Arm in Arm. Es tat weh. Tschechow trat nervös von einem Fuß auf den anderen, dann erhob er sich, flog den beiden hinterher und setzte sich auf ihre Schulter. Ich überlegte kurz, ob ich ihnen folgen sollte, doch ich tat es nicht und lief den Kanal in entgegengesetzter Richtung hinunter.

Zufall, dachte ich. Zufall, dass sie mich gefunden hatte, und Schicksal, dass sie mit dem anderen ging. Und ich dachte daran, was der Fremde im Zug über diese Dinge gesagt hatte. Überhaupt, der Fremde. Und der Zug. Plötzlich wurde mir klar, dass ich alles vergessen hatte, was vor der Begegnung mit dieser Frau lag. Sie hatte nichts gefragt, und ich hatte nichts erzählt. Es spielte keine Rolle. Und jetzt war ich hier und wusste nicht, was ich fühlen sollte, also fühlte ich einfach gar nichts und fing stattdessen an zu rennen, bis ich nicht mehr konnte. Erschöpft ließ ich mich ins Gras sinken und starrte in den Nachthimmel, der genauso leer war, wie ich mich fühlte. Aus der Ferne hörte ich einen herannahenden Zug, richtete mich auf, sah seine Lichter und in ihrem Widerschein die Umrisse einer Brücke, die mir in der Dunkelheit nicht aufgefallen war. Ich wusste nicht warum, doch ich wusste, dass es richtig war hinüberzugehen. Je näher der Zug kam, desto schneller lief ich, und kaum war ich auf der anderen Seite, kreischten die Bremsen des Zuges, und er blieb stehen. Leute stiegen aus, rauchten und redeten. Ich schlich mich an ihnen vorbei, stieg ein, lief den Gang entlang, und dann sah ich den Mann. Den Mantelkragen hochgeschlagen, saß er im Abteil und schaute aus dem Fenster, vor sich die Flasche, die zwei Gläser und das Kartenspiel. Ich trat ein und setzte mich, doch er schien keine Notiz von mir zu nehmen.

»Sie hatten recht«, sagte ich.

»Ich weiß«, sagte er. »Haben Sie ihn von mir gegrüßt?«

»Wen?«

»Anton Pawlowitsch.«

»Nein, das habe ich vergessen.«

»Das macht nichts«, sagte er.

»Und was ist das Geheimnis?«, wollte ich wissen.

»Er war gestohlen.«

»Wer?«

»Der Papagei.«

Draußen glitt die Nacht vorbei, ich fiel in einen traumlosen Schlaf, aus dem ich erst am nächsten Morgen erwachte. Der Fremde war weg und mit ihm alles, was an die letzte Nacht erinnerte. Und an die Nächte davor. Bis auf den Joker, der aus meinem Buch fiel, als ich es öffnete.

Ballad of a Thin Man

von Tom Kummer

New York City, 3. August 1965

04:30 AM: Albert fährt den Lincoln Continental vorsichtig aus der Tiefgarage der Columbia Recording Studios, ganz langsam am Pförtnerhaus vorbei, man kann in diesen Zeiten nicht vorsichtig genug sein, alle Uniformierten Amerikas stecken eh unter einer Decke, denkt Sally, die jetzt benebelt auf dem Beifahrersitz hockt und in sich hineingrinst.

Der Parkwächter der Tiefgarage 799 7th Avenue winkt den Continental durch. Keine Probleme. Sally öffnet das Seitenfenster, während Albert versucht, den Wagen in den New Yorker Morgenverkehr einzufädeln. Sie streckt jetzt ihren Kopf ins Freie, das lange braune Haar wallt sich wunderschön auf. Endlich frischere Luft einatmen. Kopf auslüften.

Wie lang haben wir heute in diesem verdammten Studio gehockt?

Weiß nicht, Sweetheart. Wir haben etwas wirklich Bewegendes erschaffen. Das ist alles, was für mich gerade zählt.

Sally schaut zum samtenen Himmel hinauf, der in der Morgendämmerung unschuldig zwischen den Hochhäusern von Manhattan schimmert. Albert beobachtet ein Meer von losen Zeitungsseiten der *New York Times*, die über die siebte Avenue schweben, direkt auf die Kühlerhaube zu. Auf der Titelseite ist

Präsident Lyndon B. Johnson zu erkennen, der die Hand eines jungen Marineinfanteristen schüttelt.

Sally sieht aber etwas ganz anderes.

Hey, Albert, schau mal, dort drüben!

Sally deutet auf eine Bar an der Ecke 52. Straße. »Live Show« steht über dem Eingang. Ein »24 Hours Open«-Neonlicht wirft rote Farbflecken gegen den Asphalt. Zwei Typen sitzen neben aufgereihten Bierflaschen am Straßenrand. Einer trägt ein buntes Cowboyhemd mit Cowboystiefeln, der andere eine silberblaue Mohairkluft, ein Einreiher mit breiten Aufschlägen.

Schau nur, Mike und Al! Was machen die denn hier?

Sally kurbelt die Scheibe runter und streckt ihren Kopf noch weiter aus dem Fenster, während Albert langsam am Bordsteinrand vorfährt.

Hey Al, was ist denn los?

Al Kooper zündet sich eine Zigarette an und starrt wie benommen auf das Luxus-Cabrio. Mike Bloomfield schiebt seine Entenschwanzfrisur zurecht und steht auf.

Wow! Wo habt ihr das Ding her?

Mike beugt sich über die Karosserie.

Was für ein Traum, mit so einer Karre rumzugondeln, mit offenem Verdeck, ’ne dunkle Brille auf der Nase und ’ne schicke Kluft an.

Mike Bloomfield wendet sich Albert zu, der abwesend am Steuer sitzt und auf den Morgenverkehr starrt.

Wenn du so einen Wagen fährst, musst du doch die Weiber ständig mit ’nem Stock wegprügeln, oder?

Sally Grossman schüttelt den Kopf und fragt grinsend: Was macht ihr denn noch hier?

Aus der Tiefe eines Lüftungsschachts dröhnt das Rattern der New Yorker Untergrundbahn.

Keine Ahnung. Warten auf Bob. Und auf ein freies Taxi.

Sally tätschelt mit der Hand den rot leuchtenden Lack der Lincoln-Karosserie ab.

Wieso steigt ihr nicht bei uns ein, wir fahren gerade aufs Land?

Aufs Land?

Kommt doch mit.

Was für einen Tag haben wir denn heute, fragt Al.

Freitag. Wird ein wunderschönes Wochenende draußen in den Catskills. Überlegt es euch.

Sally starrt jetzt zur Bar und sieht im Inneren einen Fernsehbildschirm flackern. Es läuft gerade *Abbott und Costello treffen den Werwolf.*

Wo ist eigentlich Bob, fragt Albert plötzlich.

Drinnen. Quatscht mit zwei Puppen von *Newsweek.* Soll ich ihn holen?

Albert schaut zur Bar.

Von *Newsweek*?

Ja, haben sie jedenfalls behauptet.

Ein betrunkener Soldat torkelt jetzt durch den Eingang und hält sich am Türrahmen fest. Eine Frau klammert sich an seinen Arm. Sie schnippt ihre Kippe über den Gehsteig.

Seit wann lassen die bei *Newsweek* Frauen schreiben, sagt jetzt Sally und blickt zu Albert. Und über Musik? Das gibt es doch gar nicht.

Albert trommelt mit beiden Händen auf das Steuerrad.

Ich glaube, die Puppen schreiben nicht über Musik, sagt Mike.

Über was dann?

Sie wollen was *Persönliches* von Bob. Sie nannten sich »Gesellschaftsreporterinnen«.

Mike steckt sich jetzt auch eine Zigarette zwischen die Lippen und grinst.

Wenn ich's mir richtig überlege, Leute, dann gibt es keine Frauen, die für *Newsweek* schreiben.

Albert schaltet den Wagen aus. Er starrt noch ein bisschen beunruhigter gegen die roten Rücklichter, die sich bereits in der Siebten Avenue Richtung Central Park stauen.

Die wollen wohl so privaten Mist von Bob wissen, grinst Mike bedröhnt Richtung Albert. Vielleicht wollen sie auch was ganz anderes, sagt Al Kooper und zündet sich eine neue Zigarette an.

Jedenfalls macht Bob die Kleine da drin ganz schön an. Redet ständig davon, dass er ihre Brustwarze knabbern will wie einen Sesamkringel. Oder so ähnlich.

Mike krümmt sich jetzt vor Lachen.

Bob lässt echt heißen Dampf ab, wenn ihr mich fragt. So habe ich ihn echt noch nie reden gehört.

Albert schaut zu Sally. Er öffnet die Wagentür.

Was machst du, Albert? Sally starrt durch die Windschutzscheibe.

Nach dem Rechten sehen, Baby.

Ach komm, Albert. Lass Bob ein bisschen Spaß haben. War echt ein langer Tag.

Verrückt geworden?

Albert schmettert die Tür des Lincoln Continental zu.

Bestimmt lass ich Bob nicht mit zwei Tanten reden, die behaupten, für *Newsweek* zu arbeiten. Nicht morgens um 04:30. Das ist nicht komisch, Baby.

Albert läuft jetzt schnurstracks Richtung Bar, schaut dann sicherheitshalber nochmals zurück, ob ihm jemand folgt.

Sally beugt sich aus dem Fenster.

Albert, lass doch den Scheiß. Lass uns abhauen. Was soll das?

Mike Bloomfield lacht jetzt noch ein bisschen lauter.

Albert bleibt stehen, dreht sich um, kehrt zurück und beugt sich über Mike.

Das ist nicht komisch, du Arschloch. Wieso lasst ihr das zu?

Al kann jetzt sein Lachen auch nicht mehr unterdrücken.

Ok, Boss, ich lach ja auch gleich nicht mehr.

Mike drückt seinen Unterarm auf den Mund und beugt sich vor, als ob er vor Lachen gleich erbrechen müsste.

Albert drückt den Uniformierten und sein Mädchen vom Eingang weg, verschwindet im Innern von »24 Hours Open«.

Al wendet sich währenddessen an Sally. Weißt du, ich hab Bob noch nie so gesehen. Einfach total glücklich. Wieso macht Albert so ein Affentheater draus? Bob ist echt gut drauf. Und er versucht es ausnahmsweise mal auf die charmante Tour.

Charmante Tour? Was heißt das?

Ja, er hat der jüngeren der beiden *Newsweek*-Puppen erklärt, dass er ihre Möse gerne mit Vanille und Preiselbeersoße bestreichen möchte. Und dann seine Zunge als Löffel benutzen.

Echt?

Ja. Echt charmant, findet ihr nicht auch?

Mike knallt sich jetzt beide Hände simultan auf die Knie und lacht dann hemmungslos drauflos, schaut dazu über die Siebte Avenue, während Al seinen Kopf in den Nacken legt und den Himmel über New York nach Sternen absucht.

Mike Bloomfield und Al Kooper bleibt es an diesem herrlichen Augustmorgen 1965 ziemlich schleierhaft, wieso sich Albert Grossman dermaßen über Bobs Verhalten aufregt. Wieso die ganze Situation Brisanz in sich tragen soll, kann auch Sally

Grossman in diesem Moment nicht wirklich begreifen. Wie lange ist sie jetzt eigentlich schon mit Albert verheiratet? Ein oder vielleicht doch schon zwei Jahre?

Verstehst du das, Sally? Was ist los mit Albert?

Mike trinkt einen Schluck aus einem lederumhüllten Flachmann, den er aus seiner Jacketttasche gezogen hat. Sally holt sich einen halb gerauchten Joint aus dem Lincoln-Aschenbecher und zündet das Ding wieder an.

Wer soll schon verstehen, was in Alberts Hirn vor sich geht, sagt Sally.

Dein Mann ist halt ein gewissenhafter Manager, sagt jetzt Mike bedröhnt. Was erwartest du …

Gewissenhaft?

So will ich ihn aber echt nicht erleben. Albert kotzt mich in dieser Rolle wirklich an. Darum fahren wir jetzt gleich aufs Land. Damit er mit diesem Scheiß aufhört.

Sally drückt den Joint nach zwei Zügen am Rückspiegel aus und steckt sich die Reste in ihre Jackentasche.

Mike und Al starren immer noch auf den New Yorker Morgenverkehr. Gerade haben sie die Arbeit an einem Album beendet, von dem Albert hofft, dass es Bobs erfolgreichstes wird. »Einflussreich« und »bedeutsam« hat er es auch noch genannt, was immer das heißen soll. Über vier Stunden haben die letzten Aufnahmen von »Ballad of a Thin Man« gedauert. Und Mike war von Anfang an überzeugt, dass »Ballad« raffinierter ist als alles andere auf diesem verdammten Album, das *Highway 61 Revisited* oder so ähnlich heißen soll. Ganz sicher raffinierter als »Like a Rolling Stone«.

Albert sieht das natürlich anders.

Er sieht alles immer ganz anders. Wie konnten es Al und Mike zum Beispiel zulassen, dass Bob mit zwei Weibern redet, die behaupten, für *Newsweek* zu arbeiten. Morgens um fünf.

Habt ihr das vielleicht noch nicht kapiert, ihr Blödmänner! Nur ich bestimme, wann Bob mit der Presse spricht.

Albert ist aus dem »24 Hours Open« zurückgekehrt und sieht jetzt ziemlich mitgenommen aus.

Und?

Sally beugt sich noch ein bisschen weiter aus dem offenen Wagenfenster.

Come on, Albert. Sag schon, was ist los … bitte.

Albert läuft um den Wagen und steigt kommentarlos ein, startet den Motor. Er schaut nochmals grimmig Richtung Al und Mike. Dann fährt er einfach los. Kein Abschiedsgruß. Nichts.

Al Kooper und Mike Bloomfield bleiben zurück am Straßenrand. Mike starrt in den Himmel. Al lacht den Asphalt an. Sally ruft ihnen nach, sie sollen sich unbedingt den nächsten Bus nach West Saugerties schnappen.

Eight o'clock, boys! Eure Chance auf ein richtig abgefahrenes Wochenende! Nehmt Bob gleich mit! Versprochen?

Aber Al und Mike hören Sally nicht mehr.

Sie sehen nur noch die Rücklichter des Continental, der jetzt über die 52. Straße Richtung Uptown rauscht. Albert hat längst das Autoradio eingeschaltet. Sally starrt durch das Seitenfenster. Sie überlegt, was sie sagen soll. Sie studiert dazu diese neuartigen Neonschilder entlang der Siebten Avenue. Es sind prächtige moderne Reklameschilder. Darunter bewegen sich bereits Massen von Menschen zur Untergrundbahn. Überall brüllende Zeitungsverkäufer. Cops mit Trillerpfeifen. Ein neuer Tag bricht an über New York. Im Autoradio ertönen die Morgennachrichten von WCBS.

Bitte Albert, rück schon raus damit, was hast du Bob gesagt?

Albert wendet seinen Blick ab. Er antwortet nicht.

Ein Nachrichtensprecher berichtet jetzt, dass US-Präsident Lyndon B. Johnson Marines nach Vietnam entsenden will.

Ich hab Bob in die Arme genommen. Das ist alles.

Echt?

Ja.

Der Nachrichtensprecher berichtet von Unruhen in Los Angeles. Im Stadtteil Watts würden Häuser brennen. Und ein neuer Beatles-Song namens »Help!« hätte es bereits in die Top 5 geschafft.

Ich hab Bob gesagt, er soll sich nie mehr mit irgendwelchen Tanten unterhalten, die behaupten, für *Newsweek* zu arbeiten. Er soll den Bus nach Woodstock nicht verpassen. Vielleicht täte ihm ein Wochenende auf dem Land ganz gut. Das habe ich ihm gesagt.

Und du bist ganz ruhig geblieben?

Ja. Ich hab Bob gesagt, es sei ein wirklich großer, bedeutsamer Tag im Studio gewesen. Ich sagte ihm, wie stolz wir alle auf ihn seien. Mit Erdbeersoße habe ich ihn eingestrichen.

Du warst also nett zu Bob?

Ja. Er sei noch nie so gut gewesen. Und jetzt würden wunderschöne Tage und Monate folgen. »Ballad of a Thin Man« sei bestimmt sein wichtigster Song überhaupt.

Und, hat er's dir geglaubt?

Natürlich nicht. Er hat einfach seinen Arm um meine Schulter gelegt und mich angegrinst. Er war so was von bedröhnt.

Das ist alles?

Ich habe ihm dann noch gesagt, dass dieses Wochenende bestimmt das beste Wochenende seines Lebens werde. Nicht nur *seines* Lebens – aller Leben!

Der Radiosprecher kommt jetzt zum Wetterbericht für New York: Weiter heiß, schwül und sonnig …

Und was hast du den Frauen gesagt, die angeblich für *Newsweek* schreiben?

Dass sie Gelegenheit bekommen würden, mit Bob ein richtiges Interview zu führen. Aber erst, wenn sich ihr Chef, Mister Elliott, bei mir gemeldet habe. Eine der beiden Puppen hat mir dann ihre Telefonnummer rübergeschoben.

Albert zückt ein abgerissenes Stück einer Lucky-Strike-Zigarettenpackung aus seinem Sakko. »Nora Ephron, Music Journalist for Newsweek«, steht da mit Kugelschreiber hingekritzelt.

Sally starrt noch eine Weile ziemlich beeindruckt auf die »Visitenkarte«. Albert studiert den Rückspiegel. Dann dreht er den Wahlknopf am Autoradio, sucht Sender im hohen AM-Bereich ab. Er fädelt den Lincoln Continental in den Morgenverkehr an der Westside von Manhattan ein, langsam fühlt sich Albert wieder besser.

In zwei Stunden sind wir auf dem Land, Sweetheart. Alles wird gut.

Albert und Sally Grossman haben vor gut einem Jahr ein kleines Wochenendhaus in West Saugerties gekauft und renoviert. Freunde haben sich ebenfalls Häuser in den Catskills angeschaut. Langsam könnte das dort draußen eine richtige *Community* werden, behauptet Albert. Das Wort »Community« benutzt Albert immer öfter, fiel Sally erst kürzlich auf. Bob überlegt sich übrigens, auch nach Woodstock zu ziehen, sagt Albert. Levon *(Helm)* und Robbie *(Robertson)* haben ebenfalls ein Haus ins Visier genommen. Sie nennen es »Big Pink«. Sally findet, es ist ein schreckliches Haus.

Albert hat Sally vor gut drei Jahren kennengelernt, kurz nachdem er Bob unter Vertrag genommen hat. Albert hatte damals bereits Berühmtheit als Mitgründer des Newport Folk Festival erlangt. Er hatte die 18-jährige Joan Baez unter Vertrag genommen und ihr zum Durchbruch verholfen. Auch Peter, Paul and Mary managt er jetzt schon eine ganze Weile ziemlich erfolgreich. Dann kam noch die Beziehung mit der bezaubernden Sally dazu. Was will er mehr. Alles läuft momentan wirklich prächtig. Wenn Sally bloß nicht immer seinen Arbeitsstil hinterfragen würde. Das geht ihm wirklich auf den Geist, dieses ständige Hinterfragen.

Sally ist 26, Albert 13 Jahre älter. Sie hat wie Albert und Bob einen *Jewish background.* Alles ziemlich entspannt, wie sie gerne behauptet. Aber jüdisch, nichtsdestotrotz und eindeutig, wie Albert gerne spottet. Sally kleidet sich gerne »euro-existenzialistisch«, wie sie es nennt. Albert nennt es den »Juliette-Gréco-Style«. Das heißt: alles in Schwarz. Sally ist vernarrt in französische Nouvelle-Vague-Cineasten, in Beatnik-Autoren, Motorradfahrer in Lederjacken. Seit Kurzem ist sie befreundet mit dem Schriftsteller Allen Ginsberg. Sally behauptet, sie hätte Bob mit seiner jetzigen Freundin Sara Lownds bekannt gemacht, obwohl Albert dieser Geschichte nicht wirklich traut. Bob will Sara im November heiraten. Sara habe einen ziemlich starken Einfluss auf Bobs Songtexte, behauptet Albert. Was er nicht so toll findet. Aber Albert mag eh niemanden, der irgendeinen Einfluss auf Bob hat – außer sich selbst.

Äußerlich gleicht Albert einem britischen Dandy aus den Zwanzigerjahren. In Wahrheit ist er momentan ziemlich fertig von einer England-Tour mit Bob. Er ist in den paar Wochen England äußerlich echt zehn Jahre gealtert, findet Sally. Die Tour hat bei Albert irgendwas ausgelöst. Etwas Unerklärliches. Er erwähnt zum Beispiel immer wieder, dass die Jungs von den Rolling Stones im Publikum saßen, als Bob in der Royal Albert Hall aufgetreten sei. Wieso ist ihm das so verdammt wichtig? Die Journalisten hätten ihn und Bob belagert wie noch nie und Bob fast in den Wahnsinn getrieben. Immer die gleichen Scheißfragen! Ein Dokumentarfilmer namens D. A. Pennebaker oder so ähnlich hing ihnen den ganzen Tag am Leib. Und dann, als krönender Abschluss, hat John Lennon mit Albert Kontakt aufgenommen und nachgefragt, ob die Beatles vielleicht mal mit Bob gemeinsam auf der Bühne stehen könnten. Sie hatten lange darüber gesprochen. Irgendjemand hatte John gesteckt, dass dies womöglich Bobs letzte Solo-Akustik-Tour sein werde. Und dass er von nun an von den Hawks (aka The Band) begleitet werden sollte. Wer zum Teufel sind die Hawks, haben die Schwachköpfe der Presse gefragt. Jedenfalls habe er Lennon gesagt, er dürfe sehr wohl davon träumen, mit Bob aufzutreten. Aber solange er, Albert Grossman, Bob Dylan manage, werde das niemals – genau, richtig gehört, Leute – NIEMALS geschehen. So direkt hat er's John zwar nicht gesagt. Aber es wurde Albert auf dieser verrückten England-Tour ziemlich eindeutig klar, wer im Teenager-Himmel bald berühmter als, sagen wir mal, Jesus Christus sein würde. Bestimmt nicht John Lennon.

Albert steckt sich jetzt eine Zigarette zwischen die Lippen, zündet sie an, bläst Rauch gegen die Windschutzscheibe.

Sally fragt eine Weile später nach, wer Bob eigentlich mit Robbie und den Hawks zusammengebracht habe?

Weiß nicht mehr. Vielleicht war es John Hammond. Oder diese kanadische Tante, die im East Village ein Musikgeschäft führt, Mary Martin. Vielleicht war es auch einfach ein Glückstreffen. Wieso fragst du?

Mit England hat das nichts zu tun?

Nichts. Bob hat John getroffen. Und sie haben gemeinsam Joints geraucht. Das war vielleicht sogar das Bemerkenswerteste an der ganzen Reise.

Das ist wirklich alles?

War keine Kleinigkeit. Bob hat viel gelernt in England. Besonders von John. Sehr viel.

Was denn?

Albert lächelt Sally an. Dass man einem bürgerlichen Normalo, der sich in seine Welt einschleichen will, nie die Wahrheit sagen sollte. Dass man den verwirren muss. Bis aufs Blut verwirren. Albert grinst in sich hinein. Und die Hawks lässt du mit Bob auftreten? Ja, ab nächsten Monat sind sie mit Bob auf Tour. Sally schüttelt den Kopf. Das ist das Ende von Bob, wenn du mich fragst. Ach was, Baby! Sei nicht altmodisch. Die Hawks sind eine Erleuchtung. Robbie, Rick, Garth, Levon. Du kennst sie doch alle. Zusammen hauen sie alles weg, was du bisher von Bob gehört hast. Er wird die Welt mit einem neuen Sound überraschen. Mit den Hawks hat's gefunkt. Das ist eine neue Dimension.

Der Continental wird jetzt durchgeschüttelt.

Löchrige Fahrbahn. Albert drückt sicherheitshalber den Türknopf. Sally macht es ihm nach. Der Continental kreuzt die 110. Straße.

Willst du nicht links abbiegen? Henry Hudson Parkway? Ist doch sicherer.

Nein. Lass uns durch Harlem fahren.

Echt?

Albert dreht das Radio lauter. Sally dreht sich zu Albert, sie hat die Schuhe ausgezogen und ihre Arme klammern sich jetzt um ihre Knie. Sie schaukelt unruhig auf dem Beifahrersitz hin und her und starrt in die düstere Kulisse von Harlem. Es läuft der brandneue Song »Stop! In the Name of Love« von den Supremes.

Weißt du, Albert, ich verstehe nicht, was mit Bob los ist. Was ist in England passiert?

Sally legt jetzt ihren Arm um Alberts Schulter und beginnt seinen Nacken zu streicheln.

Hast du etwa verstanden, was Bob uns in »Ballad of a Thin Man« erzählen will? Ich kapier die *Lyrics* wirklich nicht. Gestern bei den Proben hat er noch was ganz anderes gesungen als heute bei den Aufnahmen.

Vergiss es, Baby. Leg den Kopf zurück. Entspann dich.

Ich will es aber verstehen. Alles ist so abstrakt. Kein Mensch kann ihn verstehen.

Weißt du, Sweetheart. Niemand kapiert, was Bob singt. War doch schon immer so.

Das stimmt nicht. Letztes Jahr habe ich ihn noch verstanden.

Ist doch auch egal, ob man ihn versteht.

Alle tun immer so, als ob sie eine große tiefe Ahnung davon hätten, was Bob singt. Und das ist völlig okay.

Kannst du es mir bitte erklären? Wer zum Teufel ist zum Beispiel Mister Jones, von dem Bob in »Ballad« ständig quasselt?

Albert trommelt mit den Fingern auf dem Steuerrad.

Weißt du, Sweetheart, wenn ich den Leuten immer genau erklären würde, worum es in Bobs Texten wirklich geht, würden sie uns wohl verhaften …

Er lächelt Sally an.

Kapier ich nicht.

Musst du jetzt auch nicht. Wir fahren nach Hause.

Ecke Achte Avenue und 118. Straße. Vor einer heruntergekommenen Mietskaserne stehen Frauen in Bademänteln, mit fettigen Gesichtern und mühsam entkräuselten Haaren, die zu kleinen Zöpfen geflochten sind. Sie haben sich um einen trüben gelben Lichtkreis versammelt, eine der wenigen funktionierenden Straßenlaternen. Warum die alle aufgestanden sind, ist nicht genau zu erkennen. Außer, dass es in der Seitenstraße von Polizeiwagen wimmelt.

Weißt du, Albert, während der Aufnahmen habe ich mir Bobs Gesicht angeschaut. Besonders, wenn er den Chorus des Songs singt: »You try so hard. But you don't understand. Just what you'll say. When you get home.« Da habe ich echt was gesehen in ihm … da, da, da war etwas.

Was?

In seinen Augen …

Hör auf, Sally, bitte. Da ist nichts. Der Song ist großartig.

»Ballad of a Thin Man« ist schrecklich, Albert.

Was?

Schrecklich. Da ist diese Frage, die sich dieser Mister Jones scheut zu beantworten, und Bob verwandelt alles in ein, wie soll ich sagen, Epigramm unaussprechlichen Horrors. Hast du das nicht gemerkt?

Epigramm? Was soll das denn heißen?

Hör es dir noch mal an. Hast du die Bänder mitgenommen? Können wir es uns zu Hause anhören?

Die Bänder sind bei Bob *(Johnson, Produzent).*

Hör dir diesen Chorus an: »Because something is happening here …« oder so ähnlich. Und dann: »But you don't know what it is. Do you, Mister Jones?« Es ist richtig bösartig, wie Bob singt. Überhaupt nicht wie bei »Like a Rolling Stone«. Als ob Bob dämonisch wäre, plötzlich vom Teufel besessen.

Bitte überleg jetzt nicht zu viel, Sweetheart. Entspann dich einfach. Es ist bestimmt ein ganz anderer Song als »Like a Rolling Stone«. Wird bestimmt kein Hit. Aber es wird darüber geredet.

Das ist alles, was dich interessiert?

Ja. Es ist wichtig, dass die Leute verwirrt sind. Das erzeugt Aufmerksamkeit. Kannst du das nicht verstehen?

Nein. Ich möchte viel lieber ein Lebensgefühl spüren, als verwirrt zu werden.

Der Continental kreuzt jetzt die 128. Straße. Dunkle Straßen im Dämmerlicht. Eine Gruppe Männer steht um ein brennendes Ölfass. Überall blinkende Polizeiwagen.

Kannst du mir bitte meine Frage beantworten? Oder möchtest du lieber anhalten und nachfragen, wen die Cops in Harlem gerade verprügelt haben?

Albert konzentriert sich auf die Straße und blickt dann nervös zu Sally.

Bob steckt in einer Übergangsphase, wenn du es genau wissen willst. Weg vom Protestgesang zu einer surrealistischen Lyrik. Merkst du das nicht? Er versucht, verinnerlichte Gewissheiten aufzulösen. Ich bin sicher, sein neues Album wird bis weit in die Zukunft strahlen.

132. Straße. Sally starrt in die Dunkelheit. Polizei blockiert den Frederick-Douglass-Boulevard. Sie sieht Gespenster in der Dämmerung. Menschen in Lumpen gekleidet, die sich die Straße entlangschleppen.

Siehst du das?

Ich sehe es.

Wieso fährst du durch Harlem?

Einfach so. Ich kann das aushalten. Das ist die Realität. Oder fragst du mich jetzt wieder, ob wir vielleicht was Besseres tun könnten, als Platten zu veröffentlichen, um die Lage dieser Menschen zu verbessern?

Albert schwenkt in eine Seitenstraße Richtung Amsterdam Blvd ein.

Das Liebliche ist weg auf »Ballad«, Albert. Wer verdammt noch mal ist dieser Mister Jones?

Albert antwortet nicht, konzentriert sich auf die Straße, die teilweise von ausgebrannten Mülleimern blockiert ist.

Ich vermute mal, es ist ein stinknormaler Typ, der Bob nervt. Das ist Jones. Kapierst du es nicht. Es gibt keine Details zu dieser Story. Es ist ein verdammt normaler Idiot, der versucht, Bob mit Fragen zu bombardieren. Mister Jones versucht, wie so viele, in seine Welt einzudringen. In unsere Welt. Du kennst doch diese Arschlöcher da draußen. Die Bürger und Bürgerinnen, die uns in den nächsten verdammten Krieg schicken wollen. Oder diese Tanten, die behaupten, von *Newsweek* zu kommen. Das sind unsere Feinde. Alle »Jones« der Welt.

Dann ist es also doch ein Journalist, dieser Mister Jones?

Kann sein.

Ich finde das schrecklich, Albert. Ich verstehe dich nicht, dass du das zulässt. Seit du aus England zurück bist, verhaltet ihr beide euch ganz anders. Irgendwie herablassend!

Was meinst du damit?

Seit dieser Tour bist du anders.

What the fuck, Sally?

Ihr versucht nur noch, die Leute zu verwirren. Weil ihr gar nicht wollt, dass euch jemand kapiert. Bob hat etwas verloren, seit er nur noch elektrisch spielen will. Das Liebenswerte ist verschwunden.

Du übertreibst, Sally.

Tue ich nicht. Er ist echt arroganter geworden. Unnahbarer. Mich hat er zuletzt überhaupt nicht mehr angelächelt.

Du bist meine Frau. Er soll dich nicht anlächeln. Er ist mein verdammter Klient.

Er ist aber auch unser Freund, Albert. Nicht nur dein Klient. Und er schaut mich schon eine Weile ganz anders an, als ob ich seine Feindin geworden wäre. Und zwar seit Newport, spätestens seit der England-Tour. Und du förderst das noch.

Sally blickt in die Düsternis an der 131st Straße, studiert Autowracks nahe Broadway.

Du redest ständig von Bob als Visionär, als Seher, als dem Messias für alle Teenager unserer Zeit. Aber was ist wirklich passiert in England? Ihr kommt zurück und verhaltet euch verdammt herablassend. Als ob ihr euch was einbilden würdet. Als ob euch einer in England gesagt hätte, ihr seid wichtiger und weiser als …

Sally überlegt und blickt dazu auf den ausgerauchten Joint, der noch immer zwischen ihren Fingern steckt.

… wichtiger als alle Politiker auf der Welt, alle Gelehrten, wichtiger als Gott.

Sally erschrickt. Albert fährt durch eine Wasserfontäne, die aus einem aufgebrochenen Hydranten schießt. Albert scheint davon unbeeindruckt.

Sweetheart, du klingst fast so, als ob du dich von Bob betrogen fühlen würdest. Kannst du damit aufhören? Bob hat dir kein Paradies versprochen.

Aber es ist doch ein bisschen Betrug dabei. Und du unterstützt das noch, oder?

Meine Güte, hab ich Bob befohlen, er soll »Ballad of a Thin Man« schreiben? Hab ich ihm etwa befohlen, dass er mit der ganzen herablassenden Prahlerei anfangen soll? Dass er Sonnenbrille Tag und Nacht tragen soll, hä? Kann ich was dafür, dass er das Publikum in Rage versetzt, weil er jetzt seine Dichtung zu elektrischer Begleitmusik vorträgt?

132nd Straße und Broadway. Rotlicht. Albert überlegt, ob er wirklich anhalten soll. Eine Gruppe Jugendlicher steht auf dem Gehsteig. Zwei Jungs starren auf den Continental, einer hebt eine leere Katzenfutter-Dose vom Asphalt und hebt an zum Wurf. *»Drop Dead, Whitey!«*, schreit er. Albert drückt aufs Gas, schwenkt Richtung Riverside Drive ab. Von dort nördlich Richtung Harlem River. Dann immer weiter nördlich.

Irgendwann schläft Sally ein.

New York wird irgendwann ländlich, leer und grün. Albert dreht den Wählknopf in tiefere AM-Regionen. »Orange Blossom Special«, der neue Song von Johnny Cash, ertönt.

Albert nervt Sallys Misstrauen. Dieses Misstrauen wegen eines Songs wie »Ballad of a Thin Man«. Misstrauen gegen alles Elektrische, das Bob jetzt umarmt. Er kann wirklich nicht verstehen, dass Sally immer noch von einem Schock spricht. Bobs neue Feinde nennen es alle den *Electrical Shock*.

Verstehst du mich, Sweetheart?

Albert streichelt Sally übers Gesicht.

Bitte schlaf jetzt nicht ein. Unterhalte mich. Sonst penne ich auch ein.

Sally öffnet ihre Augen. Sie beugt sich im Sitz hoch und blickt zurück durchs Heckfenster. New York ist nicht mehr zu erkennen.

Wir sind ein Ehepaar, Sally. Ich will ein guter Partner sein. Du sollst mich verstehen, Baby.

Ich versuch's ja, sagt Sally.

Ich stehe unter Druck. Schließlich finanziere ich Bobs Studiozeit, seine Studiomusiker, ich investiere in Bob und brauche Erfolge. Kapier das mal. Und ich verdiene bloß die Hälfte an seinen Songs. Das reicht momentan gerade, um seine Produktion am Laufen zu halten. Also geht mich das sehr wohl was an, ob Bob mit den modernen Zeiten, in denen wir leben, mitgeht.

Was soll das heißen, »moderne Zeiten«?

In die Zukunft blicken und sich auch von ein paar hinterwäldlerischen Fans verabschieden.

Hast du wirklich eben gesagt, du behältst die Hälfte? Die Hälfte von was?

Sally merkt gerade, dass sie noch nie mit Albert übers Geschäftliche geredet hat.

Vergiss es, Sweetheart.

Doch, wieso reden wir nicht davon? Reden wir doch davon, dass zum Beispiel Bobs treuste Fans heute glauben, dass er wegen dir und der Allmacht des Dollars in die Knie gegangen ist.

Bullshit.

Und dieser ganze Selbsthype. Den hat er von dir gelernt. Die Sonnenbrille hättest du ihm aufgequatscht. Diese arrogante Star-Attitüde. Das passt überhaupt nicht zu Bob.

Du liegst völlig falsch, Baby. Sara hat ihm die Sonnenbrille geschenkt.

Weißt du, Albert, ich hasse seine neue Attitüde. Das ist mehr wie, wie … ach ich weiß nicht, Marlon Brando. Sicher nicht Woody Guthrie. Daran trägst du doch bestimmt deinen Anteil.

Baby, findest du *Elektrisch* wirklich sooo schlecht? Und die Sonnenbrille?

Sag ich gar nicht. Ich kann einfach damit noch nichts anfangen.

Sally bastelt jetzt an einem neuen Joint. Sie krümelt rötlich gefärbtes Haschisch auf ein Zigarettenpapier.

Ich sag dir, was sich an Bob verändert hat, wenn du es genau wissen willst, Sally: Er ist einfach wütender auf dieses Land als noch, sagen wir, letztes Jahr. Oder 1963. Und jetzt geht's erst richtig los. Mit Vietnam. Und Watts. Und die anderen Städte. Ist ja auch sonst viel passiert. Und mit der Wut und der elektrischen Gitarre im Rücken schreibt er die böseren Stücke. Er ist wütend.

Was hat diese Wut mit Mister Jones zu tun?

Er hasst einfach die ganzen Spießer, die ihn mit langweiligen Fragen bombardieren.

Also ist Mister Jones doch ein Journalist. Wieso geht Bob auf Journalisten los? Die machen doch nur ihre Arbeit. Die sind wichtig für unser Land. Die Vierte Macht und so.

Das denkst du. Bob ist genervt von den verdammten Fragen absolut ahnungsloser Spießer. Das ist Mister Jones. So sind sie, die Journalisten.

Und wieso verpackt er das in diesem Song so … so …

Sally überlegt sich das richtige Wort, blickt dazu aus dem Fenster, Richtung Hudson River.

… *kryptisch?*

Albert schüttelt den Kopf und nimmt Sallys Hand.

Baby, wollen wir uns jetzt wirklich über solche Dinge streiten?

Ja, das hält dich wach, Albert! Bitte erklär mir den verdammten Song!

Albert dreht den Wählknopf wieder runter in den niedrigen AM-Bereich. »I Can't Help Myself« von den Four Tops ertönt.

Schau, Baby, Bob hält es mit einer neuen Philosophie der offenen Fragen. Offene Fragen gegen konfektionierte Antworten. Hat er übrigens von deinem Freund Allen (Ginsberg) gelernt. Mister Jones ist der archetypische Spießer. So verstehe ich »Ballad«. Und Bob schickt ihn in ein absurdes Theater aus grotesken Fantasiefiguren und Außenseitern. Das ist Bobs neue Welt. Bei denen passiert etwas wirklich Bedeutendes für unsere Zeit, etwas, das dieser Mister Jones nie verstehen wird. Nie! Bob bewohnt jetzt diese Welt, die Welt der Freaks und der Weirdos. Sie bestimmen sein Leben.

»Ballad« ist also genau das Gegenteil von »Like a Rolling Stone«?

Ja.

Und du hast diesen Unterschied sofort erkannt, ehrlich jetzt?

Klar. »Like a Rolling Stone« ist ein Feelgood-Song. Alle kapieren das. Wir sind eine neue Generation von Außenseitern. Wir werden aber die Welt der Zukunft verändern. »Ballad« will dieses *gute Gefühl* unterwandern, hinterfragen. Weil Bob die Feinde genau kennt. Alle diese kranken Mister Jones' dieser Welt.

Der Continental nähert sich jetzt der Gegend um Poughkeepsie. Sally beobachtet die Morgensonne über den weiten Feldern, die sich vor ihnen öffnen. Der Horizont erstreckt sich jetzt in der ansteigenden Hitze in ganz weite Ferne, bis an eine verschwommene Reihe von Pappeln.

Endlich! Sally zieht genüsslich an ihrem Joint, den sie dann Albert weiterreichen will. Albert lehnt ab.

Weißt du, ich will, dass du es begreifst, Sweetheart, wenn wir schon auf der ganzen Fahrt davon reden.

Versuch ich ja, Albert. Ich versuch's wirklich. Aber es fällt mir echt schwer.

Es ist nicht so schwer. Bobs Musik bricht jetzt einfach auf in eine neue Freiheit. Ich glaube »Ballad of a Thin Man« erzählt bereits von dieser neuen Möglichkeit, dieser Reise an unbekannte Ufer. Und dass man sich vor den verdammten Normalos, den *Squares*, schützen muss! Sie sind schuld am ganzen Schlamassel. Das Teuflische musste rein in diesen Song, damit diese optimistische Überzeugung durchdringt, dass alles machbar ist, dass Zweifel und Hoffnungslosigkeit in unserer Generation verschwinden. Die meisten Menschen sind wie dieser Mister Jones. Wir alle, die wir uns von den Massenmedien was vorgaukeln lassen, vom Fernsehen, von den Zeitungen, von *Newsweek* und *Time Magazine*, glauben an diese falsche Wirklichkeit. Dabei passiert andauernd wirklich Bedeutendes in der Welt, eine tiefere Wahrheit, die wir vielleicht nur poetisch erfassen können. Aber viele Menschen sind zu blind, es zu sehen – weil wir uns blenden lassen von all dem Bullshit, den sie in den Medien *Realität* nennen.

Sally blickt jetzt wie betäubt durch das Seitenfenster, auf Lastwagen mit hohen Gattern an den Seiten, die auf den Feldern gegen den grünen Horizont stehen. Männer in Lumpen gekleidet arbeiten in langen dichten Reihen auf den Feldern.

Mexikaner, sagt Sally leise. Die arbeiten praktisch für nichts.

Sally dreht sich deprimiert zu Albert.

Siehst du das dort, diese Arbeiter, die diese Scheißarbeit erledigen müssen?

Ja, sehe ich. Na und? Fragst du mich jetzt wieder, ob wir was tun können, um ihre Lage zu verbessern?

Nein.

Sie schweigen. Sally starrt durch die Windschutzscheibe. Sie sprechen eine Weile nicht mehr.

Albert fährt den Continental über eine schmale Landstraße, in der Ferne kann man schon die Catskill Mountains erahnen. Vor ihnen liegt endlose Graslandschaft. Wiesen so weit das Auge reicht. Sally sieht, wie die immer höher steigende amerikanische Sonne auf die Landschaft brennt und mit ihrer transformierenden Kraft durchdringt. Vielleicht würde die Sonne bald ganz Amerika *transformieren.* Sie denkt an das Wort »Transformation«, studiert das Wort jetzt von allen Seiten. Das ist es, was Sally wirklich beschäftigt: Transformation!

Albert hält den Wagen am Ufer des Hudson River, wie es Sally gewünscht hat. Sie entledigt sich ihrer Kleider. Sie überlegt nicht lange. Transformation. Sie springt nackt in den Fluss, das Wasser ist so klar und so kalt, dass es ihr den Atem verschlägt. Es ist ein Idyll. Und ja, sie ist glücklich.

Zurück im Wagen wiederholt sie es noch einmal: Transformation! Darum geht's. Die Vorstellung macht sie glücklich. Und Albert ist Teil ihres Glücks, der Transformation. Die ganze Bewegung. Die Community. Der Sound von Bob. Sally will das nicht verlieren. Sie legt jetzt wieder ihren Arm um Alberts Schulter.

Ich bin glücklich mit dir, Albert.

Besonders, wenn sie sich gegenseitig Passagen aus Hermann Hesses Büchern vorlesen. Oder Thoreau. Das gefällt Sally. Die neue amerikanische Idylle. Die Transformation, von der Bob bisher in seinen Songs gesungen hat und damit das junge Amerika wachrütteln konnte. Doch die neuen Aufnahmen sind anders. »Ballad of a Thin Man« ist richtig bösartig geworden. Der bösartigste Bob überhaupt, findet Sally. Richtig *nasty*! Das macht ihr Sorgen.

Sie spürt jetzt eine starke Welle der Erschöpfung. Sie mag nicht mehr über Bob nachdenken. Im Radio läuft ein neues

Stück der Beatles. »Yesterday«. Sie mag die Beatles wirklich nicht, wenn sie so kitschig singen. »Pop« nennt es Albert. Verkaufe sich super. Sie mag nicht daran denken. Sally legt ihren Kopf zurück. Sie schließt ihre Augen. Sally spürt die Landschaft. Auf 720 AM spielen sie weitere Songs vom neuen Beatles-Album. *Help!* Sie spürt jetzt, wie ihre Gedanken schon eine Weile in sich selbst eingesperrt sind. Seit sie gestern Vormittag die Columbia Recording Studios betreten hat. Vielleicht ist es aber auch der Rote Libanese, den sie seit ein paar Tagen raucht. Sie spürt die weiche kitschige Musik der Beatles, die weiche Textur des Highways unter ihr, den federnden Continental. Gleich sind sie zu Hause. Endlich! Als stünden sie gleich vor dem Eingang zum Mittelpunkt der Erde.

Und dann stürzt Sally doch immer wieder über diese Kante hinab, tausendmal, zehntausendmal, und immer wieder hört sie »Ballad of a Thin Man«. Und alle lachen, weil sie es nicht versteht: »Because something is happening here. But you don't know what it is. Do you, Mister Jones?«

Seit Bob elektrischen Sound spielt, hat sich was in ihr geändert. Aber was?

Sally hat die Augen geschlossen, sie fühlt sich ausgestoßen. Viele junge Amerikaner haben dieses Jahrzehnt begonnen, sich selbst beizubringen, wie man sich im eigenen Land als Ausgestoßene fühlt. Als sie das denkt, ist sie schon wieder ganz tief eingedrungen in diesen Traum, der mit »Ballad« beginnt. »Because something is happening here, but you don't know what it is. Do you, Missis Jones?« …

Sally schläft wieder ein. Ganz tief. Sehr tief. Als ob die Welt stillstehen würde.

Vier Stunden später.

Sally erwacht. Sie sitzt jetzt nicht mehr im Continental. Sie hört Alberts Stimme. Er brüllt in seinen Telefonhörer. Scheinbar ein verdammt wichtiges Gespräch. Wie lange sie geschlafen hat, weiß Sally nicht. Sie liegt auf einer Hängematte draußen auf der Veranda. Sie blinzelt, sie kann durch ihre Augenschlitze vier Männer auf der Wiese sehen, sie sitzen unter einer alten Eiche und lassen einen Joint rotieren. Sie stützt ihren Kopf jetzt auf. Da vorne sind Robbie, Bob und Levon. Bob quatscht mit einem Typen in Lederjacke, der auf einem Motorrad sitzt. Sally kann nichts verstehen. Weiter hinten spazieren Mike und Al durch ihren Gemüsegarten, diskutieren über Pflanzen, über Kräuter. Robbie und Levon diskutieren über Häuser, die sie in der Gegend ausgekundschaftet haben. Levon hat was gefunden, westlich von Woodstock. Die wollen wirklich alle hier draußen wohnen, denkt Sally. Eines dieser Häuser heißt Big Pink. Ziemlich hässliches Haus, findet Sally. Richtig *nasty.* Albert findet es genau richtig. Und Bob hat es auch lieb gewonnen.

Sally ist plötzlich hellwach. Alberts Stimme dröhnt jetzt bis tief in ihr Trommelfell hinein. Er ist immer noch am Telefon. Albert muss sie aus dem Wagen getragen und dann in die Hängematte gelegt haben. Dort hat sie einfach weitergeschlafen. Die Sonne steht jetzt schon tiefer über dem Horizont und scheint ihr direkt ins Gesicht. Irgendwo im Hintergrund ertönen Piano-Klänge von Erik Satie. Alberts Telefongespräch spitzt sich zu.

Nicht *ich* will das!, brüllt er in den Telefonhörer. Bob will es so. Ich bin nur sein Manager, das ist alles. Aber in dieser Funktion weiß ich sehr wohl, was Bobs Absichten sind. Und *Newsweek* sollte seinen drei Millionen Lesern davon erzählen.

Hier passiert nämlich gerade Historisches, mit dem sich Ihre Publikation gerade bei einer jüngeren Generation etablieren könnte.

Sally beobachtet Albert durch das Fliegengitter, er hat einen hochroten Kopf, er hat den Hörer zwischen Schulter und Kinn gepresst, und er dreht sich gleichzeitig einen Joint.

Ich sage Ihnen genau, was anders ist, seit Bob auf elektrische Gitarre umgestiegen ist. Früher wollte er Kerzen von beiden Seiten anzünden. Ja, Kerzen. Sie haben mich richtig verstanden. Das war mal sein Ding. Kerzen anzünden. Und jetzt will er sie mit einem Schweißbrenner in der Mitte bearbeiten. Das heißt für Bob *elektrisch.* Können Sie das irgendwie nachvollziehen, Mister Elliott …

Albert spricht offenbar mit dem Chefredakteur von *Newsweek*, Osborn Elliott.

Ja, ja … schon klar … meinetwegen. Aber es geht hier nicht um einen kitschigen John-Ford-Film. Es geht um meinen Klienten, der am amerikanischen Horizont aufsteigt, den heuchlerischen modernen Dunstschleier der Gegenwart durchdringt und triumphierend für eine junge Generation in den Himmel sticht … Wie bitte? Nein, ich übertreibe nicht, Mister Elliott. Glauben Sie mir, drei Millionen *Newsweek*-Leser werden es Ihnen auf alle Ewigkeit danken, wenn Sie Bob Dylan aufs Titelblatt nehmen. Das wäre ein historischer Schritt, der in die amerikanischen Geschichtsbücher eingeht …

Albert holt jetzt tief Luft, dann nimmt er einen ersten Zug von seinem frischgebauten Joint. Al und Mike nähern sich der Veranda, angezogen von Alberts durchgeknallter Stimme. Sie wollen sich den Spaß aus nächster Nähe reinziehen.

Hören Sie mir gut zu. Ich bin fast sicher, *Time Magazine* wird es furchtbar bedauern, wenn wir uns für *Newsweek* entschieden haben … Was, das glauben Sie nicht? Okay. Natürlich hat sich *Time Magazine* bei mir gemeldet … alle melden sich bei mir. Wir gäben Ihnen aber den Vorzug. Ich sage es Ihnen ganz direkt: Es gibt nur ein Interview, wenn Sie Bob aufs Cover nehmen und diese junge Reporterin namens Nora Ephron dafür anstellen, mit ihm zu sprechen. Bob hat mir persönlich gesagt, er würde *Newsweek* bevorzugen … Wie bitte? Sie lassen noch keine Frauen für *Newsweek* schreiben? … Dann sollten Sie das aber schleunigst ändern …

Albert winkt Mike und Al ins Wohnzimmer. Er händigt ihnen seinen Joint aus. Albert ist heiß gelaufen. Sally blickt angespannt ins große Wohnzimmer, wo an der Decke ein Objekt baumelt, das ihnen Ken und die Merry Pranksters geschenkt haben. Es schießt Sonnenlicht wie ein Stroboskop regenbogenfarben zurück an die Wände.

… wir nennen das neue Album *Highway 61 Revisited*, richtig …

Wieso? Ah, das wissen Sie schon? Aha … okay … seltsam. Wieso wissen Sie das schon? Ja, ›Like a Rolling Stone‹ ist auch drauf, genau. Und ›Ballad of a Thin Man‹. Das sind die beiden Songs, die das neue Album krönen. Klar … verstanden … natürlich ist es eine Attacke auf alles Bürgerliche. Was denn sonst. Aber nicht so, dass Ihnen die Leser gleich weglaufen. Natürlich nicht. Gerade das Gegenteil. Sie wollen doch neue Leser. Neue Werbepartner … Wie bitte? … Ja, natürlich klingen die neuen Songs wie eine Attacke auf alles, was *kultiviert* sein will …

Als Albert »kultiviert« wiederholt, dreht er sich zu Mike und Al, schüttelt seinen Kopf und verzerrt sein Gesicht zu einer herablassenden Grimasse.

Schon klar, Mister Elliott. Aber es ist Ihnen vielleicht bekannt, dass es kein akustisches Album ist. Bob Dylan spielt jetzt elektrisch und in Begleitung einer richtigen Band …

Albert streckt den Telefonhörer provokativ von sich weg.

Wer da alles dabei ist? Meine Güte, eine ganze Rasselbande. Mike Bloomfield, Al Kooper, Harvey Goldstein, Russ Savakus, Sam Lay, Bob Gregg … wollen Sie alle Namen hören? Produziert wird das Album von Bob Johnson …

Sally steht jetzt auf, schleppt sich zu Albert und setzt sich auf seine Knie. Albert nimmt sie in die Arme und steckt ihr den Joint zwischen die Lippen.

Genau, das ist eben auch ein spezifischer amerikanischer Geist, grob und unzivilisiert. Das verstehen die jungen Leute. Was meinen Sie, wieso die Byrds einen Song wie ›Tambourine Man‹ covern? Ja, den hat Bob geschrieben. Die Byrds sind übrigens dank Bob auf dem Weg in die Top 10 … genau, Sie haben's erfasst: The Byrds …

Al und Mike haben es sich längst auf der Couch bequem gemacht.

Sally nuschelt Albert etwas ins Ohr. Albert verhüllt mit der Hand die Telefonmuschel.

Reg dich nicht so auf, Albert, sagt Sally.

Ich sage nur die Wahrheit, Baby …

Albert wendet sich wieder dem Gespräch zu.

Mister Elliott, glauben Sie mir, Bob hat sich der Urvorstellung von Amerika verschrieben. Das Land ist kompliziert, gefährlich und sehr lebendig. Und Bob ist ein amerikanischer Teenage-Messias. Nein, nicht wie die Beatles. Ganz anders als die Beatles. Wichtiger als die Beatles. Die Beatles sind eine Tanzband aus Liverpool. Bob ist der wichtigste Botschafter, den Amerika je besessen hat. Die jungen Engländer, Franzosen, Deutschen, die glauben, dank Bob, dass es ein anderes

Amerika gibt, nicht nur Coca-Cola, Cadillacs und Hollywood. Dass das Land reicher an guten Geistern ist, als alle geglaubt haben, dass es dort Möglichkeiten gibt, die sie erst gerade anfangen zu begreifen … Genau, so kann man es auch nennen, Sie haben natürlich recht: Er ist der einflussreichste Musiker der Gegenwart, er gehört aufs Titelblatt … richtig … Sie wollen doch nicht etwa als Hinterwäldler gelten, oder? … *Thank you, Sir* … Okay. Ich spreche mit Bob. Okay. So machen wir's, *bye-bye* …

Albert legt den Hörer auf.

Er küsst Sally auf die Wange. Dann auf die Lippen. Er nimmt sie an der Hand und läuft auf die Veranda. Draußen vor dem Haus steht Bob und lässt sich von einem Typen in Lederjacke sein Indian-Motorrad erklären. Die Nachmittagssonne hängt über dem Horizont. Ein Überlandbus fährt gerade vorbei. Sally legt ihren Kopf auf Alberts Schulter. Transformationen, denkt sie. Welten kollidieren. Neue Zivilisationen breiten sich aus. Tempel werden errichtet. Sally spürt, wie die ganze Welt genau in diesem Augenblick auf dieses schöne Stück Amerika, wo Bob neben einem Motorrad steht, zusammenschrumpft.

Bob setzt sich auf die Indian. Der Ledertyp gibt ihm ein Okay-Zeichen. Daumen hoch. Bob lässt den Motor aufbrausen. Dann fährt er los. Sally hört plötzlich Stimmen im Lärm der sich entfernenden Indian. Stimmen, wo keine sein können. Sie schließt die Augen, als würde sie sich konzentrieren oder beten. Da sind Stimmen. »Because something is happening here.« Sallys Augen sind jetzt wie verbrannt, wie ausgehöhlt, pechschwarz und bodenlos tief. *»Because something is happening here. But you don't know what it is. Do you,* Missis Jones?«

Bob Dylan's 115th Dream

Oder: Eine gute Geschichte

von Tino Hanekamp

Das Hundefutter war mal wieder alle, das Bier auch. Das Schwein hatte in der Küche randaliert und unsere letzten Teller zerschlagen. Am Morgen war ein Mann mit Cowboyhut vor unser Tor geritten und hatte Geld für Wasserrechte gefordert, von deren Existenz wir bis dahin noch nichts wussten, und mein Kontostand war so rot wie die Abendsonne über der Bergkette am Ende der Tiefebene (dahinter der Pazifik, aber für uns seit Wochen unerreichbar, denn der Jeep musste in die Werkstatt), als ich eine Anfrage erhielt: Ob ich einen Text für diese Anthologie hier schreiben wolle, für Geld? Und wie ich wollte.

Die Aufgabe war denkbar einfach: Man sollte sich einen Dylan-Song aussuchen und von diesem inspiriert eine kleine Geschichte schreiben. Nur leider inspirierte mich jedes Lied von Bob Dylan lediglich dazu, nichts über Bob Dylan zu schreiben, über den nun wahrlich schon genug geschrieben worden war. Außerdem bin ich weder ein großer Dylan-Fan noch weiß ich irgendwas über ihn, das sonst noch keiner weiß, und frei assoziierend irgendwas zu schreiben erschien mir nicht im Sinne der Leserinnen und Leser dieses Buchs.

Mein liebster Dylan-Song ist »Bob Dylan's 115th Dream« vom 1965er-Album *Bringing It All Back Home*, und kurz spielte ich mit dem Gedanken, aus dem surrealen Text eine surreale Kurzgeschichte zu machen, verwarf das aber zum Glück wieder, weil ich mich an eine Geschichte erinnerte, die mir vor zweieinhalb Jahren ein Mann erzählt hatte, den ich Red Ryder nennen soll.

Wir leben im Hochland von Chiapas, dem südlichsten und ärmsten Bundesstaat Mexikos. Die nächstgrößere Stadt, San Cristóbal de las Casas, ist eine Stunde entfernt. Unsere weit verstreuten Nachbarn sind alle indigener Abstammung und brutal arm, und dann gibt's da noch diesen Red, der aus Arizona stammt, nicht wirklich Red Ryder heißt und zehn Minuten von uns eine Pferderanch betreibt, auf der ich vor zwei Jahren ein paar Wochen gearbeitet habe, kurz bevor wir unser Stück Land hier fanden. Die Geschichte, die er mir damals erzählte, ging so: Bob Dylan hatte hier in der Gegend mal eine Ranch, auf der befand sich ein Tunnel, und in dem hat Dylan Musik gemacht. Ende.

Hierzu muss man wissen, dass dieser Red sehr viel kifft und einem auch erzählt, die Erde sei flach und in ihrem Inneren lebten in einem komplexen Tunnelsystem sehr große und sehr blonde Aliens, die darauf warteten, dass wir es hier oben verkacken, und dann übernähmen sie die Macht und versklavten uns. Nachdem er mir diese Dylan-Story erzählt hatte, von der ich kein Wort glaubte, googelte ich die Sache trotzdem kurz, fand aber natürlich nichts und dachte nicht mehr daran, bis sie mir in meiner verzweifelten Suche nach einem Thema für diesen Text wieder einfiel. Mein Plan war, ihn das alles noch einmal erzählen zu lassen, den Quatsch aufzunehmen, abzutippen und so einfach noch eine weitere Dylan-Legende in die Welt zu setzen.

»*Yeah, no problem*«, sagte der Mann, der aussah wie Karl Ove Knausgård, nachdem er vom Pferd gefallen ist. Er bestand jedoch darauf, dass ich ihn in meinem Text nicht bei seinem echten Namen nenne und auch den Namen seiner Ranch verschweige – vielleicht hatte er Angst vor den Aliens, der CIA oder den Dylanologen.

»Und wie soll ich dich nennen?«, sagte ich.

»Red Ryder, mit Ypsilon«, sagte er.

Ich schaltete das Aufnahmegerät an.

Red Ryder legte los:

»Ich war da Anfang der Neunziger. Also auf Dylans Ranch. Da war sie natürlich längst nicht mehr Dylans Ranch. Der ist Ende der Sechziger da aufgekreuzt, hat wahrscheinlich ein paar Hundert Dollar auf den Tisch gehauen und fertig. Ein riesen Stück Land. Das ging ja damals einfach so, kostete ja nichts, war ja Wilder Westen hier, ist es ja immer noch. Und da hat er sich dann diesen Tunnel gebaut, oder bauen lassen, was weiß ich. Auf jeden Fall gab's den noch, als wir da aufliefen. Sonst war da nur so ein heruntergekommenes Haus. Schöne Dachziegel, aber sonst alles *fucked up*. Da wohnte der Typ, der auf die Ranch aufpasste, José, Manuel, Juan, so was in der Art. Und der sagte die ganze Zeit: ›Bob Dylans Ranch! Bob Dylans Tunnel!‹ Er hat uns sogar einen Kaffeebecher gezeigt, aus dem Dylan angeblich getrunken hat, kannte aber natürlich keinen Song von dem Typen, ha ha! Na ja, mir war's egal. Dylan war nie so mein Ding. Freddy Lopez hatte mich auf die Ranch geschleppt, der Dokumentarfilmer, kennst du? *Anyway.* Jedenfalls fragte mich Freddy: ›Willst du Bob Dylans Ranch sehen?‹ Klar wollte ich, *why not*? Also haben wir ein paar Biere gekauft und ein paar Joints gedreht und sind hin da.«

»Wohin überhaupt? Wo ist denn diese Ranch?«

»In San Cristóbal de las Casas, die Straße hoch nach Chamula, in La Quinta San Martin. Als wir da ankamen, war die Straße noch ein Feldweg, und überall war Wald. Heute stehen da schöne Häuser. Aber Ende der Sechziger, als Dylan da auflief – das war noch mal 'ne ganz andere Welt. Damals gab's mehr Esel in der Stadt als Autos.«

»In der Gegend wohnen Freunde von mir«, sagte ich.

»Na siehst du, dann kennst du das da ja. Die Ranch ist rechts, wenn du aus der Stadt rausfährst. Kurz vor der Kirche, direkt an der Straße.«

Hier stutzte ich zum ersten Mal, denn es gab da tatsächlich eine Ranch, hinter einem großen schmiedeeisernen Tor, die Rancho El Ar, auf der ich selber mal gewesen war.

Red zündete sich einen Joint an. Seine Frau brachte Kaffee. Pferde schnaubten oder so was in der Art. Ich fragte nach dem Tunnel.

»Da war einfach nur ein Loch in der Erde, ein paar Steine drumherum, damit die Erde nicht runterfiel. Man musste den Kopf einziehen, und der Tunnel war dreißig, vierzig Meter lang. Er war hoch genug, um darin zu gehen, wenn man sich ein wenig bückte, und breit genug, um die Arme auszustrecken. Licht fiel nur durch den Eingang, am anderen Ende gab's noch einen. Wir rauchten einen Joint an dem einen Ende, gingen ans andere und rauchten noch einen und stellten uns vor: Da ist Bob, sitzt auf einem Stuhl und fummelt an seiner Gitarre rum, haha!«

»Und das Haus, in dem der Aufpasser lebte, stand gleich rechts, wenn man auf die Ranch fuhr?«, sagte ich.

»Ja«, sagte Red.

»Und man fährt da so eine Allee runter, links und rechts Bäume, und da ist dieses Haus, und der Tunnel befindet sich ein paar Meter weiter, und sonst ist da nichts, nur sehr viel Wiese und ein paar Bäume?«

»*Yeah, exactly.*« Red stieß Rauch aus. »So war das zumindest, als ich da war, auch schon wieder sechsundzwanzig Jahre her.«

Hier stutzte ich zum zweiten Mal, diesmal länger. Das klang alles sehr nach der Ranch mit dem schmiedeeisernen Tor, deren Besitzer ich gut genug kannte, um mich an seinen Namen zu erinnern: Virgil Alderson. Gemeinsame Bekannte hatten uns einander vorgestellt, damals, vor fünf Jahren, als ich gerade nach San Cristóbal gezogen war und jeden hier über sein Leben ausfragte, weil ich selber ein neues begann. Virgil – Mitte fünfzig, massig, Säufernase – war ein wenig wortkarg gewesen, lud mich aber auf seine Ranch zu einer Party ein, wo er dann – wahrscheinlich lag's am Mezcal – sehr viel gesprächiger war.

Rückblende: Virgil führt mich in sein Haus (das Haus rechts am Ende der Allee) und zeigt mir sein kleines Musikstudio. / Virgil erzählt mir von seinem Vater, einem Toningenieur und Musikproduzenten, der Anfang der Siebzigerjahre aus New York nach San Cristóbal gezogen war, das Grundstück gekauft und die Musik der Indigenen aufgenommen hatte. / Virgil zeigt mir einen Tunnel, *the echo chamber*, in dem sein Vater Klangexperimente gemacht hatte. Der Tunnel sieht ungefähr so aus, wie Red ihn beschrieben hat.

»Und wann soll Dylan diese Ranch gekauft haben?«, fragte ich Red.

»Ende der Sechziger«, sagte er.

»Also kurz nach *Bringing It All Back Home*, *Highway 61 Revisited* und der legendären Tour, auf der er ausgebuht wurde, weil er plötzlich Rockmusik spielte, und nach der er völlig ausgebrannt war«, sagte ich. »Und dann hatte er diesen mysteriösen Motorradunfall und zog sich zurück, aber einige Leute glauben, der Unfall war nur vorgetäuscht und Dylan wollte einfach nur abtauchen, auch um seine Drogensucht loszuwerden, Heroin und so.«

»Keine Ahnung«, sagte Red. »Wie gesagt, Dylan war nie so mein Ding. Ich brauch's ein bisschen härter, *hombre.*«

»Aber gut möglich, dass er sich damals hier für ein paar Hundert Dollar eine Ranch gekauft hat, um seine Ruhe zu haben …«, sagte ich.

»Na klar«, sagte Red, »so ging's los.«

»Paar Pilze nehmen, in 'nem Tunnel abspacen …«

»Mann, hier war doch keiner. Ein paar Freaks, Hobos, Aussteiger und Anthropologen, aber ansonsten nur Einheimische – Großgrundbesitzer und Mayas. Und oben in Oaxaca bei María Sabina hingen schon John Lennon und Keith Richards rum und haben Pilze eingeworfen. War Dylan da nicht auch mal? Der ist bestimmt einfach einen Tag lang den Panamerikanischen Highway runtergefahren und zack: Land gekauft, Tunnel gebaut, das Licht gesehen und wieder weg. Die Ranch war ihm danach doch egal. Paar Hundert Dollar, keine Papiere, *fuck it.*«

Ein Musikproduzent aus New York, der genau zu der Zeit diese Ranch gekauft hat, als Dylan von der Bildfläche verschwunden war … Ein einfaches Studio, ein Tunnel für Sound-Experimente und drumherum eine Welt, in der niemand wusste, wer Bob Dylan war … Der Wilde Westen im Süden Mexikos, Magic Mushrooms, Hochlandluft …

Ich fuhr sofort zurück nach Hause, wo wir keinen Handyempfang, aber Internet haben, und googelte den Vater von Virgil Alderson. Richard Alderson war laut Wikipedia Toningenieur und Musikproduzent, hatte mit Harry Belafonte, Sun Ra und Nina Simone gearbeitet und – Schocksekunde! – 1962 Bob Dylan im New Yorker Gaslight Cafe aufgenommen, was 2005 als *Live at The Gaslight 1962* veröffentlicht wurde. Und – jetzt kommt's! – auf der legendären Tour 1966, auf der man Dylan und seine Band (aus der dann The Band werden sollte) ausgebuht hatte, war Richard Alderson Tontechniker gewesen und hatte Aufnahmen gemacht, die 2016 in der 36-CD-Box *Bob Dylan: The 1966 Live Recordings* und dem Live-Album *The Real Royal Albert Hall 1966 Concert* veröffentlicht wurden. Außerdem stand da noch, dass Alderson 1969 nach Chiapas gezogen war und dort die indigene Musik der Region aufnahm, was dann später auf Smithsonian Folkways veröffentlicht wurde – ich hatte sogar eines seiner Alben auf dem Rechner, *Modern Maya Vol. 2*.

Ich flippte ein bisschen aus und fuhr am nächsten Tag in die Stadt, um Richard Aldersons Sohn Virgil und die Ranch zu besuchen. Die Sonne schien, im Auto lief »Bob Dylan's 115th Dream« in Endlosschleife, und ich stand kurz davor, eine Dylan-Story aufzudecken, die noch niemand kannte. Dylan und Mexiko – das war bis jetzt ein weißes Blatt. Laut Google war er 2008 in Mexiko-Stadt mal ein paar Stunden in einem Box-Club gewesen und irgendwann in den Siebzigern im

Norden in den »Hills of Mexico«, und das war's zum Thema. Aber mehrere Monate auf einer Ranch in San Cristóbal de las Casas, Chiapas? Das würde der Dylan'schen Geschichtsschreibung ein völlig neues Kapitel hinzufügen, bei Dylanologen zumindest kurz für Schnappatmung sorgen und den Verlag wahrscheinlich bewegen, mir für diesen Coup das Zehnfache des Honorars zu überweisen.

Das Tor war verschlossen, keine Klingel, kein Mensch in Sicht. Die Allee war an die fünfzig Meter lang, das Haus rechts am unteren Ende von hier aus nicht zu sehen. Aber man sah es von der Straße aus, die zu dem Wohngebiet führt, in dem die Mutter meiner Frau wohnt.

Ich rief über den Zaun so höflich, wie das in so einer Situation möglich ist, nach Virgil, der nach zwei, drei Minuten aus dem Haus stolperte, mich sah und etwas beunruhigt wirkend auf mich zukam.

»Bitte entschuldige die Störung«, sagte ich. »Es geht um Bob Dylan. Stimmt es, dass das hier mal seine Ranch war?«

»Nein.« Virgil schüttelte den Kopf. »Das ist eine Legende.«

»Aber was ist mit dem Tunnel?«

»Was soll mit dem sein?«

»Hat Dylan da drin mal Musik gemacht?«

»Dylan war nie hier«, sagte Virgil ein wenig barsch, was ihm sogleich unangenehm war. »Bitte entschuldige, aber mir sind in den letzten Wochen so viele Freunde weggestorben, Covid, Lungenkrebs, Covid und Lungenkrebs – ich bin mit den Gedanken ganz woanders.«

»Das tut mir leid. Und Dylan war nie hier?«

»Nein. Das Gerücht gibt es, seit ich denken kann, ich bin hier ja geboren. Aber an der Nummer ist nichts dran, sorry.«

»Schon okay. Und dein Vater lebt noch?«

»Ja, zum Glück.« Er lächelte schief.

»Meinst du, ich kann mal mit ihm reden?«

»Er wohnt in New York«, sagte Virgil und blickte zum Haus.

»Ich meine, per Skype oder so. Es gibt da diese Sache …«

Ich erklärte ihm die Sache. Virgil seufzte und schrieb mir die E-Mail-Adresse seines Vaters auf. »Ich weiß nicht, ob er antwortet. Erwähne meinen Namen, das müsste helfen. Also dann …«

»Kann ich noch kurz den Tunnel sehen?«

»Das ist jetzt schlecht«, sagte Virgil.

Ich bedankte mich und fuhr zurück. Die Enttäuschung darüber, dass meine Sensations-Story geplatzt war, wich schnell neuer Zuversicht, denn ich hatte ja jetzt Richard Alderson gefunden, den Mann, der mit Dylan 1965–66 auf dieser legendären Tour gewesen war, monatelang. Was der alles gesehen und erlebt hatte! Vielleicht würde er mir was erzählen. Für Dylan-Fans ist ja das kleinste Detail von größtem Interesse, und unter Umständen stellte sich vielleicht sogar noch heraus, dass Dylan auf dieser Tour »Bob Dylan's 115th Dream« gespielt hatte, obwohl der Song auf der 36-CD-Box nicht zu finden war, und ich könnte diese Geschichte hier irgendwie zu einem runden Ende führen.

»Nein, hat er nicht«, sagte Richard Alderson, der mit freiem Oberkörper auf dem Balkon seiner Wohnung im Greenwich Village vor einem Blumenkübel voller Oregano saß und wegen der Sonne oder meiner Frage die Augen zusammenkniff.

Natürlich war das nicht meine Einstiegsfrage, die habe ich hier nur aus dramaturgischen Gründen platziert, aber auch sonst wirkte Richard Alderson wie ein Mann, der keine Zeit zu verschwenden hat. Er ist beziehungsweise war (Stand September 2020) dreiundachtzig und findet die Pandemie toll, weil er endlich Zeit hat, seine Autobiografie zu schreiben, die *Open the Door, Richard* heißen soll und mit der er fertig werden will, »bevor es zu spät ist«.

Ich fand, das war ein guter Titel. In einer Kurzdoku der *New York Times* anlässlich der Veröffentlichung von *Bob Dylan: The 1966 Live Recordings* – Aldersons Aufnahmen – sieht man ihn, einen wie ein Buchhalter wirkenden, stets lächelnden jungen Mann mit Brille, wie er vom jungen Dylan angeschnauzt wird, weil der Sound mal wieder scheiße ist, woraufhin Alderson leicht lächelnd weiter alles gibt, um die Sache in den Griff zu kriegen, wie eine Art Hotelpage.

Alderson hatte eine abenteuerliche Aufgabe: Er musste in Venues, die einen Folk-Sänger erwarteten, den Sound für eine Rockband machen, die niemand sehen wollte. Ein paar Wochen vor Tourbeginn hatte ihn Dylans damaliger Manager Albert Grossman in New York gefragt, ob er mit Dylan auf Tour gehen wolle.

»Ich hab einfach Ja gesagt, ich wusste doch nicht, was da auf mich zukam, wie hart, hektisch und verrückt das alles werden würde. Bob kannte ich natürlich. Ich hatte ihn schon im Gaslight gesehen und aufgenommen und war überwältigt gewesen. Zu der Zeit hatte ich schon alle möglichen Leute gesehen, aber nichts kam dem auch nur nahe. Diese Tour war also genau mein Ding. Ich wollte einfach nur diese Musik gut klingen lassen. Es gab keine Proben. Ich war ja damit beschäftigt, das Equipment zu besorgen und die Anlage aufzubauen. Das erste Konzert war in Honolulu, da habe ich noch an den Kabeln rumgelötet, sogar noch in Stockholm – in den meisten

Läden hatte ich kaum Zeit, alles anzuschließen. Ich wusste, dass er elektrisch spielen würde, hatte aber keine Ahnung, dass die zweite Hälfte des Sets das werden würde, was sie dann war. Alle kamen, um den Dylan zu sehen, den sie erwarteten – und niemand erwartete Rock'n' Roll. Es wurde viel gebuht. Fast überall war das Publikum feindselig, und die Band reagierte darauf, indem sie noch aggressiver spielte. Niemand von uns verstand die Publikumsreaktionen. Ich verstand einfach nicht, warum nicht jeder begriff, wie großartig das Zeug war, das die da oben fabrizierten. Mit den Aufnahmen habe ich in Europa begonnen, weil Bob einen Film machen wollte, irgendwas Nouvelle-Vague-Artiges. Ich benutzte einfach das Zeug, das ich immer benutzte. Es gab keine Theorie, wie man eine elektrische Band abnehmen musste. Es ging nur darum, wie es auf der Bühne klang, und die Aufnahmen sind das, was die Leute vor der Bühne hörten. Es ist letztlich ganz einfach: Man stellt gute Mikrofone vor gute Musik, und es klingt gut.«

Und das war's für Alderson. Er arbeitete nie wieder mit Dylan. Nach der Tour befahl ihm Grossman, die Bänder zu Columbia Records zu bringen, »und das tat ich und sah sie nie wieder«, sagte er vor dem Oregano, als könne er es immer noch nicht glauben. Dass Aldersons Aufnahmen ein halbes Jahrhundert nach ihrem Entstehen 2016 wiederveröffentlicht wurden und er endlich als ihr Urheber genannt wurde, scheint ihn ein wenig mit der Tatsache versöhnt zu haben, dass er in der Dylan-Geschichtsschreibung so gut wie nicht auftaucht. In Martin Scorseses Dylan-Dokumentation *No Direction Home* sieht man ihn ein paar Mal mit Dylan agieren, aber er wird nicht namentlich erwähnt.

»Sie dachten, es sei ein anderer Richard«, sagte Alderson.

Ich widerstand dem Drang, ihn nach Dylan-Anekdoten zu fragen – da saß dieser lächelnde, wie Bill Murrays Großvater aussehende Mann, streichelte einen Terrier, und ich wollte ihn wirklich nicht belästigen.

»Nach der Tour haben Sie mit Aufnahmemethoden experimentiert«, sagte ich, obwohl er das natürlich schon wusste, »haben mit The Fugs, Muddy Waters und Spanky and Our Gang gearbeitet – und sind 1969 nach Chiapas, Mexiko, gezogen. Warum?«

»Ich war einfach ausgebrannt und wollte eine andere Welt. Meine damalige Frau hatte ein bisschen Geld, und wir haben diese Ranch gekauft, dieses Land, zehn Hektar. Damals lag das noch anderthalb Kilometer außerhalb der Stadt – nur ein Feldweg, kein Strom …«

»Und was haben Sie da dann gemacht?«

»Gemüse angebaut, ein Studio eingerichtet, eine Folkband namens Batsi' Son gegründet und alle Musik der Indigenen aufgenommen, die ich finden konnte. Die ganze Zeit, die Nixon Präsident war, blieb ich in Chiapas.«

»Und dann?«

»Bin ich wieder zurück, 1975. Es war Zeit weiterzuziehen. Meine Frau war von einem anderen Mann schwanger, unsere Beziehung lag in Trümmern, und außerdem vermisste ich mein Leben in New York. Letzteres kannst du drucken, der Rest ist kompliziert.«

»Und der Tunnel?«

»Das war meine *echo chamber*, für Hallaufnahmen.«

»Und Bob Dylan war niemals da?«, fragte ich.

Richard Alderson sah mich schweigend an.

»Wie ist dieses Gerücht denn entstanden?«, fragte ich. »Und wann?«

»Das ging damals schon rum, als ich da noch lebte. Ständig hieß es, Dylan oder einer seiner Leute würde kommen, aber ich glaube nicht, dass da jemals wirklich was dran war.«

»Die Leute reden heute noch davon«, sagte ich und meinte damit nicht nur den Mann, den ich Red Ryder nennen soll, sondern auch diverse in San Cristóbal lebende, betagte Expats, die ich für diese Geschichte befragt hatte und die alle felsenfest davon überzeugt sind, dass Bob Dylan hier in ihrer Stadt Ende der Sechzigerjahre mal eine Ranch hatte, wo er in einem Tunnel vor sich hin musizierte, der Bob.

Richard Alderson zuckte mit den Achseln. »Die Leute glauben, was sie glauben wollen.« Wir redeten noch ein bisschen über Dylans neues Album *Rough And Rowdy Ways*, das Alderson großartig findet, und er sagte, dass er vom Film *Nightmare on Elm Street* besessen sei und sich frage, ob Wes Craven beim Machen des Films an das Kennedy-Attentat gedacht hat, womit er, Alderson, auf die Textzeile »Living in a nightmare on Elm Street« und die JFK-Attentats-Bezüge in Dylans neuem Song »Murder Most Foul« anspielte, was ich aber leider erst später begriff.

Ich hoffe, er schreibt seine Autobiografie, bevor es zu spät ist. *Open The Door, Richard* – welch trefflicher Titel! All die Tontechniker, Produzenten, Lektoren, Manager, Agenten, all die Menschen hinter der Kunst – alles Türöffner, Möglichmacher, oft übersehen.

»Really?!«, sagte Red Ryder, als ich ihm erzählte, dass an seiner Dylan-Story nichts dran war.

»Ja«, sagte ich, »leider nur 'ne Legende. *Fake news.*«

»*Well*«, er kratzte sich am Kinn, »aber eine gute Geschichte.«

Don't Think Twice, It's All Right

von Christiane Rösinger

Well, it ain't no use to sit and wonder why, babe / It don't matter, anyhow

And it ain't no use to sit and wonder why, babe / It'll never do somehow

Wer in den Siebzigern schon gelebt und Musik gehört hat, den haben Bob-Dylan-Songs von Kindheit an immer und überall begleitet: im Radio, auf Kellerpartys, am Baggersee, in Gitarrenschulen und Liederheften, am Lagerfeuer. Auf Mix-Kassetten im Auto, auf LPs, später dann auf CDs. Als Coverversionen, als Zitate.

»Don't Think Twice, It's All Right« hat nun schon fast sechzig Jahre auf dem Buckel, geschrieben wurde der Song 1962 und ein Jahr später aufgenommen. Erschienen ist er auf dem zweiten Dylan-Album *The Freewheelin' Bob Dylan* – jenem Album, das Dylan den künstlerischen und kommerziellen Durchbruch brachte.

Das Stück ist ein klassischer, einfacher Folksong, mit ein paar wenigen Gitarrengriffen auch von Anfängern leicht zu spielen, solange man keinen Ehrgeiz hat, das ambitionierte Folk-Fingerpicking zu imitieren.

Easy going, fast fröhlich klingt dieses eingängige Folk-Traditional. Im Gegensatz zur fröhlichen Melodie bestätigt die dem Bluesschema nachempfundene Wiederholung der jeweils ersten Strophenzeile »It ain' t no use« die traurige Botschaft: Es ist sinnlos, nutzlos, zwecklos. Die zweite Zeile schließt traditionell mit einer Antwort oder Erklärung der ersten ab.

Streng genommen ist »Don't Think Twice, It's All Right« eine textlich leicht veränderte Coverversion des Folk-Klassikers »Whose Gonna Buy You Ribbons When I'm Gone« von Paul Clayton. Akkorde und Melodie wurden eins zu eins übernommen, und liest man den Originaltext der Clayton-Fassung, so wundert es nicht, dass sich Dylan nach Veröffentlichung seiner Version dem Vorwurf des Plagiats ausgesetzt sah. Der Legende nach hat man sich außergerichtlich mit einer Zahlung geeinigt.

Selbst die wichtige erste Zeile und ihre Wiederholung finden sich schon im Clayton-Original:

It ain't no use to sit and sigh now, darlin,
And it ain't no use to sit and cry now.
It ain't no use to sit and wonder why, darlin,
Just wonder who's gonna buy you ribbons when I'm gone.
So I'm walkin' down that long, lonesome road
You're the one that made me travel on,
But still I can't help wonderin' on my way,
Who's gonna buy you ribbons when I'm gone?

Das Original ist auch heute noch leicht auf YouTube zu finden – ein sentimentaler, für den heutigen Geschmack wohl etwas schmalzig-schmachtender Folksong. Und obwohl Dylan wenig Neues hinzugefügt hat, ist seine Version so viel zwingender, direkter, perfekter. Liegt es an der Stimme, an der Dylan-typischen Lakonie, der lapidar wegwerfenden Singweise, oder an der Persönlichkeit – ist es der Sänger, nicht der Song?

Hunderte Male wurde der Song seit 1962 gecovert und war auch noch in den letzten Jahren in *Friday Night Lights*, *The Walking Dead* und anderen Filmen und Serien zu hören. Ein Klassiker eben.

»Don't Think Twice, It's All Right« ist einer der weniger verrätselten Dylan-Songs und leicht zu interpretieren, allzu leicht. Der Verfasser selbst hat in den *liner notes* zum Album die Hinweise gegeben:

> »A lot of people make it sort of a love song – slow
> and easy-going. But it isn't a love song. It's a statement that
> maybe you can say to make yourself feel better.
> It's as if you were talking to yourself.«

Den später weltweit tätigen Dylan-Forschern war der Fall klar: Dylan hat den Song geschrieben, als seine Freundin Suze Rotolo nach Italien ging, um an der Universität Perugia zu studieren, und ihn in New York zurückließ. Als sie dann beschloss, noch länger als geplant in Italien zu bleiben, war die fortwährende örtliche Trennung für Dylan der Grund, Schluss zu machen.

Das *Freewheelin'*-Albumcover zeigt ein Foto von Dylan und Rotolo, das im Februar 1963, ein paar Wochen, nachdem sie aus Italien zurückgekehrt war, auf einer Straße in Greenwich Village in der Nähe ihrer Wohnung aufgenommen wurde. Dylan scheint zu frösteln, er zieht die Schultern hoch, und sie schmiegt sich liebevoll an ihn. Sie wirken so frei und lässig, jung und voller Hoffnung. Dieses ikonische Cover wirkt wie eine flüchtige Momentaufnahme, zeigte aber damals einen neuen, spontanen Look – ganz anders als die üblichen Cover der Zeit, die sorgfältig inszeniert und kontrolliert waren.

In »Don't Think Twice, It's All Right« geht es um den in der Literatur- und Songgeschichte beliebten Topos des enttäuschten und beleidigten Liebhabers. Ein seit Jahrhunderten weltweit erprobtes und dankbares Thema – schließlich schreiben sich Songs und Gedichte eher aus Enttäuschung und Wehmut als aus purer Lebensfreude. Denn das Leiden an einer Sache bringt uns eben dazu, diese Sache immer wieder zu durchdenken und zu besingen. Das pure Glück und schöne Erlebnis geben da nicht so viel her.

So vieles kommt bei der Trennung zusammen. Enttäuschte Erwartungen, schmerzhafte Zurückweisung, Angriffe auf das männliche Selbstbewusstsein. Es ist nicht schön, verschmäht zu werden, und im schlimmsten Fall bricht als Reaktion darauf die toxische Männlichkeit durch. Im schönsten Fall entstehen unvergessliche Lieder und Evergreens. »Don't Think Twice, It's All Right« ist ein Song übers Schlussmachen, ein klassischer *Break-up*-Song. Der enttäuschte, beleidigte Sänger wirft sein theatralisches »Ich reise ab!« in die Welt.

Obwohl, streng genommen hat sie ja vorher Schluss gemacht – ein nicht unwichtiges Detail. Denn es gilt doch immer noch: Wer zuerst Schluss macht, hat gewonnen. So ist »Don't Think Twice, It's All Right« ein nachgereichtes vorauseilendes Schlussmachen, eine musikalische Uminterpretation der Ereignisse.

Breaking up is hard to do, und Verlassenwerden ist für keinen schön. Für einen jungen Songwriter ist es eine narzisstische Kränkung.

And it ain't no use in a-turnin' on your light, babe
That light I never knowed
An' it ain't no use in turnin' on your light, babe
I'm on the dark side of the road
But I wish there was somethin' you would do or say
To try and make me change my mind and stay
We never did too much talkin' anyway
So don't think twice, it's all right.

Auch geniale Songs sind manchmal unlogisch. Einerseits sagt der enttäuschte Liebhaber: Es hat keinen Sinn, so leidenschaftlich zu tun, weil du – unter uns gesagt – doch eine ziemlich trübe Tasse warst. Da war keine Leidenschaft, kein »calling out my name«, kein »turnin' on your light, babe«. Und dann macht der Sänger in der letzten Zeile doch noch einen Rückzieher und gibt zu, dass er gerne zum Bleiben überredet werden würde.

Still I wish there would be somethin' you would do or say
To try and make me change my mind and stay.

Ein *Break-up*-Song ist oft auch ein Rache-Song. Rache ist bekanntlich süß, aber Rache im Song zu nehmen ist noch süßer. Andere, die verlassen werden, müssen sich besaufen oder jemanden verprügeln oder erniedrigen oder Sport treiben oder Klamotten kaufen – ein Songwriter kann immerhin noch aus jeder Niederlage einen Song machen und mit diesem Song die soziale Macht zurückgewinnen.

Allzu offensichtlich darf die Rache jedoch nicht genommen werden. Wer will schon zugeben, dass er tödlich getroffen wurde? Das heißt, die Verletzung etwas *downsizen*, die Verflossene nicht *zu* offensichtlich schlechtmachen, aber trotzdem eine leise Verachtung zum Ausdruck bringen, nun, da der Zauber der Verliebtheit verflogen ist und man den anderen mit realistischen Augen sieht. Das ist die perfekte Rache.

It ain't no use in turnin' on your light, babe
That light I never knowed

Da war kein großes Licht, da war wenig echtes Gespräch, und da war keine Leidenschaft. Ja, die Trauben waren eh zu sauer, sagte der Fuchs.

I ain't sayin' you treated me unkind
You could have done better but I don't mind
You just kinda wasted my precious time
But don't think twice, it's all right.

Coole Indifferenz und Diskretion sind gefragt, und unter dieser coolen Oberfläche scheint dann der Schmerz durch, der das Lied so tief und wahr macht.

Ein letztes Mal kündigt der enttäuschte Liebhaber seine baldige Abreise an und setzt eine letzte Frist:

When your rooster crows at the break of dawn
Look out your window and I'll be gone
You're the reason I'm trav'lin' on
But don't think twice, it's all right.

»Wenn dein Hahn im Morgengrauen kräht, schau aus deinem Fenster, und ich werde weg sein«? Moment mal, welcher

Hahn?, fragten sich zu Recht die Dylanologen und gingen der Sache wie so oft ganz simpel biografisch nach.

Suze Rotolo beschrieb in ihrer 2008 erschienenen Autobiografie *A Freewheelin' Time. A Memoir of Greenwich Village in the Sixties*, dass sie in der Nähe eines Geflügellieferanten in Greenwich Village wohnte. Und manchmal blieben sie und Bob die ganze Nacht wach und hörten die Hähne im Morgengrauen krähen.

Aber es wäre ja kein Bob-Dylan-Song, wenn dieser krähende Hahn nicht mehrere Bedeutungen hätte, ist doch das Durchschimmern verschiedener Möglichkeiten das, was einen Songtext interessant macht. Das Verdienst des Nobelpreisträgers und Jahrhundertkünstlers Dylan liegt ja darin, dass er der Rockmusik eine zuvor nie da gewesene sprachliche Komplexität gegeben hat. Seine Texte sind voll von Metaphern und literarischen Verweisen. Er hat die Surrealisten und die Beatpoeten gelesen, die Gewerkschaftslieder von Woody Guthrie und Pete Seeger gehört, hat afroamerikanische Bildersprache mit Ovid, indianischen und biblischen Mythen gemischt, den Songschatz der Americana bewahrt und als Erster den Mut und die Unverschämtheit gehabt, sich überall zu bedienen und alles zu einem eigenen Text zu montieren.

Und so tun sich hinter dem Hahn – bezeichnenderweise »ihrem Hahn« – noch andere Bedeutungsebenen auf. Da ist nun erst einmal der Hahn als Symbol für Kampfeslust und Kampfbereitschaft, ein eindeutig männliches Symboltier. Sein starker Fortpflanzungstrieb macht ihn zum Fruchtbarkeitssymbol, er steht für Potenz. Was bedeutet es aber, wenn die Frau einen Hahn hat?

Psychoanalytisch wäre dieser Hahn eine Art Penis. Die Frau, die einen Hahn, einen Penis hat, ist die kastrierende

Frau. Zuerst hat sie sich als unschuldiges Kind ausgegeben, dann zu viel gefordert und zu wenig gegeben.

I'm a-thinkin' and a-wondrin' walking down the road
I once loved a woman, a child I'm told

Nach der Überlieferung der Evangelisten sprach Jesus vor seiner Verhaftung auf dem Weg zum Ölberg zu Petrus: »Ehe der Hahn kräht, wirst du mich dreimal verleugnet haben.« Der Hahn zeigt also Verrat und Betrug an – und wenn wir schon bei der Religion sind: Ist es nicht immer der Teufel, der die Seele will?

I give her my heart, but she wanted my soul
But don't think twice, it's all right.

Aber der Sänger ist ein Mann, der sich nicht verbiegen lässt, er gibt nicht seine Seele preis, sondern geht weiter seiner einsamen Wege.

So long honey, baby
Where I'm bound, I can't tell
Goodbye's too good a word, babe
So I'll just say fare thee well

Diese verschiedenen Bedeutungsebenen wurden von Dylan mit ein paar Keywords eingebettet in die staubige Americana-Landschaft, die endlose Straße, die ins Nichts führt. Der enttäuschte Liebhaber muss zum einsamen Wanderer werden, zum Reisenden, den man ja bekanntlich nicht aufhalten soll und der nur einen Weg kennt: immer geradeaus ins Ungewisse.

»Don't Think Twice, It's All Right« lässt sich in die Unterabteilung der misogynen Dylan-Songs einordnen – eine Unterabteilung, die von der Dylan-Forschung bislang nicht gesondert betrachtet wurde. Der Old-School-Dylanologe verfolgt gerne das Konzept »Frau als Muse« und verfasst akribisch Listen über die Frauen in Bob Dylans Leben, die in seinen Songs vorkommen.

Ist das »Girl from the North Country« etwa Echo Helstrom und die »Sad-Eyed Lady of the Lowlands« Dylans erste Ehefrau Sara? Gibt es außer »Just Like a Woman« und »Leopard-Skin Pill-Box Hat« noch mehr Songs über Edie Sedgwick? Gehören die »Boots of Spanish Leather« Suze Rotolo, und ist Joan Baez womöglich nicht nur mit »Queen Jane Approximately«, sondern auch mit »Visions of Johanna« gemeint?

Auf Wikipedia haben Dylan-Texte eigene Seiten, und mittels ellenlanger Textexegese wird versucht, jede angesungene Frau, aber auch alle anderen auftretenden Personen zu identifizieren. Es gibt sogar eine Liste der Hunde, die in Bob-Dylan-Songs vorkommen, inklusive der Unterabteilung »Hunde, die von Bob Dylan im Stich gelassen wurden«.

Dylanologen sind nun mal Archivare, Buchhalter, Listenmacher und Enzyklopädisten, viele davon haben einen starken Hang zur Erbsenzählerei. In ihrem Dylan-Kosmos bedeutet alles etwas, selbst die Tatsache, dass Sir Bob »Tangled Up In Blue« auf einer Europatour nur ein einziges Mal gespielt hat – in Kopenhagen! Dafür aber jeden Abend »Like a Rolling Stone«! Dylan füttert und pflegt diese Erbsenzähler gut: Auf seiner Homepage wird penibel aufgeführt, welcher Song wann und wo zum ersten, zum vorläufig letzten Mal und wie viele Male seit Entstehung gespielt wurde.

Gerade die leichte, aber konstante Degradierung des weiblichen Geschlechts macht Dylan-Songs ja so attraktiv für viele Hörer. Aber kein Grund, ständig auf Bob Dylan rumzuhacken: Es gibt schlimmere Songwriter, die ganze Popwelt war und ist misogyn, Sexismus keine Begleiterscheinung, sondern das Strukturmerkmal von Popmusik, und wer sich zu sehr darüber aufregt, müsste aufhören, Popmusik zu hören.

Popmusik ist aber vor allem in der frühen Jugend ein Lebenselixier und eine Überlebenshilfe, und so muss die Hörerin sich all die Songs der wütenden, enttäuschten, Frauen zum Objekt machenden Männer zurechtschnitzen und -biegen, um nicht gedemütigt zu werden und um an der Schönheit und Wahrheit der Lieder teilzuhaben, die ihnen abseits der Misogynie auch innewohnt.

Wer also in den Siebzigern Teenager war und für und mit Songs lebte, egal ob von Leonard Cohen oder Bob Dylan oder David Bowie oder Jacques Brel oder Neil Young, und wer dabei zufällig eine Frau, eine weibliche Jugendliche war, musste einen Trick anwenden, um die Songs der großen Songwriter hören zu können: Die jugendliche Frau darf sich nicht in ihrer Geschlechterrolle als Frau angesprochen fühlen, das wäre zu deprimierend, wer will denn schon ständig nur Objekt, im besten Fall der heiße Feger oder die unerreichbare Coole sein? So heißt es, jeden Song in der Geschlechterperspektive umzudrehen. Niemals das weibliche Objekt sein, sei es auch noch so schillernd rätselhaft wie Suzanne oder Marianne oder Queen Jane, und auf keinen Fall will eine junge Frau »just like a woman« sein.

Um sich das lyrische Ich bei »Don't Think Twice, It's All Right« anzueignen, muss die Hörerin keine Geschlechtsumwandlung vornehmen und zum enttäuschten Jüngling mutieren, der sich über ein unwürdiges Weib beklagt. Die Hörerin bleibt, was sie ist: ein heterosexuelles normiertes Mädchen, die das Lied, die Worte des Songwriters auf eigene Geschichten, erfundene oder erlebte, projiziert. Sie ist nicht die Besungene, sie ist der Sänger, das lyrische Ich Bob Dylans.

Ist es nicht herrlich, einem Schwarm, der uns nicht beachtet hat, einem Idioten, der uns verletzt hat, ein lässiges »Don't Think Twice, It's All Right« hinterherzuwerfen? »Ich sag ja noch nicht mal, dass du direkt unfreundlich warst und mich schlecht behandelt hast – du hättest es besser machen können, aber das ist jetzt auch egal. War halt leider 'ne ziemliche Zeitverschwendung mit dir. Aber egal, mach dir keinen Kopf, lass einfach stecken. *Don't think twice, it's all right.*«

I Want You
Ich will dich
von Judith Holofernes[1] [2]

Der Totengräber fühlt sich schlecht
Ein Geiger leidet artgerecht[3]
Ein Saxofon rät mir, dich zu vergessen
Ein Glockenspiel, das nichts mehr taugt
hat mir die Hoffnung ausgesaugt
Ich glaub das nicht
Ich bin von dir besessen

1 Mit Anmerkungen des Herausgebers

2 Es ist natürlich nicht so einfach, Kontakt zu Judith Holofernes aufzunehmen. Die Sängerin lebt nach allem, was ich durch Recherchen in Boulevardpresse und sozialen Medien weiß, abgeschieden in einem Berliner Viertel, das sich einst an eine dunkle Ecke der Berliner Mauer schmiegte. Eine Aura des Geheimnisvollen umgibt sie. Um sie für diese Anthologie zu gewinnen, wandte ich mich zunächst naiv an ihr Management, bekam auf meine Mail jedoch nur eine automatische Standardantwort, die besagte, die Künstlerin stehe weder für Interviews noch andere Anfragen zur Verfügung, ja, man wisse selbst nicht so genau, wie man sie kontaktieren könne. Also sprach ich mit befreundeten Musikern, von denen ich wusste, dass sie schon mal Kontakt zu der berühmten Sängerin und Songwriterin hatten oder gar mit ihr eine Bühne geteilt hatten. Doch sobald ich den Namen »Holofernes« aussprach, schüttelten sie den gesenkten Kopf und verstummten. Ich wollte schon aufgeben, da erhielt ich am 12. November 2020 per Post ein Paket, in dem sich eine Glühbirne, ein Mückennetz und ein Briefumschlag befanden. Letztgenannten öffnete ich: Darin befand sich der obige Text, der auf den ersten Blick wie eine Übersetzung des Dylan-Songs »I Want You« vom 1966er-Album *Blonde On Blonde* anmutet.

3 In Dylans Original ist von einem »organ grinder«, also einem Orgelspieler, die Rede, nicht von einem Geiger. Was will Holofernes mir, dem Empfänger der Botschaft, mit dieser Änderung sagen? Gehen wir in den Text hinein: Warum fühlt ein Totengräber sich schlecht? Weil er niemanden zu begraben hat! Warum leidet der Geiger darunter? Vielleicht, weil er einen Mordanschlag verübt hat, der schiefging. Welcher Geiger verübte einen Mordanschlag? Einstein, in Friedrich Dürrenmatts *Die Physiker.* Welcher Physiker verübte einen Mordanschlag, der schiefging? Der österreichische Terrorist Erwin Fuchs, der nach seiner Matura an der Universität Graz für theoretische Physik eingeschrieben war und 1993 neun Briefbomben versandte, von denen nur vier explodierten und keine tödliche Folgen hatte.

Ich will dich
ich will dich
Ich will dich
so sehr[4]

Der Bürgermeister[5] winkt mit Scheinen
Babys greinen, Mütter weinen
Alle hoffen auf den einen
Kuss von dir
Und ich hoff, es hält mich jemand auf
bevor ich mich zu dir verlauf
und dich auf Knien bitte
bitte sprich mit mir

Ich will dich
ich will dich
Ich will dich
so sehr

4 Im Original heißt es hier »so bad«. Diese Wendung hat eine starke sexuelle Konnotation, die sich schwer übersetzen lässt, denn da schwingen die Gier und die Begierde ebenso mit wie der unbedingte Drang, etwas Anrüchiges, ja, Verbotenes zu tun. Der Kölner Liedermacher Wolfgang Niedecken hat »so bad« in seiner Einkölschung mit »na klar« übersetzt, also das tiefe dunkle Verlangen des Originals vollständig eliminiert. Bei ihm klingt es eher so, als würde er dem Gegenüber einen Gefallen tun wollen und sei zu einer schnellen Nummer bereit, wenn er dabei seine Cowboystiefel nicht ausziehen muss. Holofernes lässt die Lust in ihrer Übersetzung noch ein wenig flackern, aber wohl nur, um sich über mich lustig zu machen. Ihre Lust ist selbstverständlich keine körperliche, sie besteht darin, mich hinters Licht zu führen. Doch zugleich scheint sie zu hoffen, dass ich ihr auf die Schliche komme – oder bilde ich mir das nur ein?

5 Im Original heißt es »the drunken politician leaps«, Holofernes macht aus dem Politiker also einen Bürgermeister. Eine der Briefbomben des Erwin Fuchs (siehe Anmerkung 3) kostete den Wiener Bürgermeister Helmut Zilk, der in den Sechzigern als Agent oder gar Doppelagent unter dem Decknamen Holec Kontakte zum tschechischen Geheimdienst StB pflegte, zwei Finger seiner linken (!) Hand.

Dann geh ich aufs Hotel zurück[6]
Mein Zimmerkellner bringt mir Glück
Er weiß doch, ich bin halb verrückt
und er lacht mich an
Er ist gut zu mir und er weiß doch
ich bin gar nicht hier
Er weiß, ich will zurück zu dir
und er fragt nicht wann

Der Tänzerin im Seidenhemd[7]
hab ich die Finger eingeklemmt
Sie hat sich in die Tür gestemmt
Da wollt ich rein
Ich hab's getan, weil ich weiß sie lügt
Und weil ihr schöner Schein dich trügt
Und weil der Trug dir wohl genügt
Und weil ich

6 Im Original heißt es: »Well, I return to the Queen of Spades«. Meinte Dylan mit Queen of Spades tatsächlich ein Hotel? In der Literatur gibt es mehrere Deutungen. Die Queen of Spades könnte auch ein Symbol für den Tod sein, das mit dem Totengräber der ersten Strophe korrespondiert (spades = Spaten), oder es handelt sich tatsächlich um die Spielkarte der Pik Dame, auf der in der Druckvariante des französischen Blattes die griechische Göttin der Weisheit, Pallas Athene, abgebildet ist. Der Musikkritiker Robert Shelton schrieb über Dylans Frau Sara »*(she)* had a Romany spirit, seeming to be wise beyond her years, knowledgeable about magic, folklore and traditional wisdom.« Vielleicht ist also Dylans Ehefrau die Pik Dame. Als er den Song schrieb, lebte er mit Sara im New Yorker Chelsea Hotel, das würde die nächste Zeile »and talk with my chambermaid« erklären. Aber dass Judith Holofernes »Queen of Spades« mit »Hotel« übersetzt, scheint – zusammengenommen mit den Hinweisen auf Erwin Fuchs und Helmut Zilk in den vorhergehenden Strophen – etwas über ihren Aufenthaltsort zu verraten: Eine der Junior-Suiten des Wiener Hotel Sacher trägt den Namen »Pique Dame«.

7 Im Original lautet die Zeile »Now your dancing child with his Chinese suit«, und Dylan spielt entweder auf die Tochter seiner Ehefrau Sara aus erster Ehe an (dann wäre das »his« allerdings irreführend) oder auf den damaligen Gitarristen der Rolling Stones, Brian Jones, der Dylan oft besuchte und für seinen extravaganten Kleidungsstil bekannt war (aber warum soll er das Kind von Sara sein, an die dieser Song gerichtet ist?). In der Übersetzung ist mit der Tänzerin, die das »tanzende Kind« ersetzt, natürlich Helmut Zilks dritte Ehefrau Dagmar Koller gemeint, die zudem als Sängerin und Schauspielerin arbeitete und in zwei Episoden der österreichischen Erfolgsserie *Hotel Sacher … Portier!* mitspielte. Die Anzeichen verdichten sich, dass Holofernes sich tatsächlich im Hotel Sacher aufhält.

Ich! Ich! Ich!

Ich will dich,
ich will dich,
Ich will dich,
so sehr[8]

8 Mir war nach Lektüre dieses Textes natürlich klar, dass ich mich auf den Weg nach Wien machen musste, um Holofernes im Hotel Sacher zu stellen. Das Mückennetz und die Glühbirne wollte ich mitnehmen. Doch dann machte Österreich im Dezember 2020 aufgrund der Corona-Pandemie die Grenzen zu und verhinderte so meine Abreise. Es schien mir alles so verworren, dass ich daran dachte, meinen Wunsch auf einen Beitrag von Judith Holofernes für diesen Band somit endgültig aufzugeben. Doch dann fiel mir eine Stelle aus John Shades Gedicht *Pale Fire* ein, das der Dichter in den letzten Tagen vor seinem Tod im Juli 1959 schrieb: »Man's life as commentary to abstruse / Unfinished poem. Note for further use.« Das menschliche Leben, so deutete der berühmte Shades-Gelehrte Charles Kinbote diese Zeilen, sei nur als Fußnote eines riesigen verborgenen unvollendeten Meisterwerks zu verstehen. Als eine solche Fußnote zu Dylans Werk möchte ich auch die obige Übersetzung im Rahmen dieser Anthologie präsentieren.

Let It Be Me

oder: Notting Hill

von Stefan Kutzenberger

Die Machtkämpfe einer langen Paarbeziehung sind wie unterirdische Flüsse: Meist fließen sie im Verborgenen, doch ab und zu treten sie an die Oberfläche. Es ist deshalb eher willkürlich, zu welchem Zeitpunkt man die Erzählung eines Machtkampfs beginnen lässt, alles wäre möglich, ganz am Anfang, beispielsweise als Bob Dylan im Jänner 1965 »Subterranean Homesick Blues« aufnimmt, oder später, als die Walt Disney Company beschließt, den eben produzierten Film mit Richard Gere und Julia Roberts nach Roy Orbinsons 1964er-Hitsingle »Pretty Woman« zu benennen. Den Erfolg des Films konnte Orbison nicht mehr erleben, kurz nachdem er mit Bob Dylan, Tom Petty, George Harrison und Jeff Lynne ein Album aufgenommen hatte, verstarb er nur 52-jährig im Dezember 1988 an einem Herzinfarkt. Man könnte für den Beginn der Erzählung aber auch noch weiter in die Vergangenheit zurückgehen, beispielsweise ins Jahr 1938, als Sigmund Freud in letzter Minute das nationalsozialistische Wien verlässt – oder aber auch bereits ins 21. Jahrhundert blicken, etwa in die Nacht der Oscarverleihung des Jahres 2001:

Als Jennifer Lopez am 25. März 2001 den Gewinner des Academy Award für den besten Film-Song verkündigt, sitzt Julia Roberts nervös in der Nähe des Mittelgangs der zweiten

Reihe des riesigen Shrine Auditorium, sich all der Kameras und des Millionenpublikums vor den Fernsehschirmen bewusst und deshalb nie ihr berühmtes Lächeln vergessend, aber doch häufiger als nötig an ihrer eleganten schwarzen Robe zupfend. Die nominierten Songwriter sind dieses Jahr große Namen, Randy Newman, Björk, Jorge Calandrelli, Sting und Bob Dylan. Jennifer Lopez spricht die berühmten Worte »And the Oscar goes to …« und öffnet etwas umständlich das Kuvert. Auf einem Split Screen sieht man die fünf Nominierten eingeblendet. Ihren Mienen ist schwer zu entnehmen, wie sehr sie unter Spannung stehen. Jennifer Lopez hat endlich das Kärtchen mit dem Namen aus dem Kuvert herausgezupft und sagt: »… Bob Dylan«. Randy Newmans und Björks Gesichtsausdrücke verändern sich keinen Deut, als sie zu klatschen beginnen, Jorge Calandrelli wirft seinen Kopf zurück und applaudiert begeistert, Sting verharrt noch eine kurze Sekunde in seiner Denker-Pose, beginnt dann entspannt mit großen Händen zu klatschen und ruft »Bravo!« Einzig Bob Dylan scheint seinen Namen nicht verstanden zu haben, unverändert blickt er frontal in die Kamera. Schließlich nickt er aber und macht einen kleinen Schritt auf die Seite, er hat eine Gitarre in der Hand, und erst jetzt sieht man, dass er nicht live im Publikum sitzt, sondern auf einer großen Leinwand zugespielt wird. Bob Dylan ist in Australien auf Tournee und steht gemeinsam mit seiner Band vor der Kamera. Er beginnt eine kurze Rede, in welcher er sich artig und dem Anschein nach tatsächlich erfreut und gerührt bedankt: zuerst bei Regisseur Curtis Hanson, der den gerade ausgezeichneten Song »Things Have Changed« für den Film *Wonder Boys* ausgewählt hat, dann bei Paramount Pictures und einigen beteiligten Personen, um schließlich Freunde und Familie zu grüßen und mit dem frommen Wunsch, dass Gott die gesamte Welt mit Frieden, Ruhe und gutem Willen segnen möge, zu enden.

Nur etwa eine Viertelstunde nach dieser Live-Schaltung nach Sidney ist die Spannung dann für Julia Roberts kaum mehr auszuhalten. Starr blickt sie auf Kevin Spacey, der die Bühne betritt, um die fünf Nominierten in der Kategorie beste weibliche Hauptrolle zu verkünden. Da diese alphabetisch gereiht sind, kommt Roberts erst am Ende der kurzen Liste. Kaum hört sie allerdings ihren Namen als Nominierte, kommt dieser wie durch ein Echo zurückgeworfen ein zweites Mal aus dem Mund Spaceys, diesmal als Oscargewinnerin! Während die vier anderen Schauspielerinnen tapfer und professionell weiterlächeln, sodass man den Eindruck gewinnt, sie würden sich aus vollstem Herzen mit ihrer Kollegin freuen, ist Julia Roberts' Reaktion fast gegenteilig: Ihre Gesichtszüge geraten nur für einen Sekundenbruchteil außer Kontrolle, doch schon beherrscht sie sich wieder, und ihr Lächeln wird anstatt breiter zu werden eine Spur maskenhafter, um nicht durch gar zu ungeniertes Jubeln die Niederlage für ihre Mitstreiterinnen noch deutlicher zu machen. Die Frau zu ihrer Rechten bekommt das erste Küsschen der Oscarpreisträgerin, ihr Lebenspartner Benjamin Bratt zu ihrer Linken das zweite. Er steht daraufhin auf und lässt sie galant an ihm vorbei auf den Mittelgang treten. Natürlich lächelt auch er, doch kann man sich des Eindrucks nicht erwehren, dass seine Miene etwas verbissen ist, dass eine kleine Prise Missgunst beigemengt ist in der Freude, dass seine Partnerin gerade den größten Preis, den eine Schauspielerin erhalten kann, gewonnen hat. Missgunst, vielleicht weil er selbst Schauspieler ist, gute Rollen in Hollywood erhält, auf den ganz großen Durchbruch aber noch warten muss? Oder hat dieser leicht verhaltene Ausdruck eine andere Ursache? Vielleicht sieht man diese Szene heute aber auch mit anderen Augen, da wir nun wissen, dass die beiden nur vier Monate nach der Oscarnacht offiziell bekannt geben, nicht mehr länger ein Paar zu sein.

Fleht Benjamin seine Julia an, ihn zu lieben, als sie ihm verlautbart, eine Trennung zu wollen? Liebe mich! Was für ein absurder Imperativ, was für ein unerfüllbarer Befehl. Das kann nicht funktionieren, auf Druck kann man nicht einschlafen und noch viel weniger lieben. Es ist also eher auszuschließen, dass der Schauspieler Benjamin Bratt die Schauspielerin Julia Roberts am Ende ihrer vier Jahre währenden Beziehung bedrängt, ihn doch weiterhin zu lieben, einerseits hat er dafür zu viel Selbstachtung – sein etwas kühles, distanziertes Auftreten ist ja Teil seines Charmes und nicht nur den Kameras im Shrine Auditorium geschuldet –, andererseits ist er Psychologe genug, um zu wissen, dass das Betteln um Liebe nicht nur entwürdigend ist, sondern auch niemals zielführend sein kann, da der zarte Hauch der Liebe, auch wenn er sich in der stürmischen Anfangsphase oft wie ein allmächtiger Orkan anfühlt, sofort zur leblosen Flaute wird, sobald er mit Rufzeichen eingefordert werden will. Genau das tut Julia Roberts allerdings in ihrer Rolle als Anna Scott in *Notting Hill*, der 1999, nur ein Jahr vor ihrem Oscar-Film *Erin Brockovich*, in den Kinos lief, als sie dort gegen Ende des Streifens dem Londoner Buchhändler William, gespielt von Hugh Grant, gegenübersteht.

Die Neunzigerjahre des vergangenen Jahrhunderts haben mit *Pretty Woman* begonnen, eine Renaissance der Romantic

Comedy eingeläutet und sind mit *Notting Hill* zu Ende gegangen. Viel hängt in einer Rom-Com von der sogenannten Chemie zwischen den Hauptdarstellern ab, und diese dürfte zwischen Julia Roberts und Richard Gere in *Pretty Woman* und zwischen ihr und Hugh Grant in *Notting Hill* gestimmt haben. Am wichtigsten ist aber immer noch das Drehbuch, das seit Shakespeares Zeiten nach derselben Formel abläuft: Bub trifft Mädchen, sie mögen sich, es knistert, doch wegen äußerer Einflüsse können sie nicht zusammenkommen, Hindernisse müssen überwunden werden, es kommt zu Missverständnissen, die zu noch mehr Problemen führen, doch schließlich steht dem Happy End nichts mehr im Wege, und man fällt sich in die Arme, küsst sich oder heiratet. Das zu überwindende Problem bei *Pretty Woman* liegt darin, dass Vivian Ward eine Straßenprostituierte ist und Edward Lewis ein reicher Finanzinvestor. Gelöst wird dieses Problem mit der Einsicht, dass auch Prostituierte Geschäftsfrauen sind und es in beiden Wirtschaftszweigen nicht schaden kann, ab und zu etwas Herz zuzulassen.

Das Hindernis für die beiden Liebenden in *Notting Hill* ist dagegen, dass die weibliche Protagonistin Anna Scott ein weltbekannter Filmstar ist, während ihr männliches Gegenüber William Thacker eine kleine Buchhandlung führt. Die beiden lernen sich durch einen Zufall kennen, wobei es in einem Drehbuch natürlich niemals Zufälle geben kann, da alles mit allem verbunden ist, jede Geste vom Drehbuchschreiber mit Bedeutung aufgeladen wird, der enge Zeitrahmen und das strenge Korsett des Budgets keine losen Fäden erlauben, wobei es bei genauerer Betrachtung natürlich auch im echten Leben keine Zufälle geben kann, schlichtweg weil alles dem Zufall unterworfen ist, im Leben nichts geschieht, was nicht zufällig ist – und wenn alles Zufall ist, natürlich gleichzeitig nichts mehr Zufall genannt werden kann, da alles und nichts immer dasselbe bedeuten. In der Literatur wird freilich oft ein konstruierter Zufall zu Hilfe genommen, um die Handlung in Gang zu bringen. Dieses Ereignis ist im Fall von *Notting Hill* das Aufeinandertreffen des Buchhändlers mit der Schauspielerin, die als Kundin in seinem Reisebuchladen auftaucht und dann kurz darauf ein zweites Mal auf ihn trifft, wobei er ihr versehentlich – oder doch durch die Mächte des Unbewussten gesteuert – einen Orangensaft über das weiße Shirt leert. Sie verlieben sich ineinander, haben Probleme mit Paparazzi und stehen sich schließlich gegen Ende des Films in der Buchhandlung gegenüber, die berühmteste Schauspielerin des Planeten und der Buchverkäufer, dessen Namen sogar seine Mutter immer wieder vergisst. Doch im Reich der Liebe gibt es keine sozialen Hierarchien, und so ist es in dieser Szene Anna, die dem schusseligen Briten William ihre Liebe gestehen will. Nachdem sie mehrmals unterbrochen wurden, setzt sie schließlich zu ihrer Rede an, die darin mündet, dass sie den Buchhändler auffordert, sie zu lieben. So plump sagt sie es natürlich nicht, bei genauerer Betrachtung aber eigentlich doch. Sie sagt, sie sei ein Mädchen, das vor einem Jungen steht und ihn bittet, es zu lieben (*a girl, standing in front of a boy, asking him to love her*). Sie trennt hier also ihr Ich als berühmte Filmschauspielerin von dem Ich als Mädchen, das etwas verloren vor einem Jungen steht und nicht weiß, wie es ihm seine Liebe gestehen soll. Anscheinend bleibt das Ich dann aber doch bei seiner berühmten Inkarnation, denn das Ich des Mädchens wird in der Rede zum »sie«, *asking him to love her.* Aus dieser sicheren Distanz, sich selbst in der dritten Person zu bezeichnen, sollte es eigentlich leichter möglich sein, auch intime Details preiszugeben, doch Anna Scott bringt es nicht übers Herz zu sagen, dass sie ein einfaches Mädchen ist, das vor einem Jungen steht und ihm sagt, dass es ihn liebe, sondern sie dreht es um und fordert dessen Liebe ein. Aufgelöst in die direkte Rede würde der Satz lauten: *I ask you to love me.* Kürzer: *Love me!* Fordernder: *Tell me that you love me!* William macht das nicht. Anna Scott nimmt die Ablehnung tapfer lächelnd, wie die Verliererinnen der Oscar-Verleihung, entgegen, geht einen Schritt auf William zu, küsst ihn zum Abschied auf die Wange und verschwindet durch die Glastür. Als William kurz danach die Szene mit seinen Freunden bespricht, werden allerdings bereits die Weichen für ein Happy End gestellt.

Zuvor sollte aber die Ungeheuerlichkeit genauer untersucht werden, wie es einem so erfahrenen Drehbuchautor wie Richard Curtis passieren konnte, anstelle der tatsächlich rührenden, schutzlosen Aussage, die sich offen der Welt und der Antwort preisgibt: *I love you*, zu einem plumpen Angriff überzugehen und offensiv einzufordern: *love me!* Noch unverständlicher wird diese Zeile, wenn man weiß, dass Richard Curtis' Script-Editor und Lebensgefährtin Emma Freud ist. Niemand kann etwas für seine Ahnen, aber darf die Urenkelin von Sigmund Freud im Feld der Liebe plumper agieren als der psychologietheoretisch weniger vorbelastete Benjamin Bratt, der Julia Roberts tapfer ein *I love you* beim letzten Streit im gemeinsamen Schlafzimmer entgegengeworfen hat, das sie aber resigniert nicht mehr beantwortete?

Emma Freuds Vater Clement Freud und dessen zwei Jahre älterer Bruder Lucian kamen 1933 auf der Flucht vor den Nazis von Berlin nach London. Während Clement wie ein englischer Gentleman aus dem Bilderbuch wirkte, eine prominente Radio- und Fernsehpersönlichkeit war, es bis ins Parlament schaffte und schließlich von der Queen zum Ritter geschlagen wurde, behielt Lucian, der bei der Flucht elf Jahre alt war, zeit seines Lebens einen deutschen Akzent bei, zelebrierte diesen oder bekam ihn einfach nicht los, was die Queen aber auch nicht hinderte, ihn als äußerst erfolgreichen Maler mit zwei der höchsten Orden des britischen Königreichs zu dekorieren. Diese Vorfahren, der Vater und der Onkel, sind Emma Freud naturgemäß viel näher als der ferne Urgroßvater, der praktisch sein ganzes Leben in Wien gelebt hatte – fünfzig Jahre lang an einer Adresse, der Berggasse 19, die heutzutage ein Museum mit seinem Namen beherbergt – und der erst im letzten Lebensjahr nach London kam, um sich dort von seinem Schüler, Freund und Arzt Max Schur am 23. September 1939, nur drei Wochen nach Kriegsbeginn, eine Überdosis Morphium verabreichen zu lassen, wobei diese mehr den Schmerzen des Gaumenkrebses geschuldet war als dem deutschen Angriff auf Polen. Aber auch wenn Emma Freud ihr Urgroßvater fremd und fern vorkommt, wie der Urgroßvater wohl den meisten Menschen fremd und fern vorkommt, vor allem wenn er 33 Jahre vor der eigenen Geburt gestorben war, so kommt sie allein wegen ihres Namens nicht so leicht an diesem vorbei. Sie kann es sich nicht erlauben, ein Drehbuch mit zu verantworten, in dem die Hauptdarstellerin den Hauptdarsteller plump auffordert: Liebe mich! Hätte die Co-Schreiberin des Scripts dieses ihrem Urgroßvater zur Durchsicht weitergereicht, hätte er ihr diese Stelle angestrichen und mit krakeliger Schrift an den Rand der Seite gekritzelt: Der Befehl zu lieben kommt niemals von außen, kann nicht von außen kommen, weil er stets von innen kommt. Den Imperativ der Liebe spricht das Unbewusste! Und Emma hätte innegehalten und sich gefragt: Wenn der Imperativ der Liebe stets aus dem Unbewussten kommt, so hat ihr Lebensgefährte diesen Aufruf zur Liebe vielleicht unbewusst an sie gerichtet? Wollte ihr Partner ihr damit etwas sagen? Fordert er mehr Liebe von ihr ein, oder soll es sie selbst sein, die von Richard Curtis mehr Liebe einfordern sollte? Es war verwirrend, aber wie auch immer, es blieb sinnlos, Liebesbefehle zu äußern. Liebe entsteht automatisch oder gar nicht.

Emma will Klarheit, keine ins Nichts führenden Spekulationen. Sie konfrontiert Richard, steht ihm im mit Bücherregalen vollgeräumten Büro gegenüber wie Anna Scott im Script William Thacker in der Buchhandlung oder später Julia Roberts Hugh Grant am Filmset oder noch später Julia Roberts Benjamin Bratt in ihrer Villa oder wie schon zuvor und danach alle Menschen, die jemals mit jemandem liiert waren und eine Aussprache zu einem heiklen Thema beginnen wollten.

Richard?

Ja, Emma?

Warum willst du, dass ich dir befehle, mich zu lieben?

Richard Curtis ist verwirrt, lacht auf und bittet Emma, die er liebt und deren Liebe er sich sicher glaubt, das etwas besser zu erklären. Sie tut es, und er wirkt plötzlich bestürzt, ertappt, sodass Emma kurz einen Stich in der Magengegend spürt, Angst, hier auf ein Geheimnis gestoßen zu sein, das sie gar nicht gelüftet haben wollte. Richard sagt schließlich:

Das ist ein Zitat. Und Emma wiederholt, schon etwas erleichtert:

Ein Zitat?

Ja, eine Liedzeile.

Aha, eine Liedzeile. Und wie lautet diese?

»Tell me that you love me«.

Und warum zitierst du hier im wichtigsten Monolog des ganzen Films eine Liedzeile, die nicht zur Situation passt?

Emma weiß, dass sie vorsichtig sein muss. Richard spielt gerne mit Zitaten, mit Intertextualität und hat oft Probleme dabei, eine Idee wieder zu opfern, wenn sie im fertigen Drehbuch nicht so funktioniert, wie er sich das vorgestellt hat. Aber dafür gibt es ja sie und ihr Adlerauge, die strengste Leserin und beste Script-Editorin.

Sollte es an dieser Stelle nicht einfach *I love you* heißen, sagt sie. Anna gesteht hier William ihre Liebe, ganz offen und schutzlos macht sie das, sie steht verletzlich vor ihm, wie ein kleines Mädchen und nicht wie ein Superstar. Da passen keine Befehle. Ich bin mir sicher, wir finden ein Lied, in dem die Zeile *I love you* vorkommt, sagt Emma mit einem Lachen. Die kannst du dann ja zitieren. Richard steht verlegen hinter seinem Schreibtisch.

Nein, es soll diese Zeile sein. Die ist sehr gut, das Zitat ist mir wichtig. Emma ist es gewöhnt, dass Richard etwas Zeit braucht, um sich überzeugen zu lassen. Geduldig fragt sie:

Um welches Lied handelt es sich denn?

»Let It Be Me«, sagt Richard.

Kenne ich nicht, kann ich es einmal hören? Richard geht zu einem hohen Regal, das voller CDs ist. Mit dem Finger sucht er die langen Reihen ab, ohne Erfolg, nach einer Zeit beginnt er wieder von vorne. Schließlich sagt er, mehr zu sich:

Komisch, ich finde sie nicht. Aber ich habe das Lied auch noch in einer anderen Version.

Er geht zur Kommode, in der sich seine Schallplattensammlung befindet, kniet sich hin und sucht. Hier ist sie ja, sagt er und zieht Bob Dylans 1970er-Album *Self Portrait* heraus. Das Cover ziert ein Selbstporträt des Musikers, der sich durchaus nicht nur als *Song and Dance Man*, sondern auch als Maler sieht. Während Richard etwas umständlich die Platte auflegt und den Tonarm auf das erste Lied der zweiten Seite setzt, schaut sich Emma das in hellen Pastellfarben gehaltene, mit groben Pinselstrichen hingeworfene Selbstporträt Bob Dylans an, ohne etwas dazu zu sagen. Ein gemütliches Schlagzeug schlägt den Song ein, eine sanfte Gitarre und ein friedliches Klavier treten in einen kurzen, freundlichen Dialog. Und schon beginnt der noch nicht dreißig Jahre alte Bob Dylan in einem hellen, reinen Bariton zu singen, um bereits in der dritten Zeile zu betteln: »I beg you«. Emma kann ihren Ohren nicht trauen, erstens weil sie Bob Dylan noch nie so sacht hat singen hören und zweitens weil er tatsächlich jeden Stolz vermissen lässt, sich wie ein Wurm vor seiner Angebeteten windet und schließlich wörtlich sagt: »Tell me that you love me.«

Das ist ein Dylan-Song?, fragt sie.

Nein, nein, eine Cover-Version, antwortet Richard.

Und von wem ist das Lied?

Von Manny Curtis. Richard wirkt verlegen, erwischt.

Wer ist denn das?

Ein Großonkel von mir, von der nach Amerika ausgewanderten Familienseite.

Emma will auflachen und sagen, nur weil ein Vorfahre von dir irgendwann einmal einen dummen Schmusesong aufgenommen hat, muss die arme Julia Roberts diese hirnrissige Zeile sagen? Doch dann schaut sie Richard stumm an und hat das Gefühl, verstanden zu haben. Auch er hat berühmte Vorfahren, einen amerikanischen Songwriter, der sogar von Bob Dylan gecovert wurde. Mein Urgroßvater war auf dem

Cover des *Time Magazine* als einflussreichster Denker des zwanzigsten Jahrhunderts, denkt Emma kurz, doch sagt sie noch immer nichts. War es für Richard tatsächlich all die Jahre ein Problem gewesen, dass sie aus einer so berühmten, schillernden Familie stammte und er nicht? Er steht ihr jetzt gegenüber wie ein kleiner Schuljunge, der beim Schummeln erwischt wurde. Inzwischen singt Bob Dylan bereits das nächste Lied, den schnellen Countrysong »Little Sadie«, über einen Mann, der seine Freundin ermordet hat. Richard ist ein guter Mann, denkt Emma. Die Tür geht auf, und eine der Töchter stürmt herein.

Ich habe Hunger!, ruft sie.

Nicht jetzt, sagt Emma.

Ahhhh!, schreit die Tochter unvermutet, immer heißt es nicht jetzt, wann dann? Ich verhungere!

Wütend dreht sie sich um und knallt die Tür ins Schloss. Emma und Richard schauen sich ratlos an.

Jetzt kommt sie in die Pubertät, sagt Richard.

Ein stummer Schrei nach Liebe, fügt Emma hinzu.

So stumm auch wieder nicht, entgegnet Richard, und beide beginnen zu lachen.

Und nun erkennt Richard, dass dieser Zufall, das plötzliche Auftauchen der Tochter, seine Rettung ist. Das Universum hat ihm einen Interpretationsvorschlag für die von Emma kritisierte Zeile unterbreitet, er muss sie gar nicht als Zitat seines Großonkels verteidigen, sondern kann auf Freud zurückgreifen, den er nicht gut kennt, aber doch so gut, dass er weiß, dass alles mit Liebe und Kindheit zu tun hat. Also sagt er: Siehst du, Emma, Kinder rufen tatsächlich nach Liebe. Es gibt nur Essen und Liebe für sie, und beides wird durch Schreien eingefordert. Deshalb sagt Anna Scott ja auch, sie sei nur ein Mädchen, ein Kind also, keine Frau, und Kinder dürfen befehlen, geliebt zu werden, weil das ehrlicher ist als das von dir eingeforderte *I love you*, das viel mehr der Konvention entspricht als dem wahren Empfinden.

Emma ist kurz sprachlos, sie erkennt, dass es hier um ihren Urgroßvater geht, und beschließt, auf die Argumentation gar nicht einzugehen, sondern bei seinem Großonkel zu bleiben. Tu nicht so gescheit, sagt sie, du willst doch einfach auf das Lied deines Großonkels hinweisen, das ohnehin niemand kennt. Vielleicht kann man es ja für den Soundtrack zum Film verwenden, und du bekommst ein paar Pennies Tantiemen dafür?, sagt sie und es klingt gehässiger, als sie es gemeint hat.

Aber Richard will das nun gar nicht mehr, zu sehr gefällt ihm seine gerade improvisierte Interpretation der Zeile, er möchte diese nun als Hommage an Freud stehen lassen, wogegen Emma sie zur Ehrenrettung ihres Urgroßvaters entfernen will. Der Imperativ der Liebe muss von innen kommen, kann niemals von außen befohlen werden, so empfindet sie es auf jeden Fall, egal ob mit oder ohne psychoanalytische Argumentationshilfe.

Ein letztes Mal noch versucht sie Richard zu überzeugen, die Zeile zu ändern: Gib doch zu, dass es nicht funktionieren kann, jemanden aufzufordern, ihn zu lieben. Der Befehl zur Liebe entsteht in einem selbst, plötzlich ruft alles in dir, ich bin verliebt! So geht das, aber nicht umgekehrt, wenn dir jemand befiehlt: Liebe mich!, dann kriegt man ja Angst, nur Psychopathen machen das. Richard Curtis sagt nichts. In Gedanken verloren betrachtet er das Dylan-Selbstporträt auf dem Plattencover, und das Schweigen im Raum wird immer länger und dichter und unerträglicher. Schließlich schaut er auf und sagt kurz und bündig: Nein, es bleibt, wie es ist.

Emma ist schockiert, so hat Richard noch nie mit ihr gesprochen. Was soll denn das?, fragt sie bestürzt. Ich bin die Script-Editorin, ich habe doch auch was zu sagen hier!

Und ich bin der Drehbuchautor, ich habe das letzte Wort. Alles in Emma schreit auf, so will sie sich nicht behandeln lassen, so geht das nicht, so funktioniert doch ihre Zusammenarbeit nicht! Nach außen bleibt sie ruhig. Unter großer Beherrschung sagt sie langsam: Okay, wenn das so ist, dann streiche meinen Namen bitte von den Credits, damit möchte ich nichts mehr zu tun haben. Das trifft Richard, war er zu starrköpfig? Warum hat er diesen Konflikt heraufbeschworen, ist ihm diese Zeile wirklich so wichtig? Er weiß es selbst nicht. Aber Emma, das ist doch eine völlige Überreaktion, sagt er, was soll denn das? Natürlich bleibst du an Bord und in den Credits! Doch nun bleibt sie hart, wenn er glaubt, ohne ihre kritische Lektüre des Scripts besser zu fahren, dann möchte sie auch nicht als Mitwirkende aufscheinen. Obwohl die beiden schon lange zusammenleben, Kinder haben und oft an gemeinsamen Projekten arbeiten, haben sie nur wenig Erfahrung im Streiten, meistens funktioniert die Zusammenarbeit harmonisch. Im ärgsten Fall gehen sie sich kurz auf die Nerven, aber nur sehr selten kracht es so wie jetzt. Und man merkt, dass sie das nicht aushalten, schon suchen sie einen Kompromiss. Richard sagt, wenn es Julia Roberts auch stört, könnte man beim Dreh dann ja noch einmal darüber reden.

Doch Julia Roberts sagt nichts, Hugh Grant sagt nichts, und heutzutage kann man in Notting Hill in den Touristenshops Teetassen kaufen mit dem Spruch:

I'm just a girl, standing in front of a boy,
asking him to love her.

Das erstaunt, zeigt aber, dass dieses Zitat als Fremdkörper im Film erkannt wurde, denn warum sonst sollte man genau diese Zeile so herausstreichen? Für Richard Curtis ist es jedes Mal ein Triumph, wenn er den von ihm geschriebenen Satz so prominent zitiert findet. Er hat sich bei diesem Streit durchgesetzt, und er hatte recht! Was er nicht weiß, ist, dass Emma ebenso jedes Mal fröhlich kichert, wenn sie in der Auslage eines Shops diesen Spruch sieht, denn sie hat ebenfalls das Gefühl, gewonnen zu haben. Auch wenn sie darauf bestand, ihren Namen aus den Credits des Films zu streichen, so blieb sie bei der Fertigstellung des Drehbuchs aktiver denn je.

Sie hatte beschlossen, mit Richard nicht mehr über diese Zeile zu diskutieren, sondern ihren eigenen Weg zu finden, um klarzumachen, dass man die Liebe niemals durch einen Befehl einfordern darf. Wenn man genau hinsieht, ist die Gegenreaktion auf das ihr unerträgliche *Tell me that you love me!* bereits in den restlichen Minuten von *Notting Hill* deutlich wahrnehmbar, wenngleich auch klausuliert, wie in einer Traumsprache als doppelter Boden in das Drehbuch eingearbeitet.

Im Leben wie auch in der Sprachtheorie kann es nie eindeutige Bedeutungen geben, ein Begriff verweist immer nur auf den nächsten, wie in einer endlosen Kette, die nie ans Ziel gelangt. Deshalb kann William nun die berühmte Schauspielerin, nachdem er sie wegen ihres plumpen Befehls, sie doch zu lieben, abgewiesen hatte, nicht einfach kontaktieren und ihr sagen, dass er seine Meinung geändert hat, sondern muss sie mühsam, wie bei einer Schnitzeljagd durch ganz London verfolgend, finden. Zuerst fährt der schusselige Buchhändler mit einem Auto, in das all seine Freunde hineingestopft werden, ins Hotel Ritz, wo sie versuchen, den Codenamen zu erraten, unter dem Anna Scott eingecheckt hat.

Miss Flintstone, Bambi, Beavis oder Butthead erweisen sich als falsch, Pocahontas als richtig. Der Name der nordamerikanischen Häuptlingstochter des frühen 17. Jahrhunderts, die als Matoaka geboren wurde, oft aber auch Amonute genannt wird, führt in diesem Fall ans Ziel und zeigt auf, wie lose der Name mit dem Benannten verbunden ist, was ja auch Bob Dylan immer wieder thematisiert, beispielsweise wenn er in einem Song aufzählt, wie man ihn nennen darf, nämlich Bobby oder Zimmy, Terry oder Timmy, R. J. oder Ray, eigentlich egal, wie auch immer man möchte, da jede Benennung ohnehin nur eine Annäherung sein kann, da die Sprache Bedeutungen nie festzuhalten vermag. Deshalb entzieht sich auch Anna Scott nun dem ihr nachhetzenden William und ist nicht mehr im Ritz, sondern bereits im Savoy. Diese Verzögerung des Showdowns muss von Emma Freud gekommen sein, denn spätestens hier wird klar, was für ein Spiel sie treibt: Erwähnt man das Londoner Savoy, denkt man unwillkürlich an Bob Dylans Video zum »Subterranean Homesick Blues«, das er im Hinterhof des Hotels am 8. Mai 1965 gedreht hat, dem zwanzigsten Jahrestag des Endes des Zweiten Weltkriegs. Der Clip wurde als Werbetrailer für D. A. Pennebakers Dokumentarfilm *Don't Look Back* gedreht und war eines der ersten Musikvideos überhaupt. Dylan hält darin große Stichwortkarten mit ausgewählten Wörtern und Sätzen aus dem Text des Lieds hoch und wirft sie nach und nach zu Boden, während er relativ ausdrucksarm in die Kamera blickt. Ist das nun das Ende und die Lösung der Schnitzeljagd, die Emma Freud seit dem missglückten Liebesbefehl mit dem Publikum des Films begonnen hat? Man könnte sich den assoziativen Text von

»Subterranean Homesick Blues« natürlich in diese Richtung genauer ansehen oder das Datum des Jahrestags zum Kriegsende als Friedensangebot interpretieren, doch würde das am Ziel vorbeiführen. Der Filmtitel *Don't Look Back* ist da schon ein besseres Indiz, einerseits als Hinweis, auf die Zukunft zu warten, und andererseits auch als Absage Emma Freuds der Analysemethode ihres Urgroßvaters gegenüber. Der Liebesbefehl hat nichts mit dem Schreien eines hungrigen Kindes zu tun, sondern ist schlichtweg falsch, scheint sie zu sagen, bevor *Notting Hill* dann mit einem klassischen Happy End zu Ende geht, William und Anna heiraten, sie wird schwanger, und beide leben ein zufriedenes Leben in London.

Die Wunde, die Annas Liebesbefehl geschlagen hat, ist für die Protagonisten des Films verheilt oder bedeutungslos geworden, nicht aber für Emma Freud. Für sie ist die Sache erst dann zu Ende, wenn das unangebrachte *Tell me that you love me!* widerrufen wurde. Dafür müssen wir noch etwas warten, vier Jahre lang nämlich, bis es dann 2003 schließlich so weit ist: Das Spiel der Verweise auf Bob Dylan wird wieder aufgenommen und im nächsten Film der beiden Drehbuchautoren, der Weihnachtskomödie *Love Actually*, zu Ende geführt:

Mark ist verliebt in Juliet, die Frau seines besten Freundes. Diese Ausgangslage ist problematischer, schmerzhafter und unlösbarer als die Liebe eines Finanzinvestors zu einer Straßenprostituierten oder die eines Filmstars zu einem Buchhändler. Und da Mark weiß, dass seine ihn so lange verfolgende und marternde Liebe keine Erfüllung finden kann, möchte er diese Liebe, bevor er sie für immer zu vergessen versucht, zumindest ein einziges Mal der Welt – und vor allem auch der Angebeteten – gestehen. Gleichzeitig hat er aber Angst, von den falschen Menschen gehört zu werden, also sucht er nach einem Kompromiss: Wie kann er seiner Liebe Ausdruck verleihen, ohne sie laut auszusprechen? Bob Dylan dient ihm als Inspiration, und so taucht er eines Tages kurz vor Weihnachten vor Marks und Juliets Haus auf. Sie öffnet die Tür, und er deutet ihr zu schweigen und zu warten. Ein kleiner Kassettenrekorder beginnt eine englische Version des österreichischen Weihnachtslieds »Stille Nacht« zu spielen, und Mark beginnt, Juliet große vorbereitete Stichwortkarten zu zeigen, eine nach der anderen, und auf diesen gesteht er ihr, sie zu lieben, ohne Hoffnung oder Absichten *(without hope or agenda).* Und jetzt haben wir sie, die Korrektur des Liebesbefehls aus *Notting Hill.* Aus William und Anna sind Mark und Juliet geworden, aus Hugh Grant und Julia Roberts Andrew Lincoln und Keira Knightley, aber trotz all dieser Transformationen ist die Aussage klar: Niemals kann die Liebe durch einen Imperativ eingefordert werden, sondern immer nur ohne Hoffnung und Absicht, völlig wehr- und schutzlos, verlautbart. Daraus resultiert das Heroische der Liebesoffenbarung, die nur so die unerwartetsten Paarungen bilden kann: Alles ist möglich, bis zur Prinzessin und dem Frosch, nur eine Paarung kann es nie geben, die zwischen dem Mann und der Frau, die mit dessen bestem Freund verheiratet ist, deshalb wirft Mark schließlich die letzte Stichwortkarte (mit den Worten »Merry Christmas«) zu Boden, klaubt alle wieder zusammen, stoppt die Musik und geht in die kalte Dezembernacht. Doch Juliet läuft ihm nach, stoppt ihn und tut das Grausamste, was man in dieser Situation tun kann: Sie nimmt sein Gesicht zwischen ihre langen, schönen Finger und küsst ihn zärtlich auf den Mund. Kurz bleiben sie sich in die Augen blickend stehen, dann läuft sie wieder zurück, ins Wohnzimmer, in dem ihr Ehemann auf sie wartet. Mark aber geht weiter, und wie durch ein Wunder ist er geheilt. Die herzlose Erbarmungslosigkeit Juliets, ihm so deutlich vor Augen zu führen, was er versäumt, was er nicht haben kann, ihn kurz kosten zu lassen von dem, was er nie konsumieren wird können, hat ihm gezeigt, wie oberflächlich sie mit seinen Gefühlen umgeht. Erleichtert sagt er, genug, und wiederholt dann für sich selbst: *enough now*, genug jetzt.

Und das war's, damit wurde nach vier Jahren der Disput zwischen dem Drehbuchautor Richard Curtis und seiner Lebensgefährtin und Script-Editorin Emma Freud aufgelöst. Die lange Kette an Verweisen endet mit *enough*, ich habe genug, es reicht, basta, scheint Emma zu sagen. Das allerletzte Wort dann ist aber *now*, jetzt, wir sind also im Nun, in der Gegenwart angelangt, und dieser schmale Grat zwischen Vergangenheit, auf die wir nicht gar zu oft zurückblicken sollen (*Don't Look Back*), und der Zukunft, die ohnehin auch ohne unser Zutun auf uns einstürmt, auf diesem schmalen Wellenkamm heißt es für uns nun entlangzusurfen, ohne Hoffnung und ohne Verzweiflung, denn alles ist gut, es ist schließlich nur das Leben, das Leben und nur das Leben.

Mit ein paar Jahren Verspätung meldete sich schließlich Bob Dylan selbst auch noch zu der missglückten Verszeile des Songs »Let It Be Me« aus seinem Album *Self Portrait* zu Wort. 2006 schließt er den Fall endgültig und hält in »The Levee's Gonna Break« für alle Zeiten gültig fest:

I tried to get you to love me,
But I won't repeat that mistake.

Only a Pawn in Their Game
oder: Königsschach

von Michael Köhlmeier

Robin Loggie, einer der Manager von Bob Dylan, wollte dem Rockstar zu dessen fünfundvierzigstem Geburtstag eine Schachpartie mit Weltmeister Bobby Fischer vermitteln.

Loggie hielt die Idee geheim, selbst vor seiner Frau und deren Sohn. Denn erstens war es nicht sicher, ob er Erfolg haben würde, zweitens war in Dylans unmittelbarer Umgebung eine Art Wettbewerb ausgebrochen, der umso kopfloser wurde, je näher der 24. Mai rückte: Wem gelingt es, dem Chef etwas zu schenken, das ihn einigermaßen in Erstaunen versetzte? Der aufbrausenden Entscheidungswut Dylans wäre es zuzutrauen gewesen – so Loggie –, dass er als Dank die Hierarchie seines Managements neu ordnete.

Robin Loggie beauftragte eine Detektei in Santa Monica, den Schachgroßmeister aufzuspüren und sich mit ihm in Verbindung zu setzen, verschwieg aber, worum es sich handelte. Mr Bob Dylan wolle Mr Bobby Fischer sprechen, das war alles. Der Erfolg war prompt. Es stellte sich nämlich heraus, dass Fischer Dylan ebenso bewunderte wie Dylan Fischer. Die Detektei organisierte ein Treffen in Albuquerque, und Loggie, der es gut verstand, Menschen in die Augen zu sehen, trug Fischer sein Anliegen in aller Offenheit vor. Fischer soll sehr aufgeregt gewesen sein, heißt es.

Am 23. Mai 1986 holte Robin Loggie Bobby Fischer mit einer Limousine am Flughafen von Los Angeles ab, und sie fuhren nach Malibu, wo sie in Loggies Haus in der Colony bis knapp vor Mitternacht warteten. Fischer hatte ein Geschenk mitgebracht, ein altes Schachspiel, nicht sein erstes, aber sein zweites oder drittes. Die Figuren waren so abgegriffen, dass sich Schwarz und Weiß kaum mehr voneinander unterschieden. Loggie gab Fischer einige Instruktionen, und schließlich fuhren sie hinaus zu Dylans Haus, passierten die Wachen und betraten über den Strand die Veranda.

Dylan sei allein gewesen. Er sei auch nicht betrunken gewesen. Loggie sagt, er habe auf der Veranda gesessen und habe mit sich selbst Schach gespielt.

Dylan erkannte Bobby Fischer sofort. Die Wirkung war überwältigend. Auf beiden Seiten. Es seien sich diese zwei Großen gegenübergestanden wie kleine Fans – Dylan in einem schmutzigen T-Shirt und grün-rot gerauteten Shorts, Fischer in dunklem Anzug, weißem Hemd und Krawatte – und wenn nicht er, Loggie, eingegriffen hätte, hätte es geschehen können, dass gar nichts geredet worden wäre.

Loggie nahm den beiden sehr vorsichtig mit viel Fingerspitzengefühl die Schüchternheit, er habe Drinks gemixt, die beide abgelehnt, Witze gerissen, über die sie nicht gelacht hätten. Schließlich habe er Bobby Fischer an das Geschenk, nämlich dieses alte Schachspiel, erinnert.

Das erste Spiel – noch auf Dylans Brett übrigens – sei nichts weiter gewesen als ein Nachstellen der Weltmeisterpartie Fischer gegen Spasskij 1972. Dylan kannte die Partie auswendig, und Fischer erinnerte sich auch noch recht gut. Dylan fragte, ob es unbescheiden wäre, wenn er seine Interpretationen dazu abgäbe, und Fischer hörte aufmerksam zu.

Er gehe davon aus, sagte Dylan, so jedenfalls offenbare sich ihm diese Partie, dass Fischer schon nach den ersten acht bis zehn Zügen das Ende geahnt, wenn nicht sogar schon vorausberechnet habe. Die Partie ähnle in ihrem Aufbau einem Spielfilm aus den Dreißigerjahren – eine überlange, flach ansteigende Exposition, die plötzlich zum Höhepunkt aufschnellt, nämlich dort, wo Spasskij seinen Springer zu opfern glaubt, in Wahrheit jedoch sowohl den Springer verliert, als auch in der Folge den Turm blockiert, und das ganz ohne Fischers Königsbauern zur Deckung der Dame zu zwingen, wie Spasskij vermutlich geplant hatte. Von da an, so Dylan, nehme die Partie einen auch für den Laien voraussehbaren Verlauf, der zwar kürzer, aber ähnlich flach abfalle, wie die Exposition aufgestiegen sei. Zum Schluss ein einfaches Matt ohne Schnörkel.

Bobby Fischer gab ihm recht.

Dylan war begeistert und fragte, ob ihn Fischer zur Gitarre singen hören wolle.

Loggie, der die beiden die ganze Zeit schweigend betrachtet hatte, bat Dylan um den Vorzug, die Gitarre aussuchen zu dürfen. Er entschied sich für die Gibson L-5 Baujahr 1941, eines der markantesten Stücke der Sammlung.

Dylan spielte ein altes Lied und ein neues – »To Ramona« und »Dark Eyes«. Fischer habe zugehört, die Beine weit von sich gestreckt, die Hände über dem Gürtel gefaltet. Da sei alles noch wunderbar gewesen.

Aber dann forderte Bobby Fischer Bob Dylan zu einer Partie auf, und zwar auf eben jenem alten Brett mit den abgegriffenen Figuren. Dylan habe Weiß gezogen und die Partie begonnen. Er habe schnell und nachlässig gespielt, es sei ja nur eine Formsache gewesen, so sah es auch Loggie, eine Ehrensache, nichts Ernsthaftes, und es sei auch nicht zu erwarten gewesen, dass mehr als eine Partie gespielt werden würde.

Fischer allerdings habe sich auf jeden Zug konzentriert, es sei zwar keine Zeit ausgemacht worden, aber er habe bei jedem Zug mehrere Minuten verstreichen lassen, und Loggie dachte noch, es sei zwar anständig von dem Großmeister, dass er seinen Gegner nicht gleich vom Brett putze, aber es kam ihm doch irgendwie kindisch vor, mit wie viel Anstrengung er die Anständigkeit vorführte.

Um es kurz zu machen: Dylan gewann die Partie. Gefreut habe er sich darüber nicht. Gewundert habe er sich. Beide hätten sich gewundert. Und Loggie wunderte sich auch. Die Stimmung sei nicht mehr so besonders gewesen.

»Das ist ein Geburtstagsgeschenk wie eine Kaugummiblase«, sagte Dylan. »Solange man sie für Vollgummi hält, durchaus imponierend.«

Fischer versicherte, er habe ihn nicht absichtlich gewinnen lassen, im Gegenteil, er habe Dylan sogar bis zu den letzten vier Zügen zu jener Partie gezwungen, die Bogoljubow und Réti 1925 in Baden-Baden gespielt hätten. Einen Gegner zu einem bestimmten Spiel zu zwingen sei bei Weitem schwieriger, als ein Spiel zu gewinnen. Erst beim viertletzten Zug sei Dylan ausgebrochen, und er, Fischer, habe vermutet, Dylan wolle ein Erstickungsmatt anstreben in der Art von Budrich gegen Gumprich 1950, und er habe sich rundum darauf eingestellt und dann …

»Ich bin ein Naiver«, sagte Dylan. Mehr sagte er nicht.

Loggie stellte erneut die Figuren auf und drehte das Brett um.

Dylan gewann wieder. Er wurde zornig. Diesmal habe er sogar saumäßig gespielt, sagte er.

Fischer sagte gar nichts. Er schaute auch niemanden an. Dylan nicht, Loggie nicht. Nur das Schachbrett schaute er an.

»Vielleicht liegt es an den Figuren und am schlechten Licht«, sagte Loggie. Er habe es ja nur gut gemeint, reden, reden, locker sein, habe er sich gedacht. »Bei diesem Licht kann es doch passieren, dass sich der eine oder andere bei den Figuren vergreift und anstatt Schwarz Weiß zieht oder umgekehrt.«

»Was heißt hier der eine oder der andere?«, fragte Dylan, ziemlich scharf, den Kopf gesenkt, die Augen blitzend. »Und wer, bitte, ist hier der eine und wer der andere?«

Natürlich sei er, also Dylan, der eine und dieser, also Fischer, der andere, habe ihm Loggie eilig zugeflüstert.

Alle Lichter auf der Veranda wurden angezündet und eine dritte Partie aufgelegt. Dylan gewann abermals. Weiß im Gesicht und feucht habe Bobby Fischer dagesessen, die Hände zu Fäusten geballt. Dylan sei aufgesprungen, gleich nach seinem Matt-Zug, habe dem Korbsessel einen Tritt versetzt.

Fischer rührte sich nicht von der Stelle, zwischen den Fäusten das Schachbrett, so saß er da. In seinem schwarzen Anzug. Und still war es auf der Veranda. Nur der Pazifik. Nur der Pazifik.

Dylan ging auf und ab und kaute an seinen Fingernägeln, und schließlich lief er zum Strand hinunter und verschwand in der Dunkelheit.

»Sie müssen sich bei ihm entschuldigen«, sagte Loggie zu Fischer.

Fischer nickte kurz, erhob sich und ging Dylan nach.

Was unten am Strand geschah, wusste Loggie nicht. Er habe die beiden allein gelassen, das sei ja klar. Er habe gewartet bis gegen vier Uhr, dann habe er geseufzt und sei nach Hause gegangen.

Mozambique

von Norman Ohler

Mir hat immer »Mozambique« am besten gefallen, auch wenn viele den Song wohl ein bisschen seicht finden. Einen Monat, bevor Dylan ihn schrieb, war Mosambik unabhängig geworden, hatte die Portugiesen rausgekickt, und die *Lyrics* gehen darauf nur indirekt ein, für jene nicht erkennbar, die darin nur eine Art Urlaubslied sehen. Als hätte Dylan die Vorgänge dort nicht auf dem Schirm gehabt. Eine unwahrscheinliche Annahme.

Ich kann dem Vorwurf der Seichtigkeit deshalb nicht zustimmen. Ich stelle mir bei »Mozambique« immer außergewöhnliche Freiheit vor, und die ist hochpolitisch und kann es nur in einem unabhängigen Land geben, nicht in einer Kolonie, wer auch immer Kolonialist sein mag und auf welchem Level. Bob Dylan hat das offenbar so erlebt, auch wenn er nie auf mosambikanischen Boden war. Das muss man also gar nicht. Aber man kann es, das ist ja das Schöne. Also flog ich einmal dorthin, in einer schwierigen Lebenssituation, der ich quasi entfliehen wollte, obwohl ich sie natürlich – zunächst zumindest – mit mir trug. In Maputo, der Hauptstadt, war es dann auch nicht so gut, ich irrte durch die brutalistischen Straßenzüge und kam mir vor wie in einem untergegangenen Südeuropa der Zukunft, bewunderte lediglich, wie fabelhaft

Moos auf Beton wachsen kann, erlebte aber zu meiner Verwunderung keinerlei Abenteuer.

Dann erzählten mir Leute von einem Dorf am Meer weiter nördlich, mit dem malerischen Namen Tofo, dort sei es wie bei Bob Dylan. Dorthin würde um sechs Uhr der Bus losfahren. Ich ging pünktlich zur Haltestelle und hockte mich erwartungsvoll in den Bus, in dem etwa die Hälfte der Plätze besetzt war. Als wir um halb sieben immer noch nicht losgefahren waren, fragte ich den Fahrer, ob wir auf jemanden warten würden. Er teilte mir mit, die Abfahrt sei um sechs Uhr am nächsten Morgen, und ich solle es mir ruhig bequem machen.

Für die rund fünfhundert Kilometer brauchte der Klapperbus dann den gesamten folgenden Tag, da es in Mosambik, einem Land doppelt so groß wie Deutschland, nur eine Straße gibt, nämlich von Süden nach Norden, einspurig, mit vielen Schlaglöchern. Zum Sonnenuntergang war ich dann, vollkommen zerschlagen, in Tofo, wusste aber sofort, das fing schon beim Einchecken in das günstige Resort am Strandweg an, dass sich die Reise gelohnt hatte. Der sonnige Himmel am nächsten Tag war aquablau, am Strand tanzten alle Wange an Wange, hier würde es angenehm sein, eine oder zwei Wochen zu bleiben. Und sich vielleicht zu verlieben, nur du und ich. Hier gibt es viele schöne Menschen und genügend Zeit für eine anständige Romanze. Und jeder bleibt stehen und spricht mit dem anderen, damit auch jeder die Chance hat, etwas zu sagen, vielleicht auch nur Hallo durch einen Blick.

Ich lag dann neben ihr am Ozean und berührte ihre Hand, flüsterte ihr meine geheimsten Gefühle zu, zauberhaft in einem verzauberten Land. Und als ich nach Hause fuhr, drehte ich mich noch einmal um für einen letzten Blick – und erkannte, warum es so besonders ist, unter den wunderbaren Leuten, die in Freiheit leben, am Strand des sonnigen, pseudosozialistischen Mosambik.

Aber der tollste Song von Dylan ist zweifelsohne »Subterranean Homesick Blues«. Da spielt ja auch Allen Ginsberg mit im Video, zieht sich erst die Jacke aus und wieder an, posiert als eine Art Drogenrabbi, während die *Lyrics* jene paranoide Stimmung beschwören, die Amerika seit den Fünfzigerjahren prägt, als der Sieg über die Nazis verbunden mit der Angst vor ebenjenem Pseudosozialismus zu jenem merkwürdigen Reflex führte – auch aus Schuld, weil man das ja alles gar nicht verdient hatte und außerdem die Rassisten und Technikfreaks aus Deutschland viel zu sehr bewunderte –, sich ebendiese Nazis nicht nur in Operation Paperclip an den Busen zu holen und zu kopieren.

Es sind diese entscheidenden Fünfzigerjahre, in denen die Weichen gestellt wurden, die auch Ginsberg zum Poeten machten, als er im Rahmen von MK Ultra von einem Psychiater, der in Wahrheit für Navy und Geheimdienst tätig war, zum ersten Mal LSD erhielt. Hundertvierzig Dollar für vier Sitzungen bekamen damals jene, die sich zu dem Medikamentenversuch bereit erklärten, durchgeführt u. a. an der angesehenen Stanford University in Kalifornien, wo Ginsberg auf fünfzig Mikrogramm der stärksten bewusstseinsverändernden Substanz der Menschheit mit Kopfhörern Wagners *Tristan und Isolde* hörte. »Bin ich, Allen Ginsberg«, fragte sich der Beat-Poet später, »das Produkt eines der beklagenswerten, schlecht beratenen oder auch triumphierend erfolgreichen Experimente in Bewusstseinskontrolle?« Ginsberg war angefixt, ebenso Ken Kesey, Autor von *Einer flog über das Kuckucksnest.* Als inoffizieller LSD-Prophet fuhr er in seinem Merry-Prankster-Bus mit Freunden durch Amerika und törnte Tausende an. Jahrelang sollte er die Behauptung Ginsbergs zurückweisen, dass die CIA für die Popularität von LSD unfreiwillig verantwortlich war. Erst 1970 begriff der Schriftsteller, was sich zugetragen hatte: »Um Leute verrückt zu machen. Um Leute zu schwächen und sie unter Kontrolle zu bringen.«

Auch John Lennon wusste, wer die Drogenrevolution losgetreten hatte: »Wir müssen uns immer daran erinnern, der CIA und der Armee für das LSD zu danken. Leute vergessen das leicht. Alles ist das Gegenteil von dem, was es ist, stimmt das nicht? Sie haben LSD eingeführt, um Leute zu kontrollieren, tatsächlich haben sie uns die Freiheit gegeben.«

Dylan selbst war es gewesen, der den Beatles das Kiffen beigebracht hatte – obwohl er selbst nicht glaubte, dass man von »Dope irgendeine Antwort« bekommt. Als er die Pilzköpfe am 28. August 1964 im New Yorker Delmonico Hotel besuchte, schickten diese einen Freund los, irgendwo ein paar Flaschen Wein aufzutreiben. Während sie auf die Rückkehr warteten, fragte Dylan in die Runde, ob irgendjemand vielleicht etwas rauchen wolle. »Wir haben noch nie Marihuana versucht«, antwortete Brian Epstein, der Manager der Beatles. Dylan konnte das nicht glauben und fragte, was mit dem Song »I Want to Hold Your Hand« sei: »And when I touch you I get high, I get high«, sang er in dem Hotelzimmer vor, woraufhin John Lennon rot anlief. »So geht der Song nicht. Die *Lyrics* heißen ›I can't hide, I can't hide.‹« Daraufhin drehte Bob Dylan einen Joint und gab ihn John, der ihn Ringo Starr reichte, seinen etwas arrogant so titulierten »königlichen Vorkoster«. Da Ringo nicht wusste, dass man Joints nach ein paar Zügen weitergibt, rauchte er alles alleine bis zum Ende auf, woraufhin Dylans Kumpel Aronowitz noch einen baute, für die anderen. Die nächsten Stunden verliefen äußerst vergnüglich, und Paul McCartney sagte, dass er »zum ersten Mal denken kann, wirklich denken«.

Aber am beeindruckendsten ist »Tangled Up in Blue«, irgendwie. Dieses Lied verkörpert das, was Bob Dylan in dieser Welt entdeckt und immer wieder betont hat. Allein schon sein Anfang ist der Grund, wieso ich Künstler geworden bin und kein normaler Mensch, der entfremdeter Arbeit nachgeht. Morgens liege ich im Bett, und die Sonne scheint herein. Was interessant ist: Auch bei Dylan hat das LSD Spuren hinterlassen, hat seine Folk Music elektrifiziert, und »Tangled Up in Blue« ist einer seiner drogenlastigsten Songs, nicht von der Form her, sondern was die *Lyrics* betrifft, die ohne die geringste Scheu die Zeiten durcheinanderwirbeln, die Locations rasant wechseln und noch einmal Bezug nehmen zu diesem einst freien, wilden, weiten Amerika, das die Beatniks noch bereisten. Für dieses Lied, eine Art Glaubensbekenntnis, sollte er noch Dekaden lang immer wieder am Text herumfeilen, entsprechend seiner eigenen, persönlichen Entwicklung: ein Traum vom Schreiben, den sich der Songwriter, vielleicht sogar der Dichter, erlauben kann, selten aber der Schriftsteller.

Wie Dylan in diesem Lied die Rasanz einer Liebesbeziehung in zwei Strophen erzählt, von *ihrer* Scheidung, nachdem sie ihn trifft, bis zur Flucht gen Westen und der folgerichtigen Trennung. Und bis ich begriffen hatte, wieso er etwas unsicher wurde, als sie sich nach unten beugte, um *seine* Schnürsenkel zuzubinden, musste ich auch so Mitte zwanzig werden. Ich lebte damals in New York, um Dylan näher zu sein – und nicht nur Dylan, sondern dieser gesamten bizarren Blüte, die aus dem CIA-LSD herausexplodiert war.

Interessant auch, dass sich die Beatles wegen jenem LSD getrennt haben, nicht wegen Yoko Ono, und auch das hängt mit Dylan zusammen. Da war etwas in London passiert, als John und George mit ihren Partnerinnen bei einem Kumpel zum Abendessen waren und es im After-Dinner-Espresso einen mit LSD getränkten Zuckerwürfel gab, was den beiden erst enthüllt wurde, nachdem sie schon getrunken hatten. Die fiese CIA-Masche. Doch John und George schweißten die folgenden zwölf Stunden für immer zusammen und separierten sie gleichsam von Paul, der lange noch Angst vor LSD hatte. »Ich wollte immer wieder zurück nach Hause. John und George waren für das stets Neue«, sagte er Jahre später über dieses psychedelische Zerwürfnis, wobei es genau diese Spannung zwischen kreativer Normalität und unkontrollierbarem Rausch war, die dann das Meisterwerk *Revolver* produzierte.

Doch mit der berühmten Songzeile »You don't have to be a weatherman to know which way the wind blows« hat Bob Dylan die amerikanische Geschichte vielleicht am eindrucksvollsten verändert – und ein erneutes Statement abgeliefert für ein freies, nein *viele* freie Mosambiks.

Watching the River Flow
oder: Der alte Mann
von Frank Schulz

Ol' Man River, that Ol' Man River
He must know somethin', but don't say nothin'
Jerome Kern, »Ol' Man River« (1927)

What's the matter with me
I don't have much to say
Bob Dylan, »Watching the River Flow« (1971)

Seit er vom Leben nichts mehr forderte, vielmehr dankbar war für jeden Mist, manchmal melancholisch war oder bange, häufig aber auch schlicht selig – *druff*, quasi, aber ohne alles –, und zwar ohne es sich verordnet zu haben wie ein Zenmeister oder was, sondern einfach, weil … nun ja, wie hatte Doktor Goldfinger gesagt? »Sie werden langsam 'n Oldtimer!«; ungefähr seit dem Alter also, in dem der undankbare Hemingway sich 'ne doppelte Ladung Schrot in die Rübe pfefferte, gewahrte Peter Huck bei sich selbst immer mal wieder so eine Art verdrehtes Déjà-vu.

Meistens spielte es sich wie folgt ab: Jemand, den er gut kannte, erzählte ihm etwas, das ihm zunächst neu erschien. Noch vor Ende des Gesprächs aber wurde er unsicher, ob er es nicht doch bereits gewusst und nur vergessen hatte. Und nach dem Gespräch verwandelte sich diese Unsicherheit mir nichts dir nichts in Gewissheit, dass er es bereits gewusst und nur vergessen hatte. (War dieses dämliche Phänomen auch dafür verantwortlich, dass er innerlich oft bereits abwinkte, sobald Ali sich anschickte, irgendetwas zu erzählen?) Ungefähr in der Manier war Peter Huck eines Tages plötzlich sicher, dass sein innerlicher Soundtrack zu einem ganz bestimmten, altvertrauten Wunsch schon immer »Watching the River Flow« gewesen sei.

Seine Wünsche waren zeitlebens von Soundtracks begleitet gewesen, ähnlich wie Erinnerungen oder Personen. Wie in Filmen, so stand auch in Peter Hucks Leben ein bestimmtes Motiv für eine bestimmte Person. (Für Ali etwa stand Little Feats »Willin'«: »And if you give me: weeeeeed, whites and wine … and if you show me a sign … I'll be willin' to be movin' …«) Kein Wunder, dass er Musiker geworden war. Oder war es umgekehrt?

Bei dem erwähnten altvertrauten Wunsch jedenfalls handelte es sich um einen, der in all den vergangenen nahezu fünf Jahrzehnten seines Erwachsenenlebens sporadisch, aber verlässlich in seinem Gemüt aufgeflammt war. Der Wunsch nämlich, unverzüglich zu beobachten, wie die Nedderriede dahinfloss, jenes Flüsschen am Rande des Städtchens seiner Kindheit und frühen Jugend; ja, sich ins Ufergras der Nedderau zu hocken und still zu beobachten, wie jenes Flüsschen namens Nedderriede dahinströmte in seinem grünen Urstromtal. Wo auch immer auf der Welt er war, er, Peter Huck, seines Zeichens Texter und Bassist der Weißen Raben – sporadisch hatte er geradezu nach der Nedderriede »geschmachtet«; *das war unstrittig*, es stand in diversen Interviews nachzulesen.

Mir nichts dir nichts als ebenso unstrittig jedoch empfand Peter Huck es also eines Tages, dass jener Wunsch »schon immer« von jener hinreißenden Akkordprogression in F-Dur begleitet war, die ein ultralässiger Leon Russell in sein Piano punzte, während der junge Jesse Edwin Davis III ihm mit ’ner herrlich zickigen Steelguitar einheizte – und schließlich Dylan mit jener unverwechselbar kreglen, virtuos getimeten Knödelphrasierung. Und diese »Schon-immer«-Illusion war umso absurder, als sie eigentlich bereits bei der Entstehung hätte platzen müssen, weil …

Also. Jenes späten Märztages des welthistorischen Jahres Zwanzigzwanzig war Peter Huck, mehr oder weniger Hals über Kopf, von Eppendorf aus, das wirkte wie von Neutronenbombenopfern frisch gereinigt, nach Oevelgönne geradelt. Er wusste gar nicht genau, was er dort wollte, und gab Ali, ebenfalls auf dem Fahrrad unterwegs, daher nicht Bescheid. Oben an der Elbchaussee bewunderte er den Rolls Royce Silver Cloud III von 1963 und den zweifarbigen Enten-Oldtimer Typ Charleston, die dort wie so häufig geparkt waren. Sie glänzten selbst im Nieselregen noch. Hamburg, wie es rockt und rollt.

Vom starken Gefälle des Weges namens Schulweg aus, flankiert von hohen Hecken, Natursteinmauern und schmiedeeisernen Laternen, spähte Peter Huck, während er sein E-Bike schob – oder es ihn zog? –, immer mal wieder durch die meistenteils kahlen, teils bereits vor Knospen strotzenden Baumkronen zum jenseitigen Elbufer hinüber, wo ein brutalistisches Hologramm aus Stahlträgern und Containerstapeln vor sich hin spukte (nachts umhüllt von einer weitschweifigen Sphäre in verdünntem Orange); die Kranausleger zeigten einheitlich fünf vor sechs an. Unwillkürlich schaute

Huck auf seine Skagen. Sie ging reichlich vor. Plötzlich ein hallstarkes Poltern von dort drüben, als hantierte ein riesenhafter Müllmann mit einer riesenhaften Mülltonne. Außerdem, wie auf Kommando Kitsch!, von elbaufwärts her ein gedehnter Riesentuba-Ton.

Geradeaus ginge es die Steintreppen zur (seit zwei Wochen geschlossenen) Strandperle hinab. Huck aber bog rechts in den querenden Fußgängerweg ein, den jene teils historischen Lotsen- und Kapitänshäuschen säumten, die Oevelgönne prägten. In einem davon hatte übrigens niemand Geringerer als der Meisterdichter Peter Rühmkorf gewirkt. *Die Nacht ist hin, die Dinge sind so sausend / [Ein Kuß noch draufgepappt] / Eh uns der schwarze Müllmann 1:100 000 / im Acheron verklappt* … Sie hatten sich, dessen durfte Peter Huck sich rühmen, seit Ende der Siebziger persönlich gekannt und geschätzt. Ein paar Häuser weiter verfügte er, Peter Huck, über eine Zweitwohnung, in die er sich manchmal zum Arbeiten zurückzog – oder auch nur zur inneren Sammlung und Erholung von Alis Energie, Esprit, Erotik. Er schob sein Ampler Bike in den rückwärtigen Garten, kettete es am Zaun fest und entriegelte die Hintertür. Dann erklomm er die krumme, enge, steile Holztreppe.

Schlafzimmer und Wohnküche mit Schreibtisch gingen ineinander über, und durch die großzügigen Fenster, durch die Glastür zum Balkon, vom Balkon selbst blickte man auf eine Phalanx kupierter Linden entlang dem gepflasterten Gehweg, über den Streifen mit Gartenparzellen und den eine halbe Etage tiefer liegenden Sandstrand hinweg, den entlang von Ost nach West die Elbe rollte. Geradeaus befand sich genau die Stelle des grauen, alten Stroms, wo die Ozeanriesen mithilfe von Schleppern zu drehen pflegten, um am Kai anzulegen.

Dort krallten sich die Laufkatzen der Kräne aus dem angebröckelten, verwitterten Riesenzauberwürfel einen Zwanzig- und Vierzig-Fuß-Container nach dem anderen. Selbstfahrende Riesenameisen verteilten sie sodann im Hafen.

Jetzt, unter der Gewaltherrschaft von Covid-19, hatte der Betrieb doch stark nachgelassen, und die wenigen Schiffe, die noch einliefen, hatten weit weniger geladen als üblich und fuhren noch leichter wieder davon. Dem Puls der Elbe tat das gut; sie war lange nicht so kabbelig wie sonst.

Jedem, der es hören wollte oder auch nicht, pflegte Peter Huck zu sagen, er könne sich nie sattsehen an der Aussicht. Nachdem er sich soeben jedoch ruck, zuck sattgesehen hatte an der Aussicht, spürte er jener faden Saturiertheit nach. Er konnte sie sich nicht erklären. Wenn wenigstens eines der offensichtlichen Ärgernisse ins Blickfeld getrieben wäre wie etwa die Mississippi Queen, jener Aussichtsdampfer mit seiner Schaufelrad-Attrappe, ein Show Boat *exempli gratia*, das die Ol' Woman Elbe ihrer heimischen Würde beraubte. Doch die Vergnügungsschifffahrt lag selbstverständlich in Quarantäne. Woher also diese seine, Peter Hucks, akute Verdrossenheit?

Und als er sich diese Frage stellte, da eben geschah es, dass wieder einmal der Wunsch zu drängen begann, unverzüglich die Nedderriede dahinfließen zu sehen; ja, sich ins Ufergras der Nedderau zu hocken und still und einsam zu beobachten, wie jenes Flüsschen namens Nedderriede dahinströmte in seinem grünen Urstromtal, o ja. Und vielleicht weil er in der Nacht zuvor, in seinen Sony-Kopfhörer vermummt, Dylans überraschend veröffentlichten, unverhofften Geniestreich »Murder Most Foul« gefeiert hatte, indem er dreimal hintereinander in dessen harmonische, düstere Dünung mitsamt seinem Treibgut aus Memen eintauchte, schnorchelte und badete, während Ali neben ihm in jener beneidenswerten Unbekümmertheit um eine Welt jenseits aller Träume sacht vor sich hin raspelte – vielleicht deshalb steckte Peter Huck nun den Zeigefinger ins Bullauge des Leitz-Ordners mit der Aufschrift *Uraltes Zeugs* und zog ihn aus dem Regal.

Er bezwang sich, sich nicht von jenen ersten Zeugnissen seiner tapsigen Textversuche als Untertertianer ablenken zu lassen, und wuchtete batzenweise uraltes Zeugs im Handumdrehen über die Riegelkrampen – bis er zu jenem Heftstreifen gelangte, der ein bestimmtes Schock vergilbter Karopapierbögen versammelte. Er blätterte vier Mal um.

Auf der Kopfzeile jener Seite stand mit rotem Kugelschreiber geschrieben:

No. 5 *Persönliche Hitparade* *4. Sept. 1971*

Den Einsen der Jahreszahl fehlte in angloamerikanischer Manier der Aufstrich, und mit schamhaft narzisstischem Schauder ergötzte Peter Huck sich an dem schamlos narzisstischen Schauder, mit dem sein knapp vierzehnjähriges Ich sich an jener angloamerikanischen Manier ergötzt hatte; er erinnerte sich an das distinguierte Gefühl in der Schreibhand, als sei es gestern gewesen. Zumindest meinte er sich zu erinnern.

Die ersten drei der insgesamt zwanzig Ränge lauteten:

1) Liar (Three Dog Night) *(7)*
2) Won't Get Fooled Again (The Who) *(6)*
3) Street Fighting Man (Rolling Stones) *(1)*

Und so weiter. Und auf Platz

16) Watching the River Flow (Bob Dylan) *(–).*

Und schon in der nächsten Ausgabe seiner persönlichen Hitparade (vom 11. September 1971) tauchte »›His Bobness‹« nur noch in der Rubrik *Herausgefallen* auf. Also hätte Peter Hucks Überzeugung, »Watching the River Flow« sei seit jeher der Soundtrack zu seinem Wunsch nach Nießbrauch der Nedderriede gewesen, bereits in diesem Moment wie ein Kartenhaus in sich zusammenfallen müssen. Wie plausibel war es schon, dafür ein offensichtlich ungeliebtes Lied etabliert zu haben? Dennoch schien es ihm so. Und umso triftiger der Beleg, dass das Phänomen des verkehrten Déjà-vus ein grundstürzend dämliches war.

Hin oder her, diesseits seiner frühen Jugend hatte Peter Huck den Song ja durchaus zu schätzen gelernt. Seinen diskreten, respektvollen und doch selbstbewussten Bezug auf den politisch doppelbödigen Gemeinplatz vom »Ol' Man River«. Die verblüffende, aber charmante Idee, schon nach der ersten Strophe ein Fade-out zu simulieren, als sei damit alles gesagt – und dann aber doch noch drei volle, kraftvolle Strophen lang weiterzumachen, in denen mit all der vollen, seelenvollen Urenergie des Bluesrock unmissverständlich bekräftigt wird, dass es eben auf dieses wenige, das er zu sagen hat – und sei es nur, es sei nicht viel –, durchaus ankommt. Von der Besetzung mal ganz abgesehen: Jim Keltner, Carl Radle, Jesse Ed Davis und Leon Russell. Und Bob Dylan. 1971.

Heilige Scheiße, 1971! …

Übrigens auch das eigentliche Geburtsjahr der Weißen

Raben. Der Beweis, dass dieser Gründungsmythos wahr war, befand sich in einer Klarsichthülle. Peter Huck zottelte vier, fünf DIN-A4-Zettel heraus. Mit demselben damals angesagten Vierfarbkugelschreiber wie bei den »persönlichen Hitparaden« (die damals übrigens jeder Insasse des Jungengymnasiums erstellte, der etwas auf sich hielt) waren die Besetzungen verschiedenster Pop- und Rockgruppen jener Jahre aufgezeichnet, von Deep Purple über Pink Floyd und Grateful Dead bis hin zu Krautrock-Helden unterschiedlichster Couleur:

Scorpions

Klaus Meine	Vocals
Michael Schenker	Leadguitar
Rudolf Schenker	Guitar
Lothar Heimberg	Bassguitar
Werner Löhr	Drums

Can

Damo Suzuki	Vocals
Michael Karoli	Leadguitar
Irmin Schmidt	Keyboards
Holger Czukay	Bassguitar
Jaki Liebezeit	Drums

Und so weiter. Birth Control, Guru Guru, Wallenstein, Karthago, Kraftwerk, Ton Steine Scherben und viele, viele andere – sowie ganz unverfroren:

Die weißen Raben

Inge deBoer	Vocals
Ralph Trappert	Leadguitar, Vocals
Jonny Magnus Holling	Keyboards, Vocals
Peter Huck	Bass, Vocals
Willi Peinemann	Drums

Das war natürlich noch ein Scherz gewesen, damals. Inge war fünfzehn Jahre alt gewesen, Ralphie auch; Jonny, Willi und er, Peter Huck, vierzehn. Proben durften sie in Peinemanns Schweinestall. Instrumente hatten sie geschenkt bekommen oder auf dem Flohmarkt in Itzehoe geschossen. Tüftler Ralph, der im Jahr darauf Radio- und Fernsehmechaniker lernte, kümmerte sich um bessere Verstärkertechnik. Und keine drei Jahre später waren sie Nummer 1 in Wolf-Dieter Stubels Internationaler Hitparade.

Der Rest ist Popgeschichte. Ein wahr gewordenes Märchen.

Mit sechzehn alles auf eine Karte gesetzt und gewonnen. Wie viele Menschen können das schon von sich behaupten?

Hätte aber auch alles ganz anders laufen können. Dann wäre Peter Huck jetzt pensionierter Rechtsanwalt, Landarzt oder verrenteter Schlossermeister der Fa. Hannes Huck & Söhne, Neddersen / Schleswig-Holstein.

Doch wie hatte Jonny so schlüssig gedichtet? *Hätte, hätte / Lumpenwette!* Ihr Superhit von 1977. Kam sogar mal als Sechzehntausend-Euro-Frage bei *Wer wird Millionär?*

Woher stammt das geflügelte Wort »Hätte, hätte, Lumpenwette«?

a) Peer Steinbrück
b) Friedrich Schiller

c) Die weißen Raben
d) Thomas Gottschalk

Der Kandidat hatte bekundet, er habe eine Vermutung, zog aber sicherheitshalber den Publikumsjoker. Dreiundsiebzig Prozent tippten zutreffend. »Dass ich das noch erleben darf!«, hatte Jonny am Telefon gekrächzt. Anschließend war er in einen Hustenanfall klinischen Ausmaßes ausgebrochen.

Und ein Jahr später gestorben.

Jonny war das Mastermind gewesen, dem Die weißen Raben alles zu verdanken hatten, und das war auch allen klar außer Willi, der allerdings ohnehin seit jeher von den Komplexen Minderwertigkeit und Größenwahn gleichermaßen gebeutelt worden war. Wie sehr er sein Schlagzeug hasste, weil es keine Gitarre war, mit der er seine »Gefühle viel besser hätte ausdrücken können«, bis Peter Huck ihm einbimste, dass man auch mit einem Schlagzeug *Musik* machte, du Lump! Wie gekränkt er war, wenn nicht bei jeder Gelegenheit erwähnt wurde, dass es der Schweinestall seines väterlichen Hofs gewesen war, in dem die Legende ihren Anfang genommen hatte! Und als Jonny Anfang der Achtziger keine Lust mehr hatte, all die gediegenen Polit-Allegorien zu drechseln, für die Die Weißen Raben zunächst gerühmt, dann verdammt und verfemt worden waren, hatte Willi allen Ernstes gemeint, in dessen Fußstapfen treten zu können! Hätte nicht Willis bester Freund Peter Huck die Rolle übernommen, sondern Inge oder Ralphie, dann hätte Willi den Bettel sicher hingeschmissen und somit das fulminante Comeback der Band in den Neunzigern von vornherein vereitelt.

Bis es dunkel und der robotergeführte Containerhafen da drüben mit Industrieorange durchseucht wurde, starrte Peter Huck auf die Elbe, ohne allzu viel zu sehen.

Irgendwann machte sein iPhone *Dingdong*. Statt Piano-Riff, Gitarre oder Blues – das war ihm als überzeugten Analogisten zu blöd – hatte er als Klingelton Türklingel eingestellt.

Seufzend nahm er an. »Hi Baby! ... In Oevelknövel. ... Weiß ich selbst nicht genau. ... Echt? Fuck, hätte ich das gewusst!« Aalsuppe à la Ali! Hätte, hätte. »Wo hast du denn das Mehl her? ... Ah. Echt? ... Mm-m. ... ... Mm-m. ... ... Echt? ... ... Mm-m. ... ... Ich weiß auch nicht, ich ... ich hab' heut' Nacht diesen tollen neuen Song von Bob Dylan gehört, und ... ›Murder Most Foul‹. Findst im Internet. ... Na ja, jedenfalls kriegte ich diese wahnsinnig intensive melancholische Stimmung den ganzen Tag nicht mehr aus dem Bauch, und ...«

Er lauschte noch ein bisschen, redete noch ein bisschen, und am Ende kündigte er an, hier zu übernachten und vormittags an die Nedderriede zu radeln. »Morgen Abend bin ich wieder zurück, okay?«

Natürlich war das okay. Ali war Ali. Peter Huck hätte genauso gut gestehen können, dass er nur mal Alis drei großen E entkommen wollte. Auch das wäre okay gewesen. Ali war Ali.

Der Kühlschrank war leer, und er drehte die Heizung auf und bezog das muffige Bett neu. Dann bestellte er eine Pizza und einen Liter Cola. (Und schmunzelte – sagte man heute noch schmunzelte? – über Alis virtuelle Reaktion darauf in sich hinein.) Er kritzelte

schmunzeln
funzeln
Unzen
punzen

auf die Rückseite einer herumliegenden Taxiquittung. Dann verfolgte er die bulldoggenhafte Schattensilhouette eines Schleppers, der elbaufwärts schwamm. Die Backbordleuchte strahlte blutig. Rot wie Rosen, schwarz wie ein Fluch … Und dann rief er YouTube auf seinem iPhone auf und tippte:

Die weißen Raben Los geht's

Unterschiedliche Thumbnails wurden angezeigt. Peter Huck klickte auf den, der eine sehr, sehr junge Frau mit Bibergesichtchen und kupferroten, seidenmatt glänzenden Haaren zeigte, die ein Tamburin schlägt. Darunter die Legende *Hans-Ullrich* who-ever-that-is *Lemmert • live 1973* (HQ) • *1 795 004 Aufrufe • vor elf Jahren.*

Altbackene Farben. Das WDR-Logo oben links. Ein schlaksiger junger Typ mit langfädriger, kastanienbrauner Wolle auf dem Kopf spielt ein extrem eingängiges Intro auf der Hammond-Orgel, dessen auf Synkopen gestützter Groove jedoch auf den Kopf gestellt wird, als – aufgezoomt vom Kameramann – der Schlagzeuger dazwischenhaut und der Song beginnt. Tolles Riff. Einfach ein toller Song. Die Rothaarige in der taillierten Lederjacke schlägt das Tamburin auf 2 und 4, und Peter Huck konnte nicht anders, als die rechte Ferse zu betätigen. Sofort juckte es ihn in den Fingern, aber er hatte keine Lust, den alten Fender umzuhängen.

Das tut jetzt sein sechzehnjähriges Ich mit den mittig gescheitelten dunklen Haaren, flaumigem Moustache, dünnen Armen und schwarzem T-Shirt. Und dann propellert Ralphie townshendmäßig in die Saiten. Und Willis schwarze Mähne fließt wie Wasser über Stufen; haut er aufs Becken, fällt sie ihm ins Gesicht. Und dann Inges rotziger, rauer Mezzosopran, der so herzzerreißend mit Jonnys Worten und Noten kontrastiert und sie zur Heroldin des viel zitierten deutschen Politpops machen sollte …

Jetzt geht's raus, macht euch schön, es geht los
– Kommt, beeilt euch, die andern sind schon längst unterwegs
Nehmt Musik mit, das Fieber steigt hoch – los geht's!

Werdet grell, werdet groß, es geht los
– Kommt, beeilt euch, die andern sind schon längst unterwegs
Fasst mit an, uns fällt nichts in den Schoß – los geht's!

Und beim Refrain konnte Peter Huck nicht anders, als lauthals die zweite Stimme durch die durchscheinenden Spiegelbilder aus Zeit und Raum hinaus auf die Elbe zu schmettern:

Rot wie Rosen, schwarz wie ein Fluch
Weich wie Haut und so klug wie ein Buch
Süß und schwer, so ist das, was du suchst – los geht's!

Und seine Tränensäckchen konnten nicht anders, als überzuquellen, und als der Pizzabote läutete, gewahrte er misstrauisch Peter Hucks rote Augäpfel. Sein Mundschutz war mit dicken roten Lippen bedruckt, und als der junge Mensch

Peter Hucks üppiges Trinkgeld in Empfang nahm, zog er zum Dank oben und unten an seiner Maske, woraufhin die ein strahlendes Comic-Lächeln zeigte.

Er träumte wüst. Alles, was er am Morgen noch davon wusste, war, dass sie immer wieder die zweite Strophe einsingen mussten, weil er – Peter Huck – immer dieselben drei Silben des Refrains vergaß:

Wir sind braun, wir sind blond, wir sind nackt
– Wir sind arm, wir sind reich, manchmal hart,
manchmal weich
Keiner macht uns was vor, es geht los – los geht's!

Rot wie Rosen, schwarz wie ein Fluch
weich wie Haut, und so klug wie ein Buch
Dadadamm, so ist das, was du suchst

Es gab wohl kaum einen Song in der deutschen Popgeschichte, der häufiger verballhornt worden war. *Wir sind braun, wir sind blond, wir sind nackt / Wir sind doof, wir sind geil, mach' uns an, Waidmannsheil*! usw.

Beim Zähneputzen fiel's ihm ein: süß und schwer.

Kaffeefilter gab's, Kaffee nicht. Tee nur in Beuteln. Und die Strandperle hatte ja dicht. Sein Magen knurrte. Er hatte nicht die geringste Lust, jetzt zweieinhalb Stunden bis zur Nedderriede zu radeln. Geschweige, eine dreiviertel Stunde zurück nach Eppendorf.

Doch an der frischen Luft, auf dem langen Treidelpfad mit der Elbe im Schlepptau, sah die Sache schon anders aus. In Teufelsbrück hatte ihn die eigendynamische Freude an der Bewegung und Fortbewegung schon ganz und gar eingeholt. Die Route belohnte ihn mit uralten Stämmen um ihn herum und knospenden Armleuchtern über ihm, mit neoklassizistischen und neokubistischen Villen rechter Hand und beinah weißem Sandstrand unter knorrigen Weiden linker Hand; mit Ausblicken über einen bemerkenswert glatten Wasserspiegel nach Wilhelmsburg hinüber, mit Steintreppchen und Rondeelen und Sitzbänken und Plastiken, mit ersten Gänseblümchen und gewendelten Naturstufen die pointillistische Böschung hinauf, mit der Sietas-Werft in Neuenfelde und der Zugbrücke des Este-Sperrwerks dahinten auf der anderen Seite, mit Buchsbaum- und Thuja-Hecken rechter Hand und linker Hand dem unermesslichen weiten, blanken nordischen Himmel ohne auch nur einen einzigen Kondensstreifen hoch über dem Strom; es ging über den Fuß des gediegenen dörflichen Blankenese hinweg, an Ponton-Bungalow-Baracken-Architektur auf der wabernden Wabenstruktur des Wassers vorbei, an Elbinseln und rot-weiß-rot-weiß-rot-weißen Türmen, an nahezu naturbelassenen Sandstränden mit picknickenden Pärchen und zartgrünenden Staudengewächsen, an Sümpfen, ertrinkenden Wäldchen, Totholz hier und Baken da vorbei, begleitet von Plätschern, dem eigenen Atem und Möwenkreischen, von Düften von Schlick und Chlorophyll und einer Vorahnung von Jod.

Dann die Schlote des Wedeler Heizkraftwerks.

Kurz darauf kamen ihm zwei Mal zwei Radlerinnen entgegen, mit sanft amüsierten, sanft verärgerten, sanft einsichtigen Mienen. Und dahinten war die Straßensperre. Rot-weiße Plastikpylonen. Ein älterer Polizist und eine jüngere Polizistin, mit gelben Reflektorwesten über der Uniform und FFP2-Masken unterhalb des Mützenschirms. Die Polizistin hob die Kelle.

»Moin!«, sagte der Bulle gedämpft. »Hier geht's leider nicht weiter.«

»Oh sacrément«, sagte Peter Huck. »Gilets jaunes. La démonstration est-elle approuvée?«[1]

»Momang, Momang«, sagte der Udl, machte eine galante Handbewegung und leitete ihn an seine Kollegin weiter. Dann nuschelte er auf den nächsten Radfahrer ein.

»Désolé«, sagte die Polizistin, »où veux-vous äh …«

Peter Huck stieg ab. »War nur ein Scherz«, sagte er.

»Ach so. Darf ich fragen, wo Sie hin wollen?«

»Darf ich fragen, warum Sie fragen, Fräulein Oberwachtmeister?«

»Na, na. Aber dürfen Sie. Hier befindet sich die Grenze zu Schleswig-Holstein, und die Landesregierung hat beschlossen …« Natürlich wusste Peter Huck aus den Nachrichten, dass die Schleswig-Holsteiner keine Touristen mehr ins Land ließen, um die Ansteckungsrate zu minimieren. Nur hatte er nicht mehr dran gedacht. Und wenn er dran gedacht hätte, hätte er kaum für möglich gehalten, dass die Einhaltung eines solchen Beschlusses tatsächlich kontrolliert würde. Würde, würde, Deppenbürde.

»Ach. Und Altona geht wieder an Dänemark?«

Alles, was er mit seinem sentimentalen Geplänkel bei der jungen Frau erreichte, war eine Art mondäner Müdigkeit.

»Darf ich mal Ihren Ausweis sehen?«

Peter Huck überlegte zwei unendlich zähe Sekunden lang, aber dann zückte er seufzend seine ID-Karte aus dem Portemonnaie.

Die Polizistin schaute drauf. Dann schaute sie ihm ins

1 »Oh verflixt. Gelbwesten. Ist die Demonstration genehmigt?«

Gesicht. In ihren füchsischen Pupillen ging etwas vor. »Peter Huck?«, fragte sie. »*Der* Peter Huck?«

»Wie, der. Welcher«, stotterte Peter Huck. »Wie alt sind Sie denn?«

»Sie jedenfalls sind alt geworden«, sagte die Polizistin und gab ihm die Karte zurück. »Nix für ungut.« Hatte sie dabei doch geblinzelt?

This ol' river keeps on rolling, though / No matter what gets in the way and which way the wind does blow … Da konnte man heute nicht mehr so sicher sein. Dass er das noch erleben musste.

Peter Huck hustete. Süß und schwer … Süß war, was er gesucht, doch inzwischen zu schwer für ihn, was er gefunden hatte. So kehrte er süßlich seufzend um, wie alle anderen auch, zumal es ja auch nichts anderes als vernünftig war.

Und als auf dem Rückweg mit diesmal ernstlich schmerzlicher Macht der Wunsch zu drängen begann, unverzüglich die Nedderriede dahinfließen zu sehen; ja, sich ins Ufergras der Nedderau zu hocken und still und einsam zu beobachten, wie jenes Flüsschen namens Nedderriede dahinströmte in seinem grünen Urstromtal, da drängte sich ihm mit brutaler Gewalt das Bild des vorletzten Sommer ausgetrockneten Flüsschens bei Freiburg auf; wie hieß es noch, Dreisam.

Plötzlich wurde er kurzatmig. Schnaufend hielt er an und starrte mit zittrigen Knien auf die Elbe, ohne etwas zu sehen. Wie in einer flüssigen Blende tauchte wie gerufen ein tröstliches Bild in seinem Hirn auf, das ihn, den Zwölfjährigen, zeigte, der im Gegensatz zu Willi und Ralphie das Karpfenangeln hasste, sondern es vielmehr liebte, Borkeschiffchen zu schnitzen und mit einer Flagge aus Bonbonpapier am Besanmast aus Lollistängeln an einer Innenkehre der Nedderriede auszusetzen und seelenruhig, ja erfüllt zuzuschauen, wie es – hingegeben an die Elemente – auf Nimmerwiedersehen verschwand. Aber war das wirklich so gewesen? Hatte er, im geizigen Alter von zwölf, die mit liebevoller Mühsal gebauten Artefakte tatsächlich dem Fließgewässer anheimgegeben, wie es tibetische Mönche mit ihren virtuosen Sandmandalas taten – »Mandaaala, Mandaaalaaaaaa«, summte der alte Mann vor sich hin, einen Refrain seiner Band von 1979 –; hatte er sie nicht vielmehr nach fünfminütiger Fahrt an jener langen Außenkehre mit einem Kescher stets wieder einzufangen versucht?

Ja? Hm. Nein.

Mir nichts dir nichts war er überzeugt von diesem überaus tröstlichen Erinnerungsbild, wie er, still und einsam im Ufergras der Nedderau hockend, das Borkeschiffchen zu Wasser ließ und seelenruhig, ja erfüllt zuschaute, wie es die in ihrem grünen Urstromtal dahinströmende Nedderriede hinabschipperte; doch nicht auf Nimmer-, sondern auf Wiedersehen, wann immer ihn jener Wunsch überwältigte, den Bob Dylans »Watching the River Flow« von 1971 begleitete.

Seite 2

I'm Not There

von Benedict Wells

Am liebsten würde ich hier ein ganzes Buch über Bob Dylan schreiben. Wie ich auf ihn als Jugendlicher durch eine Szene im Film *American Beauty* stieß, als die Hauptfigur beim Kiffen und Hantelstemmen »All Along The Watchtower« hört. Wie ich mir daraufhin auf einem Flohmarkt alle seine Alben holte und in sein unerschöpfliches Werk eintauchte. Und mir die Freiheit, die ich darin zu finden glaubte, später auch beim Schreiben nahm. Sodass er sich durch die Hintertür sogar in einen meiner Romane einschleichen konnte, bis am Ende nicht nur jedes Kapitel nach einem Song von ihm benannt war – sondern er meiner Hauptfigur in einer Szene auch noch persönlich Ratschläge erteilte. Ich würde aber auch schreiben, wie viel mir seine Lieder im Einzelnen bedeuten. Wie oft ich über Songzeilen von ihm nachgedacht habe. Seinen Feinsinn, Scharfsinn, Wahnsinn und amüsanten Hintersinn. Seine Poesie und Weisheit. Und über seine Fähigkeit, dylanesque stets alle Erwartungen zu unterlaufen: etwa als Folkmessias auf dem Festival in Newport die Leute plötzlich mit elektrischer Gitarre zu verschrecken. Für Obama im Weißen Haus zu spielen, aber danach ohne ein Wort durch die Hintertür zu verschwinden, während alle anderen Gäste sonst immer noch ein Foto mit dem Präsidenten wollten. Oder auch seine einigermaßen bizarre Idee, ein Weihnachtsalbum aufzunehmen (das ich mir natürlich trotzdem gekauft habe). Ich würde über sein Schweigen schreiben, das oft mehr Antworten gab, als es mit Worten möglich gewesen wäre – und meist genau dann kam, wenn die Leute ihn reden hören wollten. Und über seine klaren Worte, wenn andere schwiegen. Über seine politischen Songs wie »The Lonesome Death of Hattie Carrol« und »Hurricane«, die damals wichtig und heute leider noch immer aktuell sind. Über mein erstes Konzert von ihm 2004 in Berlin, auf das ich mich mit vierzig Grad Fieber schleppte, nur, um ihn dann in der Ferne hinter dem Klavier krähen zu hören – noch nicht wissend, dass die etwas enttäuschende Konzerterfahrung zur Dylan-Folklore gehört wie die großartige Konzerterfahrung zu Springsteen. Ich würde über seinen neuen Song »I Contain Multitudes« schreiben und dass sie beim Film *I'm Not There* versucht hatten, Dylan mit fünf Schauspielern und einer großartigen Cate Blanchett irgendwie zu erwischen, ihm aber wohl selbst mit tausend Schauspielern nicht nahegekommen wären. Ihm, dem ewigen *Jokerman*, Denker, Boxer, reisenden Wilbury, Propheten, Spieler und Trickster, den selbst der Nobelpreis kaum in sein grelles Licht zerren konnte. Der inzwischen fast achtzig ist und laut eigenen Worten mit dem Leben und dem Tod in einem Bett schläft, aber nach wie vor hellwach auf die Welt blickt. Am Ende würde ich auch noch schreiben, wie sehr ich ihn immer für seine erratische Geisterhaftigkeit bewundert habe und für seine Flunkereien, die wahrer als die Wahrheit sein konnten. Und dass ich mich manchmal frage, wie man es aushält, dieser weltberühmte Bob Dylan zu sein. Ob er im Stillen darüber lächelt oder ob er einfach nie anders konnte.

Aber dann dachte ich mir, dass die vielleicht aller-dylanesqueste Weise, über Bob Dylan zu schreiben, ist, nicht über ihn zu schreiben. Sondern ihm nur kurz vom Straßenrand aus zuzunicken, während schon die Hand des Lesers kommt, um diese Seite umzublättern.

Blowin' in the Wind
oder: Frau Conradi

von Ilona Hartmann

Am besten, ich sage es gleich: In diesem Text geht es nicht um Bob Dylan. Also nicht in erster Linie. Es geht eigentlich um Frau Conradi, ihre langen Haare und »Blowin' in the Wind«. Also dann doch irgendwie um Bob Dylan, aber vor allem darum, was er im Leben eines Menschen bedeuten kann, der nicht man selber ist. Denn, auch das muss ich zugeben: Meine eigene Anbindung an Dylan erfolgte erst spät und über Umwege; gewissermaßen Sekundärliteratur, zum Beispiel 2013, als alle Jake Bugg feierten und sagten, er sei der neue Dylan (wie eigentlich jedes Mal, wenn junge Männer mit viel Haar, Text und Gitarre ins Rampenlicht treten). Wobei auch schon Justin Bieber mit ihm verglichen wurde. Ab einem gewissen Bekanntheitsgrad ist der Dylan-Vergleich vermutlich eine Art Kleines Seepferdchen für »Es musikalisch geschafft haben«. Auch wenn das Publikum bei Konzerten das Original nur noch aus dem elterlichen Plattenschrank oder Handschuhfach kennt.

Als ich aufs Gymnasium kam, hatte meine musikalische Früherziehung hauptsächlich aus eben jenem elterlichen Plattenschrank bestanden. Beatles, Talking Heads, Tschaikowsky und ein bisschen Dixieland-Jazz von den Großeltern. Manchmal lief bei denen auch SWR1 in der Küche. Oldies mit Powerchords, und jeden Herbst in den Hörercharts landete »Stairway to Heaven« auf Platz 1. Ein fulminantes Meisterwerk, wie ich lernte, inklusive dem berühmtesten Verspieler der Musikgeschichte in dem Moment, als das Schlagzeug einsetzt. Ich mochte alte Musik, auch wenn ich mir nicht vorstellen konnte, wie man dazu jemals jung gewesen sein konnte. Und nicht verstand, dass genau das der Grund für ihre Beliebtheit war: Sie erinnerte die Hörerinnen an ihr ganz persönliches Damals irgendwann in den Neunzehnsechzigern und -siebzigern der BRD. Lange Haare, Schlaghosen, Powerchords, weiche Drogen und der Irrglaube, bald würde alles anders.

Im ersten nass-warmen Herbst auf dem Gymnasium ging es mir ganz ähnlich. Das Gebäude wirkte auf uns schüchterne Fünftklässlerinnen autoritär und ernst wie ein Großraumbüro, und am liebsten hätten wir uns wie die Erwachsenen mit Anzug und Aktenkoffer davor geschützt. Es war 2001, und nichts aus Kubricks Prognose war eingetreten, was aber nichts besser, sondern alles eher noch schlimmer machte. In der Überforderung der neuen Lebensrealität war die Milieustudie des Lehrpersonals eine angenehme Konstante, man konnte durch sie einen guten Eindruck davon bekommen, wie man später nicht werden wollte.

Musiklehrerinnen erkannte man zum Beispiel auf dem Gang an ihrem Gang: die federnden Schritte, die Züge vielleicht nicht ganz so verbittert, aber irgendwie schienen sie auch nicht so recht dazuzugehören. Sie waren ihre eigene Band. Und diese Abgrenzung war irgendwie cool. Es gab an der ganzen Schule drei Musiklehrer, davon eine Frau, das war

Frau Conradi. Der Gang von Frau Conradi federte allerdings nicht. Sie marschierte zackig mit weit ausholenden Schritten, was so gar nicht zu ihrer fragilen Statur passen wollte. Außerdem rauchte sie Kette, was über die Jahre zum Hauptwesensmerkmal geworden war: die Art, wie sie roch, die Art, wie ihre Haut aussah, die Art, wie sich der ganze Körper schützend um die Lunge klammerte. Ich glaube, Frau Conradi war zu dieser Zeit ziemlich fertig. Selbst ihre hüftlangen, ehemals blonden Haare waren zu einem rauchfarbenen Schleier geworden, der im Gehen auf ihrem schmalen Rücken hin- und herwogte.

Dennoch leuchtete in seltenen Momenten noch ein Funke der Lebendigkeit durch, die vermutlich unter Jahrzehnten Leben und Lehre erodiert war. Wir erlebten das gleich in der ersten Stunde, die sie an einem verhangenen Nachmittag gab. Musikunterricht schien neben wichtig klingenden Fächern wie Biologie, Physik und irgendwas mit -kunde wie ein seltsam softes Thema und wurde sofort kollektiv zum Pausenfach erklärt.

Eine Dynamik, die Frau Conradi seit Jahrzehnten bekannt war und der sie mit routinierter Strenge begegnete. Das hieß: Man durfte nix. Nicht trinken, nicht malen, nicht flüstern, nicht knistern, nicht mit dem Stuhl kippeln. Jetzt war Musik und zwar richtig. In dieser ersten Musikstunde unseres Lebens lernten wir, dass Singen eine ernsthafte Angelegenheit ist, zumindest wenn Frau Conradi sie uns beibrachte. Eine interessante Eigenschaft von ihr war vor allem auch die Tatsache, dass sie gar nicht singen konnte. Also wirklich überhaupt gar nicht. Das hörten selbst wir ziemlich schnell, nach den ersten paar Takten des ersten Liedes, das wir anstimmten, warfen wir uns überrascht-belustigte Blicke zu. Die kann das ja auch nicht! Ihre nach hundert Jahren Marlboro Gold klingende Stimme verfehlte die Töne um eine feine, aber deutlich hörbare Nuance, besonders in den Höhen fiel das auf.

Wir sangen zum Kennenlernen zwei besonders höhenreiche Lieder, nämlich »Eternal Flame« von den Bangles und »Memories« aus *Cats*. Achtundzwanzig dünne Kinderstimmen, getragen von Frau Conradis Gesang und ihrem hämmernden Klavierspiel, das gleichsam kraftvoll und unkontrolliert wirkte. Sie verspielte sich nie, aber traf meist erst in letzter Sekunde die richtige Taste. Aus dieser ungestümen Energie, jahrelangen Frustrationen und einem wahrscheinlich berufsbedingten Kinderhass entstand eine wunderliche, sehr eigene Aura. Da stimmte so vieles nicht und trotzdem alles, eine Mischung, die mich sofort faszinierte. Ich hätte nicht einmal sagen können, ob sie mir als Person sympathisch war. Manchmal lachte sie breit, und dann wieder rügte sie uns laut, aber solange sie am Klavier saß, kehrte Ruhe ein. Oder die Stimmung bekam wenigstens eine andere Art Unwucht.

Und dann sangen wir »Blowin' in the Wind« von Bob Dylan. Wir wurden Zeuginnen eines Phänomens, das vermutlich nur Musik erzeugen kann: eine Zeitreise zurück zu einem anderen Punkt in der Biografie, als auf dem Deckblatt noch bessere oder wenigstens andere Tage standen. »Blowin' in the Wind« erschien 1963. Frau Conradi war damals also vermutlich sechzehn, achtzehn oder zwanzig Jahre alt und hatte sicherlich, wie fast jede in diesem Alter, einiges zu erleiden. Zum Beispiel die Enge der südwestdeutschen Provinz, die Strenge des eigenen Zuhauses, die unzähligen Unmöglichkeiten einer Generation, die aufgezogen wurde von Menschen mit dem Trauma von einem, vielleicht zwei Weltkriegen. Und gleichzeitig die Hoffnung darauf, alledem bald irgendwie zu entkommen. Oder wenigstens, na ja – das richtige Leben im falschen zu finden.

1963 war Bob Dylan ein junger Mann im selben Alter wie sie gewesen und vermutlich genau die Art von klug revoltierendem Poeten, den diese Generation brauchte und gesellschaftlich verkraften konnte. Was zynisch klingt, aber eigentlich eine grundlegende Voraussetzung ist für eine Weltkarriere.

Ich weiß nicht, ob Frau Conradi ein richtiger Alt-Hippie war oder die langen Haare nur lang waren, weil sie nie geschnitten wurden. Ich weiß auch nicht, wie viel davon meine Interpretation ist und wie viel davon der Wahrheit entspricht. Ich weiß nur, dass bei »Blowin' in the Wind« ein Teil dieser Frau von den Toten auferstanden ist, und das muss man erst mal schaffen, in einem muffigen Musiksaal voller präpubertierender Milchgesichter. Sie stimmte die ersten Töne an, und ich erkannte das Lied von den SWR1-Hörercharts. Dylan platzierte sich zuverlässig mit einem oder zwei Songs in den Top 20, meistens noch »Knockin' on Heaven's Door«.

Das Bild war einprägsam genug, um es bis heute nicht zu vergessen: Frau Conradi am Flügel im Musiksaal, wo das meiste Licht der Nachmittagssonne an den schweren Samtvorhängen kleben bleibt. Sie beugt sich dramatisch nach hinten, ihr dünnes Haar fällt wie ein grauer Wasserfall in die Leere hinter ihrem Hocker. »The answer my friend is blowin' in the wind«, singt sie, »the answer is blowin' in the wind«. Ihr Blick geht dabei über unsere Köpfe hinüber zur großen Fensterfront, vor der sich Birken langsam gelb färben. Wir Schülerinnen unterdessen sind konzentriert über das Notenbuch gebeugt, singen fast alle das richtige Lied und behelfen uns mit Fantasie-Englisch an den Stellen, wo wir im Unterricht noch nicht waren.

Aber das alles war egal, Frau Conradi war nicht bei uns, sie war irgendwo in ihrer eigenen Vergangenheit, sang jeden Refrain inbrünstiger, spielte immer ungestümer und hätte bestimmt an einem Punkt vergessen, dass wir da waren, wenn nicht Frederik seine 1,5-Literflasche Discounter-Fanta umgeworfen hätte, die unerlaubterweise auf seinem Tisch gestanden hatte. Frau Conradi kehrte aus ihrer Trance zurück und hörte sofort auf zu spielen, was einen disharmonischen Akkord auf dem Klavier ergab, und schrie »Frederik!«. Doch statt »Keine Getränke im Unterricht!« war die folgende Mahnung eine Art Liebeserklärung an Bob Dylan. »Frederik!«, mahnte also Frau Conradi, »nicht bei diesem Lied!« Ab diesem Moment bemühten wir uns redlich, nur noch bei Liedern anderer Interpretinnen unsere Getränke umzuwerfen.

Mit ziemlicher Sicherheit mussten (oder: durften) auch nachfolgende Schülergenerationen die Dylan-Erfahrung mit Frau Conradi machen. Eine Lektion in Respekt für das emotionale Erbgut, das in Liedern lebendig gehalten wird. Und eine schöne Parabel dafür, dass es dem Jahrhundertkünstler Dylan gelungen ist, nicht nur die erste Generation Fans zu berühren, sondern seine Musik genug Strahlkraft besitzt, um auch auf die Nachfolgenden einzuwirken. So sehr, dass ich bis heute zu keinem Dylan-Song ein Getränk verschüttet habe.

You Ain't Going Nowhere

von Polly Roche & Eric Pfeil

Es ist jetzt sechs Jahre her, dass meine damals zwölfjährige Tochter Polly anfing, sich massiv für meine Dylan-Platten zu interessieren. Bald dröhnten unentwegt *Blonde on Blonde* und die *Basement Tapes* aus ihrem Zimmer. Auch auf Autofahrten wurde nichts anderes mehr gehört, während ich beim Abendessen immer wieder Geschichten aus meinem reichhaltigen Fundus kurioser Dylan-Anekdoten zum Besten geben musste. Die Reaktionen meiner Freunde auf Pollys neue Leidenschaft schwankten zwischen Bewunderung und Irritation: Schon toll, aber ist es wirklich gut, wenn eine Zwölfjährige den »Subterranean Homesick Blues« mitsingen kann? Heute ist Polly achtzehn. Zeit für ein Gespräch zwischen Tochter und Vater.

Eric: Es gibt nicht wenige Menschen, nach deren Meinung das Schlimmste, was ein Vater seiner Tochter antun kann, darin besteht, ihr die eigene Lieblingsmusik nahezubringen. Vor allem, wenn es sich bei dieser Lieblingsmusik um Platten von Bob Dylan handelt. Habe ich dir mit Bob Dylan das Leben versaut?

Polly: Nee, du warst ja nicht bitter und hast gesagt: »Alle Musik heutzutage ist scheiße, meine Tochter soll vor so etwas bewahrt werden, hör dir lieber das hier an!« Das war halt einfach deine Liebe zu Bob Dylan, von der du mir erzählt hast. Und die Geschichten waren halt cool: diese *press conferences* in England, wo er die Journalisten komplett verwirrt hat, oder wie er sich über Donovan lustig gemacht hat. Es war ja nicht so, dass du mich damit vollgequatscht hättest, ich hab ja darum gebettelt, immer neue Geschichten zu hören. Wie zum Einschlafen. Das war wie abgefahrene Gute-Nacht-Geschichten. Ich weiß noch, wie oft ich dachte: »Nein, das hat der nicht allen Ernstes gemacht!«

Du wolltest bestimmte Geschichten ja auch wieder und wieder hören.

Genau.

Beruhigend, dass ich mir das nicht eingebildet habe. Ich hab dir einige dieser Dylan-Storys so oft erzählt, dass ich gar nicht mehr weiß, ob ich hier und da mit der Zeit Sachen verändert oder dazuerfunden habe oder was überhaupt die Quellen dieser Storys sind. Sehr Bob-Dylan-mäßig eigentlich.

(lacht) Ja, total.

Deine Lieblingsgeschichte über Dylan?

Das ist die, wo irgendwer bei Neil Young zu Besuch war und sich Neil Youngs Leichenwagen für eine Besorgungsfahrt ausgeliehen hat. Er fährt und hört dauernd so ein komisches Hämmern von hinten. Erst denkt er, das Auto sei kaputt. Dann glaubt er, es sei vielleicht ein Geist. Er guckt in den Rückspiegel – und sieht einen total verpennten Bob Dylan, grad in seiner Turban-Phase, der sich zum Schlafen in den Leichenwagen gelegt hatte und mit aufgelöstem Turban wie »The Mummy« aussieht. Deine?

Bob Dylan ist ja bekanntlich kein Fan von langen Stu-

dio-Sessions. Er nimmt gerne den ersten oder zweiten Take, wenn die Begleitmusiker oft noch denken, es wäre ein Probedurchlauf. Ganz schlimm findet er es offenbar, wenn Musiker oder Produzenten im Studio mit Overdubs und so noch lange an den Sachen herumwerkeln – das sabotiert er dann gerne. Bei den Aufnahmen zu *Infidels* hat er sich einmal, während die Musiker noch einen weiteren Take spielten, mit einem Butterbrotpapier vor ein Mikro gestellt und während der Aufnahme laut herumgeknistert. Bob Dylans Art zu sagen: »Es reicht jetzt, mir ist langweilig.«

Oh my god!

Du warst zwölf, als deine heftige Bob-Dylan-Phase losging. Ich weiß noch, wie damals aus deinem Zimmer unentwegt *Blonde on Blonde* dröhnte oder *Highway 61 Revisited*. Das ist jetzt schon eine Weile her, und ich dachte eigentlich, die Sache hätte sich gelegt. Aber neulich hast du mich sehr überrascht: Du hast dir im Frühjahr eine erste Tätowierung stechen lassen und anfangs ein ziemliches Geheimnis daraus gemacht. Als ich sie dann ein paar Wochen später erstmals gesehen habe, war ich ziemlich perplex. Mit *Blonde on Blonde* hätte ich nun wirklich nicht gerechnet, weil das doch auf eine Zeit verweist, die weit zurückliegt.

Voll, meine Kindheit!

Warum *Blonde on Blonde*?

Ich kam gedanklich erst mal über die Schrift und habe mich gefragt, was sieht in welcher Schrift gut aus? Zeitgleich kam die Frage: Welcher Song bedeutet mir wirklich etwas oder welches Buch? Ich war schon bei *Purple Hibiscus* von Chimamanda Ngozi Adichie, und da dachte ich auf einmal: »Wait a sec – Bob Dylan!« *Blonde on Blonde* ist noch nicht mal mein Lieblingsalbum, aber mir gefiel die Vorstellung, immer ein

Stück Bob Dylan an mir zu haben. Das ist wie ein *Reminder.* Bob Dylan ist einfach der erste Künstler, bei dem ich *genuinely* über die Person nachgedacht und nicht einfach nur die Musik gehört habe. Klar, ich fand auch die Beatles cool, und da gibt es gute Geschichten, aber ich hätte da jetzt nichts drüber lesen wollen. Dylan war mehr *captivating.* Ich hab nur gedacht: Was für eine Person! Für mich umfasst *Blonde on Blonde* mehr als die Musik. Mir geht's da eher um ihn als Typen und seine Geisteshaltung, diese »I don't give a fuck«-Attitüde.

Das heißt, Bob Dylan hat deinen Künstlerbegriff geprägt.

Ja, ich hatte wahnsinnigen Respekt vor ihm. Aber nicht wie vor irgendeinem Gott. Mir haben diese ganzen Geschichten nur klargemacht: Dieser *Dude* ist genial, es gibt keinen Zweiten wie ihn, aber er ist halt auch bekloppt. Aber das ist für mich kein Ding aus der Vergangenheit. Ich höre den heute mit achtzehn natürlich anders, weil er ja auch etwas sehr *Darkes* hat, der ist ja kein Honigkuchenpferd. Er singt ja ganz viel über *Loneliness* und Traurigkeit, über Rassismus wie in »Hurricane« … Ich fand es interessant, dass viel seiner Musik aus Unzufriedenheit kommt. Ich fand das sehr schön, weil man mitbekommen hat, dass Kreativität auch aus etwas Dunklem kommen kann. Ich konnte das gut auf mein eigenes Leben beziehen: dass es okay ist, sich negativ zu fühlen und ratlos und *weird.* Ich hab das Gefühl, Bob Dylan versteckt so etwas nicht. Er ist ja auch sehr *vulnerable* in seiner Musik, sodass man sich gut mit ihm identifizieren kann. Ich beschäftige mich ja gerade viel mit toxischer Positivität und so etwas. Ich glaub, er war einer der Ersten, der gezeigt hat, dass es auch anders geht. Mich beschäftigt so etwas heute zum Beispiel im Zusammenhang mit Instagram: Warum immer diese gute Laune? Bob Dylan ist ja nicht *grumpy,* weil er will, dass ihn jemand aufheitert. Ich finde das sehr *real* und ehrlich. Ich glaub, diese Ehrlichkeit ist es, was mich am meisten gekriegt hat. Und seine gefühlt Millionen Facetten. Dass man tausend Seiten hat und die auch zeigen kann. Dass man jeden Tag ein anderer sein kann.

I Contain Multitudes …

(lacht) Ja, genau! Da erklärt er es ja noch mal *for the people in the back*. Und es hat ihm ja auf lange Sicht auch total genützt, dass er sich immer wieder geändert hat oder sich *All-over-the-place*-Sachen wie die *Basement Tapes* geleistet hat. Ich find's halt super, dass jemand die Intuition besitzt, sich bestimmte Sachen zu erlauben, weil er spürt, dass das *longterm* wichtig für ihn ist. Und das von Anfang an!

Ich hab neulich ein Interview mit Edward Norton gelesen, wo er sinngemäß sagt, dass ihm außer Dylan keiner einfällt, der schon in so jungem Alter, also von Beginn seiner Karriere an, der Versuchung widerstanden hat, sich auf einem Erfolgsschema auszuruhen. Im Sinne von: Welcher Anfang-20-Jährige würde nicht ein Weilchen bei dem bleiben, was die Leute offenbar an ihm lieben.

Ja! Das ist schon sehr cool, zu sagen: »Ihr wollt dies und das von mir. Ich glaube aber, ich will das *nicht*.« Mir fällt heute niemand ein, der das macht.

Was an Bob Dylan hat dich langfristig am meisten geprägt?

Ich achte stärker auf Sprache, glaube ich. Das ist wahrscheinlich unvermeidlich: Ich glaube, niemand, der je Bob Dylan gehört hat, wird sagen: Sprache ist mir egal. Als ich meine krasse Dylan-Phase hatte, war ich ja in einer Entwicklungsphase, die sehr *challenging* war: Ich kam in die Pubertät und hatte eine krasse Zeit in der Schule. Und da war Bob

Dylan für mich so etwas wie ein … ich find das Wort so unangenehm: wie ein Anker. Aber seine Sachen waren etwas, was meinem Kopf damals gutgetan hat. Wo ich immer wieder hingehen konnte. Das war sehr *soothing*.

Lustig, mir fällt grad auf, dass du Bob Dylan natürlich viel früher intensiv kennengelernt hast als ich. Als ich zwölf war, 1982, wusste ich zwar, wer Bob Dylan ist, das war aber nicht die beste Zeit, ihn kennenzulernen. Ich hab mir mal aus der Stadtbücherei eine Kassette ausgeliehen: *Slow Train Coming*, bis heute eines der drei Alben von ihm, die ich am wenigsten mag. Klar, irgendwann kannte ich einiges, aber ich habe immer eher Leute gemocht, die von Dylan beeinflusst waren, als Dylan selbst. Dylan selbst hat mich erst viel später, dann aber umso heftiger überrollt.

Du meinst »von Dylan beeinflusst«, so wie Courtney Barnett von ihm beeinflusst ist?

Ja, die wäre ein gutes heutiges Beispiel.

Ist in ihrem »Avant Gardener«-Video nicht auch ein Bob Dylan-*Lookalike* als Schiedsrichter zu sehen?

Stimmt!

Na ja, und wie sie über sehr heutige Themen singt: Burnout, Depression oder Selbstmord wie in »Elevator Operator«, das ist schon sehr cool, und gerade weil sie es so eigen und kompromisslos macht, auch sehr Dylan-mäßig. Und wie und wann bist du richtiger Dylan-Fan geworden?

Sehr spät. Mit etwa 33. Und auf sehr langweilige Weise. Ich hatte mir eine Ausgabe des Musikmagazins *MOJO* gekauft, in der hundert mehr oder weniger bekannte Musiker über ihren liebsten Dylan-Song erzählten. Musiker aus den unterschiedlichsten Ecken: Robert Wyatt, Paul McCartney, Devendra Banhart, Marianne Faithfull, Nick Cave, Teenage

Fanclub. Und die haben so schön und persönlich über diese Songs gesprochen, dass ich mir das alles unbedingt noch mal anhören musste. Ich hab mir dann *Blonde on Blonde* gekauft, und weg war ich!

Haha. Dann ist es ja *family-wise* noch toller, dass ich mir ausgerechnet den Albumtitel hab tätowieren lassen. Obwohl meine Lieblingsplatte wohl eher die *Basement Tapes* ist. Die *Desire* mag ich auch sehr, das war ja so was wie unsere Familien-Urlaubsplatte. Ich weiß noch, dass wir die immer viel gehört haben, wenn wir durch Italien gefahren sind. »One More Cup Of Coffee«, das ist Italien.

Viele meiner Freunde fanden es seltsam, dass du mit zwölf, dreizehn so extrem auf Bob Dylan abgegangen bist. Wie ist das heute mit einiger Distanz: Hast du dich rückblickend da auch überinformiert gefühlt? Oder anders: Hat dich diese Vorliebe auch irgendwie einsam gemacht?

Oh, krass. *(überlegt)* Ich kann das nicht eindeutig sagen. Ich nenne das ja immer »meine Hippie-Phase«.

Ich nenne es auch so. Manchmal nenne ich es auch die »Wo-ist-eigentlich-die-zweite-Platte-von-den-*Basement-Tapes*-Ach-sicher-bei-Polly-im-Zimmer-Phase«.

Ich habe es eine Zeit lang genossen, dass das andere in meiner Schule verwirrt hat. Und ich bin sehr stolz, dass ich das so lange durchgezogen hab, mit ungewaschenen Haaren barfuß in die Schule zu gehen. Aber dann gab's bald auch so einen *Backlash.* Irgendwann war ich der Schulclown und wurde fertiggemacht, weil ich so rumgelaufen bin. Dann habe ich damit aufgehört und wurde dafür fertiggemacht, dass ich jetzt war wie jeder andere. Ich wollte das nicht hören damals. Ich hatte da entwicklungs- und identitätsmäßig schon so einiges hinter mich gebracht, da will man nicht von anderen hören: »Hey, du bist ja jetzt wie alle anderen.« Von Bob Dylan lernen heißt eigentlich, auf so etwas zu scheißen, aber das ist natürlich viel schwerer, als man denkt. Aber Bob Dylan war etwas, woran ich mich festgehalten habe, weil ich mir sagen konnte: Es gibt Größeres als diesen *Bullshit* in der Schule.

So früh Bob-Dylan-Fan zu sein war also eine rein positive Erfahrung. Negative Seiten gab es da keine für dich?

Was ich grad gesagt habe, ist der positive Teil. Aber klar: Ich hatte schon manchmal ein bisschen Angst, dieses Level von *Greatness* und *Coolness,* das er verkörpert hat, nie erreichen zu können. Und da war so eine Ungeduld, das, worüber er da singt, endlich selbst zu erleben und ganz zu verstehen. Das geht natürlich mit zwölf, dreizehn nicht. So dieser Gedanke: Scheiße, ich will sofort in einen Zug steigen und im Güterwaggon übernachten. Mich kriegt es immer sehr, wenn Leute mehr Erfahrung haben als ich. Vielleicht kommt das ja daher.

Du bist jetzt fast achtzehn; diese heftige Dylan-Zeit liegt jetzt fünf, sechs Jahre zurück. Mittlerweile hörst du viel Trap und Hip-Hop. Kannst du irgendeine Verbindung zwischen Dylan herstellen und dem, was du heute hörst?

(überlegt) Was er definitiv beeinflusst hat, ist, dass ich sehr *picky* bin, was Musik angeht. Ich höre zwar Musik aus sehr unterschiedlichen Genres, aber innerhalb dessen wähle ich schon sehr aus. Das hab ich wahrscheinlich schon irgendwie Bob Dylan zu verdanken. Das war einfach *Top of the Pops,* das legt die Messlatte sehr hoch. Es ist aber auch nicht sehr fair, immer Bob Dylan als Maßstab für alles zu nehmen.

Ich kenne das auch: Als Dylan-Fan kann man mit anderer Musik oft allzu ungütig umgehen, weil man dieses Intensitätslevel und diese künstlerische Intuition bei anderen

Musikern, gerade im Songwriter-Bereich, nicht so leicht findet.

Ich will ihn auch gar nicht immer als Maßstab nehmen. Wenn ich versuche, Künstler, die ich heute mag – Jack Harlow oder Metro Boomin –, mit Dylan zu vergleichen, wird das denen einfach nicht gerecht. Kendrick Lamar vielleicht mal ausgenommen. Die Musik, die ich heute höre, mag ich wegen der Musik. Klar singt man die Texte mit und feiert die auch. Aber da steckt keine großartige Poesie dahinter, keine *crazy* Wortspiele oder irgendetwas, was einen auf dem Gebiet begeistern könnte. Bei Trap hat der Text gar keinen Wert an sich, das ist eher wie ein Lückenfüller. Trap-Texte sind ziemlich hohl. Im Bereich R&B und Alternative Hip-Hop gibt es aber auch Leute, deren Texte ich vergleichsweise *captivating* finde: Tyler The Creator, Brent Faiyaz oder Loyle Carner. Drake ist ein ganz eigener Fall: Ich feier den total, aber das ist natürlich Musik, die gezielt auf Kommerzialität ausgerichtet ist. Der kommerzielle Aspekt ist ja fast Teil von Drakes Kunst, darin ist er vielleicht sogar ein Anti-Dylan.

Wo wir schon bei den Texten sind: Hast du Lieblingszeilen von Dylan?

Klar. Warte, wie ging das: »See the primitive wallflower freeze / When the jelly-faced women all sneeze / Hear the one with the mustache say ›Jeeze / I can't find my knees‹« aus »Visions of Johanna«.

Ich denke bei der Stelle jedes Mal an dich. Du hast dich früher jedes Mal kaputtgelacht.

Das ist sooo gut! Oder die Zeile aus »Leopard-Skin Pillbox Hat«, wo er beschreibt, dass der Hut auf dem Kopf balanciert wie eine Matratze auf einer Weinflasche. Ist doch auch von der *Blonde on Blonde*, oder?

Ist es.

Das sind so Sachen wie in einem bekloppten Traum. Oder wie ein Comic. Deine Lieblingszeile?

Oh, ändert sich dauernd. Beziehungsweise: Das ändert sich bei mir auch mit dem Älterwerden. Im Moment ist es »He not busy being born is busy dying« aus »It's Alright, Ma (I'm Only Bleeding)«.

Wow, cool.

Hat mir früher nicht so viel gesagt, der Satz. Heute hab ich den ständig im Kopf. Was wären denn deine ewigen Lieblingssongs von ihm?

(überlegt) »One More Cup of Coffee« hab ich ja schon erwähnt. Dann … »Rainy Day Women #12 & 35«.

Oh, allerdings, das lief damals auf *repeat* bei dir.

(lacht) Ich kann dir da gar keinen Grund nennen, ich find den *Vibe* von dem Song einfach super. Oh, und »Hurricane« natürlich mit der irren Geige. Das konnte ich ziemlich schnell auswendig mitsingen.

Definitiv eine Leistung. Kann ich bis heute nicht.

Was ich auch sehr mochte, war »Million Dollar Bash«. Ich glaub, meine absoluten Lieblingssongs sind »Tangled Up In Blue«, »Lay Lady Lay«, »I Want You« und »Million Dollar Bash«. Oh Papa, und ganz wichtig: »You Ain't Goin' Nowhere«. Das ist meine Nummer 1. Ich weiß noch, wie du sagtest, das seien dieselben Akkorde wie bei deinem Song »Süden«. Das war das erste Stück, das ich auf der Gitarre spielen konnte. Ich war so stolz! Das ist natürlich auch etwas, was an der ganzen Dylan-Sache wichtig war: Ich wollte Gitarre spielen, und die ersten Songs, die ich spielen konnte, waren ausnahmslos Dylan-Songs. Weißt du noch, ich habe damals immer extra einen früheren Bus in die Schule genommen, weil ich dann noch vor Unterrichtsanfang Zeit hatte, ab Viertel nach sieben im Musikraum Gitarre zu spielen. Es gab da auch noch diesen Lehrer an meiner Schule, der ähnlich Dylan-*obsessed* war wie du …

Klar, Mr Nolan! Mit ihm hab ich eine Zeit lang sogar Live-Bootlegs getauscht.

Ich hab mit dem immer so kleine *Battles* gehabt, welches denn der beste Bob-Dylan-Song ist. Der hat mir dann irgendwann in den Schulpausen beigebracht, »Visions of Johanna«, sein Lieblingsstück, zu spielen. Das werde ich nie vergessen.

2015 hast du ihn dann live gesehen. Mitten in seiner Sinatra-Phase. Ich frag mich oft, ob das ein Schock für dich war, weil du ja den jungen Dylan so geliebt hast, und dann stand da der alte Mann mit weißem Hut auf der Bühne und singt Evergreens. Hat das etwas kaputt gemacht?

Ich schäme mich ein bisschen für die Antwort, aber: Ich kann mich nicht mehr wirklich dran erinnern. Und ich glaube, das heißt, dass es für mich gar nicht nötig war, ihn live zu sehen. Der Dylan, den ich cool finde, der ist in all diesen Platten und Songs und Filmen und Storys. Und da kann ich immer hin, wenn ich das Bedürfnis hab.

Song to Woody

von Stella Sommer

Ich bin in Norddeutschland aufgewachsen. In einem kleinen Ort am Meer.

Ich glaube, dass in fast allen Ländern auf der Welt der Norden immer gleich aussieht. Irgendwie öde und flach. Fast so, als würde hinter der Nordgrenze eines jeden Landes eine Schlucht aufgehen und die Welt dahinter enden. So habe ich es mir zumindest als Kind vorgestellt.

Es gab ein paar Fragen, die mich als Kind umgetrieben haben und über die ich viel nachdachte. Mir war zum Beispiel schleierhaft, wie es sein konnte, dass ich in Nordfriesland an der Nordsee aufwuchs und Ostfriesland aber nicht an der Ostsee, sondern auch an der Nordsee lag, aber weiter unten. Außerdem habe ich sehr oft darüber nachgedacht, was passiert, wenn man stirbt, und ob mich jemand hören würde, sollte ich aus Versehen lebendig begraben werden. Ich verabredete mit meiner Mutter ein Klopfzeichen, anhand dessen sie mich dann befreien würde.

Ansonsten hatte ich aber eine sehr idyllische Kindheit. Das umliegende Land war zwar, wie gesagt, öde und flach, aber es gab eben auch einen Strand und mit diesem eine enorme Weite. In der ersten Hälfte meiner Kindheit drehte sich alles um Ponys, Hunde und andere Tiere. Ich ging zwar auch recht früh in die Musikschule und lernte verschiedene Instrumente, aber eher, weil das etwas war, was man so machte und meine Freundinnen auch alle dorthin gingen. Einen wirklichen Zugang zur Musik hatte ich aber eigentlich nicht. Mein Vater hörte sehr viel Folkmusik von Sängerinnen und Sängern, die für mich alle gleich klangen, und ab und zu wurde ich mitgenommen in ein Klassikkonzert, bei dem ich mich in erster Linie fragte, wann es endlich vorbei war.

Dies sollte sich jedoch schnell ändern. Als ich mit acht oder neun zufällig im Fernsehen die Beatles-Filme *Help!* und *A Hard Day's Night* sah, war ich wie elektrisiert. Diese Typen waren witzig, schlagfertig, und sie machten tolle Musik. Außerdem hatte John Lennon in dem Film *Help!* ein sehr beeindruckendes Bett, welches in den Boden hineingearbeitet war. Von so einem Bett träume ich noch heute. Ungefähr zeitgleich liefen im Fernsehen Wiederholungen von der Monkees-TV-Show. Mir fielen damals zwar schon die Gemeinsamkeiten zwischen den Beatles-Filmen und der Monkees-Show sowie den Charakteren auf, aber es war mir egal. Ich liebte auch The Monkees und warte noch heute darauf, dass mir jemand einen perfekteren Popsong als »Daydream Believer« zeigt.

Die Musik, die meine Freunde hörten, interessierte mich nicht. Ich verbrachte fortan viele Stunden des Tages damit, in meinem Zimmer Radio Nora zu hören, einen Oldies-Sender. Wenn Lieder kamen, die ich kannte, legte ich mich vor die Lautsprecherboxen und sang mit – direkt in die Boxen hinein, weil ich mir einbildete, dass es besser klang, als wenn ich einfach so in meinem Zimmer mitgesungen hätte.

Ich besaß zwei große, dicke Beatles-Songbooks, die ich mit zum Klavierunterricht nahm. Zum ersten Mal in meinem Leben übte ich tatsächlich zu Hause. Meine Mutter hatte eine

Akustikgitarre und ein paar Gesangbücher mit begleitenden Gitarrenakkorden für die Klassiker der Sechzigerjahre. So stieß ich das erste Mal auf den Namen Bob Dylan. Da in den Sechzigern anscheinend alle Gitarre spielten, musste ich es auch lernen. »Blowin' in the Wind« hatte nur ein paar Akkorde, »Yellow Submarine« auch. Es waren die ersten beiden Lieder, die ich spielen konnte. Ich fragte meine Mutter, wer Bob Dylan sei, und sie erklärte mir, es handele sich um einen Folksänger, dessen Lieder oft auf Kundgebungen und bei der Protestbewegung in den Sechzigern gesungen wurden. Das klang für mich nun nicht weiter interessant, denn »Folksänger«, das hörte sich verstaubt an, und »Protestbewegung« klang nach Hippies. Und Hippies, das wusste ich, waren die Beatles, kurz bevor sie sich aufgelöst hatten. Das bedeutete also nichts Gutes.

Und wieder sah ich ein paar Monate später zufällig etwas im Fernsehen, das alles veränderte. Es handelte sich um die Bob-Dylan-Doku *Don't Look Back* von D. A. Pennebaker. Mein Kopf überschlug sich. Diese komisch aussehende Gestalt hatte etwas verstanden, das ich noch nicht verstanden hatte. Das hier hatte nichts mit dem Bild von Bob Dylan zu tun, das ich mir gemacht hatte, als ich »Blowin' in the Wind« lernte. Ich begriff zum ersten Mal in meinem Leben, was das Wort »cool« bedeutet. Bob Dylan war schneller, gewitzter, klüger, gefährlicher und geheimnisvoller als alle anderen. Er war seiner Umwelt nicht drei Schritte voraus, er war allein auf weiter Flur. Hundert Meter voraus *and still running*, brach er durch sämtliche Mauern, Kopf zuerst. Ohne dass ich eine Ahnung hatte, worum es ging, war Bob Dylan eine Idee, die ich sofort verstand. Bob Dylan war ein rasendes Geheimnis, ein Gestaltenwandler. Für mich war er der klügste Mensch auf der Welt. Und er schien Musik, oder genauer gesagt Songs genauso zu lieben wie ich auch.

Eines meiner absoluten Lieblingslieder von ihm war »Girl from the North Country«, denn es ging schließlich um ein Mädchen aus dem Norden eines Landes mit langen Haaren. Es musste sich unzweifelhaft um ein Lied über mich handeln. Ich legte mir die wildesten Theorien zurecht, um das Unmögliche möglich erscheinen zu lassen. Die Theorie, dass ich ihm im Traum erschienen bin, ist davon noch bei Weitem die plausibelste. Auf jeden Fall summte ich das Lied oft vor mich hin, wenn ich mit meinem Hund in den Herbststürmen an der Küste spazieren ging. Und habe mich gefragt, ob er sich an mich erinnert. Oder ob er je wissen wird, dass ich existiere. »In the darkness of my night. In the brightness of my day.« Und andersrum.

Ich hatte bereits angefangen, Lieder zu schreiben, als ich etwa zehn Jahre alt war. Schließlich hatten die Beatles ihre Lieder auch selbst geschrieben. Auch ich schrieb auf Englisch, denn das machte man ja anscheinend so in diesen großartigen, zeitlosen Liedern. Sosehr ich die Beatles auch mochte und für ihre Poppigkeit verehrte – auf Dauer fehlte mir etwas, das ich erst mal nicht genauer benennen konnte. Es gab natürlich auch bei den Beatles tolle Textpassagen. Aber Bob Dylan zeigte mir, zu was Sprache wirklich fähig ist. Genauer gesagt, zeigten das seine Texte, die eher wirkten, als hätte irgendwo der Blitz eingeschlagen und als Andenken ein paar ewiggültige, vernarbte Satzfetzen dagelassen.

Darkness at the break of noon
Shadows even the silver spoon
The handmade blade, the child's balloon

Eclipses both the sun and moon
To understand you know too soon
There is no sense in trying

Wie kommt man auf so etwas? In *Don't Look Back* sah es nicht so aus, als hätte Bob Dylan viel zu tun mit seinen Texten. Es schien eher, als würden sie durch ihn durchrauschen; so schnell tippte er beständig auf seiner Schreibmaschine, kaute auf seinen Lippen und wippte auf dem Stuhl. Es sah nach einer richtig netten Manie aus.

Jedenfalls wurde mir klar, dass Bob Dylan an einen Ort gelangt war, zu dem auch ich gelangen musste. Es schien ein Ort zu sein, an dem man einen direkten Zugang zu Songs hat. Man muss dort nur den Kescher aufhalten, und die Texte verfangen sich darin wie Schmetterlinge. Anschließend muss man sie dann nur mitnehmen und gut aufpassen, dass sie nicht kaputtgehen.

Mir war klar, dass es mich nicht weiterbringen würde, einfach nur Bob Dylans Lieder zu hören. Davon gab es zum einen viel zu viele, und zum anderen musste ich den Schlüssel zu diesem Ort, wie ich vermutete, auch einfach woanders suchen. Um dem Geheimnis auf die Spur zu kommen, musste ich mich allen – oder zumindest möglichst vielen – Einflüssen aussetzen, die Bob Dylan zu dem gemacht haben, was er ist.

Ich las also mit zwölf Jahren *Unter dem Milchwald* von Dylan Thomas. Direkt auf der ersten Seite fand ich den ersten Hinweis: »To Begin At The Beginning«. Ich musste also am Anfang ansetzen. Ich begann, mich der Sache mit dem Ehrgeiz einer jungen Forscherin zu widmen. *The Beginning.* Bob Dylan liebte Woody Guthrie. Woody Guthrie machte Folkmusik. Wo fing eigentlich Folkmusik an?

Ich hörte mir zunächst alles von Woody Guthrie an, was ich finden konnte, las seine Memoiren *Bound for Glory*, las anschließend einiges zum Thema Huntington's Chorea, das war die Krankheit, an der er gestorben war, und fing dann damit an, mich mit anderen Sängern, die vor Bob Dylan da waren und die ihn anscheinend beeinflusst hatten, auseinanderzusetzen. Ich ging quasi in die School of Folk.

Zudem machte ich einen Exkurs in Sachen Elvis, den ich, auf eine andere Art, aber ähnlich faszinierend fand. Irgendetwas passierte sowohl mit Bob Dylan als auch mit Elvis, wenn sie auf einer Bühne standen und vom Licht angestrahlt wurden. Sie kannten beide dieses Geheimnis. Ich hingegen hatte noch immer keine Ahnung, also musste ich weitersuchen.

Während ich musikgeschichtlich immer weiter vordrang, machte ich nebenbei noch etwas anderes: Ich schrieb und schrieb. Ich schrieb eigentlich niemals nicht. Allerdings schrieb ich auch selten etwas fertig. Ich nahm meine Lieder auf einem tragbaren Kassettenrekorder auf. Eine Strophe, ein Refrain. Fertig. Nächstes Lied. Ich dachte mir, dass ein bisschen Auswahl sicher nicht schaden würde und ich die Lieder ja schnell fertig schreiben könnte, wenn denn zum Beispiel ein Auftritt anstünde. Aber erst mal wollte ich ein gewisses Handwerk erlernen.

Das Tolle am Songwriting ist diese absolute Begeisterung, wenn etwas entsteht, mit dem man nicht gerechnet hat. In Liedern kann man über sich selbst hinauswachsen, die eigene Beschränktheit verfliegt, und auf einmal kann man alles sein. Das Einzige, was ich nicht sein konnte, war, wie sich leider schnell herausstellte, Bob Dylan.

Ich wurde regelmäßig in mittelschwere Depressionen gestürzt. Egal, wie viel ich las, egal, was ich mir anhörte. Alles, was ich schrieb und was zu sehr nach Bob Dylan klang, klang sofort blutleer und hohl. Wie eine schlechte Kopie. Was auch immer durch ihn durchrauschte, konnte nicht durch mich durchrauschen. Oder anders ausgedrückt: Was durch ihn durchrauschte, musste nach ihm klingen, was durch mich durchrauschte, musste nach mir klingen. Ich musste also an den Ort gelangen, an dem er war, um dort Lieder zu finden, die zwar vom gleichen Ort kommen, aber anders klingen. Und ich musste einen Zustand erreichen, in dem dies ganz einfach von der Hand ging. Jede Art von Zwang oder Bemühung ist Gift fürs Songwriting. Lieder meiden solche Orte. Und Lieder kommen zu denjenigen, die auf sie warten.

Ich füllte also Kassette um Kassette mit einer Strophe und einem Refrain, und so vertrieb ich mir meine Jugend und Pubertät.

Als ich aus St. Peter-Ording wegzog und erst nach Melbourne und anschließend nach Hamburg ging, verlor ich Bob Dylan aus den Augen. Ich suchte woanders. Ich lernte, dass es auch Bands gab, die gegenwärtiger waren, die sich erst vor zehn Jahre aufgelöst hatten, nichts mit Folk oder Sixties-Pop zu tun hatten und die ich trotzdem mochte. Das erste Album der amerikanischen Band Pavement, das ich mir kaufte, war *Terror Twilight*, und als ich den ersten Song darauf, »Spit On A Stranger«, hörte, musste ich weinen. Mir war nicht klar, was genau mich daran so traurig machte, aber sie hatten mich sofort. Ähnlich ging es mir mit der britischen Band Pulp. In den Secondhand-Shops von Melbourne lief immer und ausschließlich ein »Best Of« von ihnen – *Countdown 1992–1983*. Das Lied »Dogs Are Everywhere« gefiel mir besonders gut. Auch ich sah überall Hunde. Natürlich fielen sie mir aber auch deshalb auf, weil ich sie so niedlich fand. Zeitgleich gab es mit

The Strokes, The Libertines, Bright Eyes und Adam Green auf einmal auch Bands und Künstler, die tatsächlich sogar noch aktiv waren und die ich mochte.

Als ich nach Hamburg zog, schrieben auf einmal alle Leute um mich herum auf Deutsch. Mir war vorher nicht bewusst, dass diese Möglichkeit überhaupt besteht. Ich probierte es aus, und es war eine nette Abwechslung. Zudem hatte ich ja schon einen ganzen Karton voller Kassetten mit Songskizzen auf Englisch angehäuft.

Ich hatte bereits ein oder zwei Alben veröffentlicht, als ich zufällig wieder auf Bob Dylan stieß. Ich hörte den »Song to Woody«, und mir wurde schlagartig klar, dass alles, was ich seither gemacht hatte, auf dieses Lied zurückging und ich mich eigentlich nie wirklich weit davon entfernt hatte. Mein Koordinatensystem lässt sich auf vier Zeilen runterbrechen:

Hey, hey Woody Guthrie, I wrote you a song
'Bout a funny ol' world that's a-comin' along
It's sick and it's hungry, it's tired and it's torn
It looks like it's a-dyin' and it's hardly been born

Ich weiß nach wie vor nicht, was das Geheimnis ist. Es könnte einfach in der Faszination für Musik im Allgemeinen und Lieder im Speziellen liegen. In der Begeisterung für ein sonderbares Handwerk. Man macht etwas, das man liebt, aber von dem man nicht genau weiß, wie es funktioniert und was für rätselhafte Mächte am Werk sind. Diese grenzenlose Fassungslosigkeit aber, die man verspürt, wenn man sich ein kurz zuvor geschriebenes Lied anhört und absolut nicht versteht, wie es passieren konnte, dass man etwas mit der Entstehung von etwas so Wunderschönem zu tun hat, ist unbezahlbar.

In den *liner notes* zu seinem Album *Bringing it All Back Home* kritzelte Dylan: »A song is anything that can walk by itself.« Ich würde das Zitat folgendermaßen ergänzen: »A song is anything that can walk (or fly) by itself.« Songs sind einfach magisch. *Enchanted.* Irgendwas stimmt nicht mit ihnen. Und das meine ich positiv.

Natürlich ist das Musikmachen an sich auch ziemlich oft von Frustration geprägt. Und egal, wie oft ich mich schon gefragt habe, wieso ich mir das alles eigentlich antue, früher oder später holt einen immer wieder die Begeisterung für den neuesten Song ein, den man gerade geschrieben hat. Und sollte ich mal wirklich gar keine Lust mehr auf Songwriting haben, gibt es eine gewisse Reihenfolge an Schritten, die ich vollziehen kann, damit mir wieder klar wird, warum ich alles, was damit zu tun hat, so liebe. Quasi eine Art Reset-Modus.

Ich gucke dann entweder *Don't Look Back* oder Martin Scorseses Dylan-Dokumentation *No Direction Home* – beide kann ich mittlerweile mitsprechen. Und sofort bin ich dann wieder ein junges Mädchen, endlos fasziniert von Songs und diesem klügsten Menschen der Welt. Wahlweise guck ich manchmal auch Elvis Presleys *Aloha From Hawaii* oder diesen Film über Nick Cave, *20 000 Days on Earth*, an. Oder ich lese die Dylan-Memoiren *Chronicles. Volume One.* Oder ich schaue mir das Video auf YouTube an, das einen sehr jungen Bob Dylan zeigt, wie er »Girl from the North Country« in einer Art Berghütte singt. Dann werde ich kurz wieder depressiv, weil mir klar wird, dass ich so etwas nie schreiben werde. Aber dann fällt mir ein, wie toll Songs einfach an sich sind und dass es nichts Schöneres gibt, als welche zu schreiben, und ich begebe mich wieder auf die Suche.

Man verbringt Jahre damit rauszufinden, wie man sich

selbst am besten austricksen kann, um den Liedern auf die Schliche zu kommen, und letztlich ist man immer darauf angewiesen, dass sie freiwillig zu einem kommen. In Interviews wird man oft gefragt, wovon ein bestimmter Song handelt. Oft genug bin ich schon darauf reingefallen und habe versucht, mir irgendwas halbwegs Sinnvolles zurechtzubiegen.

Die Wahrheit ist aber, dass man diese Frage in der Regel nicht beantworten kann, ohne den Song zu banalisieren. Wieso etwas auf zwei, drei Sätze verkürzen, was nicht greifbar und so wundervoll komplex ist? Lieder können alles sein und folgen ihrer eigenen Logik. Im besten Fall schreibt man die ganze Welt hinein. Und Bob Dylan ist der unangefochtene Meister des Die-ganze-Welt-Hineinschreibens.

Es gibt die Theorie, dass jeder Mensch eigentlich nur eine Idee hat, und alles, was man macht, auf Variationen dieser einen Idee basiert. Meine Idee ist von der Idee Bob Dylan ins Rollen gebracht worden. Ich habe bis heute keine Ahnung, welches von seinen Stücken auf welchem Album ist. Wenn man überlegt, wie umfangreich sein Gesamtwerk ist, habe ich vermutlich nicht mal besonders viele seiner Stücke gehört. Aber das, was ich gehört und gesehen habe, hat etwas in mir ausgelöst und bewegt. Und es ist tief in mir verwurzelt – alles basiert auf dieser Idee. Sie macht den größten Teil meiner DNA aus.

Lieder fallen manchmal vom Himmel. Es passiert meistens, wenn man am wenigsten damit rechnet. Menschen fallen in der Regel nicht komplett geformt vom Himmel. Nicht einmal Bob Dylan. Und so machen wiederum auch die Dinge, die Bob Dylan geformt haben, einen Teil von mir aus. Sie alle sorgten dafür, dass irgendwo ein Funke sprang, der dann schließlich auch mich traf. Ich bin ihnen allen dankbar. Und so möchte ich diese kleine Geschichte auch mit einer Fortführung des »Song to Woody« beenden. Einem Lied, das Bob Dylan damals eben auch schon für Sonny, Cisco und Leadbelly geschrieben hat. Weil Ideen nicht in luftleeren Räumen entstehen. Und jeder Mensch die Summe seiner Einflüsse ist.

Hey Hey Woody Guthrie, I wrote you a song
About a weird looking boy that came along
And he changed how I felt and he changed what I knew
What he did to me, you did to him too

Hey Hey Woody Guthrie, I wrote you a story
About songs and their singers, all bound for glory
There is some thunder and lightning just down the road
Once the secret is out, it can't be untold

Hey Hey Woody Guthrie, I'll try to put in words
Clean as a whistle, covered in dirt
It grows in the fields, it grows in the pines
The taller it grows, the harder it is to find

Hey Hey Woody Guthrie, here is the truth
It is stupid and senseless and yellow and blue
It's coming in circles, sticking like glue
I'd be someone else, if it weren't for you

Man in the Long Black Coat

von Teresa Präauer

Ich bin in Österreich in den Bergen aufgewachsen, es waren die Achtziger- und Neunzigerjahre. Wir hatten Gondelbahnen und Eislaufplätze, Wanderwege und Freischwimmbäder, dänische Schilehrer und Getränke mit dem Namen Pfirsichspritzer. Was wir nicht hatten, war Subkultur. Was an Subkultur eventuell doch spärlich vorhanden war, musste selbst hergestellt und erfunden werden. Das wiederum ist grundsätzlich gar keine so schlechte Voraussetzung für Subkultur, die wohl immer aus dem Defizit heraus entstanden ist, aus der Sehnsucht, aus dem Vermissen und aus dem Nichtvorhandensein. Es gab keine Vorbilder, es gab keine Zeitschriften, es gab keine Plattenläden, es gab keine T-Shirt-Läden, es gab keine Pop- oder Rockkonzerte, es gab keine Clubs.

Vielleicht übertreibe ich, denn es gab doch ein einziges Geschäft, das CDs und Kassetten verkaufte, es hieß Rothauer, wahrscheinlich hatte es sogar eine nicht ganz so schmale Auswahl an Tonträgern unterschiedlichster Stilrichtungen. Aber ich bekam zu wenig Taschengeld, um mir solche Erwerbungen überhaupt zuzugestehen, und ich jobbte in den Sommerferien dafür, mir im Winter beim Ausgehen einen Pfirsichspritzer leisten zu können. Und in den Winterferien jobbte ich, um mir im Sommer beim Ausgehen einen Pfirsichspritzer leisten zu können. Später trank man Tequila mit Orange und Zimt oder Vodka Orange und rauchte in den Lokalen Zigaretten der Marke Philip Morris, aber auch rote Gauloises und gelbe Parisienne.

Es gab keine Clubs, aber es gab kleine Lokale und Beisln. Im Winter waren sie gut gefüllt mit dänischen Schilehrern und deutschen Schi-Touristen, im Sommer waren die Einheimischen unter sich. Die Gymnasiasten schieden sich von den Jugendlichen aus anderen Schulen oder den Lehrlingen, ohne dass man darüber nachgedacht hätte. Die Gymnasiasten gingen ins Amadeus oder in die Bar'adox, später kam der Türke Celal dazu, der billigen Schnaps und sogenannte Mischungen ausschenkte und außerdem einen guten und leistbaren Döner servierte. Das Tschecherl war ein beliebter Treffpunkt, wenn man in den Abend startete. Das Ski Lovers hatte nur im Winter geöffnet und spielte wohl die beste Musik, keine alten Sachen und nichts allzu Ausgefallenes, aber immerhin Pearl Jam, die Sisters of Mercy und Sachen, die man damals als Snowboarder hörte. In der Sakristei war ich nur zwei oder drei Mal, dort wurde Rave-Musik aufgelegt, es wurde getanzt und ziemlich viel Nebel auf die Tanzfläche geblasen. Einmal gab es dort Schaum-Disko, man war von oben bis unten mit Schaum überzogen und sah aus wie ein Weihnachtsmann im Minikleid.

Gut, es gab auch ein großes Modegeschäft, den Adelsberger. Der Adelsberger Berni und seine Frau haben dort eine Jugendabteilung eingerichtet, sie hieß *x-treme* und hatte im Angebot T-Shirts mit Snowboard-Logos, kurze Röcke im Girlie-Look, Jeans und Unterwäsche der Marke Calvin Klein. Das Foto von Kate Moss in Unterwäsche von Calvin Klein hing dort wie eine Ikone in Schwarz-Weiß, und wenn sie nicht dort hing, hing sie in einem der Jugendzimmer an der Wand, hing dort anorektisch herum, verkatert und mit müdem Blick und rauchte die letzte Philip Morris, die man noch in der Packung aufbewahrt hatte. Neben dem Adelsberger gab es auch noch einmal im Jahr einen großen Kleiderflohmarkt vom Lions-Club und einen von der Pfarre. Dort konnte man die Kleidung finden, die zuvor noch von der eigenen Mutter aussortiert und abgegeben worden war. Und es gab den Metal Shop für Nieten und schwarze Kleidung, Piercings und Motörhead-Aufkleber, aber ich war kein Metal-Fan.

Ich war ein Hippie. Ich war dreizehn, vierzehn Jahre alt und lebte die Flowerpower-Revolution um fünfundzwanzig Jahre zu spät in einer kleinen Marktgemeinde in den Salzburger Bergen aus. In meinem Alter gab es in der ganzen Schule bloß noch einen zweiten Hippie, das war die Vroni, und zu zweit mussten wir *Make Love Not War* skandieren, während die Buben aus unserer Klasse noch mit He-Man-Actionfiguren spielten.

Ich hatte bei meiner Freundin Susan aus Schweden, die jeden Sommer in Österreich bei ihrem ständig betrunkenen Vater und ihrer kleinen, strengen Großmutter verbrachte, im Jahr 1992 das erste Mal eine Glocken- oder Schlaghose gesehen, und ich wollte unbedingt auch so eine Hose tragen. Nirgendwo war im Jahr 1992 in den Bergen eine Schlaghose aufzutreiben, nur bei meiner eigenen Großmutter, die sehr dick war und immer sehr liebevoll zu uns Enkelkindern, auf dem Dachboden. Es war die Schlaghose meiner Tante Rosemarie, und sie lag dort auf dem Dachboden seit fünfundzwanzig Jahren, war verstaubt und hatte gleichzeitig auf mich gewartet. Ich schüttelte sie aus, meine Großmutter wusch und flickte sie, ich zog sie an und war glücklich. Meine Großmutter fand die Hose gar nicht schön, auch nicht gewaschen und geflickt, aber sie ließ mich damit losziehen.

Ich trug die Hose öffentlich das erste Mal bei der Schuldisko im Jahr 1993. In meiner Vorstellung waren es damals Hunderte Kinder, die im Foyer der Schule abends auf dem Boden knieten und zu »We Will Rock You« von Queen im Rhythmus auf den Boden klatschten. Es war ein wildes Gefühl, Teil dieser klatschenden Truppe zu sein, halb noch Kind, halb schon Jugendliche, und erst eine Ahnung zu haben von dem, was in den nächsten Jahren kommen würde. Dämmerung, Musik. Und woher kannten alle die Abfolgen und Choreografien? Wieso konnte ich sofort mitklatschen, welche Überlieferung von Kind zu Kind hatte da bereits stattgefunden? Ich ging in meiner Hose nach Hause, was bloß hieß, die Straße einmal zu überqueren, und jemand rief mir nach: Fasching ist erst im Februar! Der pöbelnde Zuruf hatte freilich meiner Hose gegolten, und ich läutete an der Wohnungstür meiner Eltern und fühlte mich allein, unverstanden, aber auch ein bisschen cool.

Es gab keine Subkultur bei uns in den Bergen, aber es gab doch immerhin zwei Punks bei uns an der Schule. Die Punks waren zwei Mädchen aus der Nachbarklasse. *Punx not dead*, hatten sie mit Edding an die Wände vom Mädchenklo geschrieben. Wir reagierten darauf mit einem Spruch der Hippies, und schon hatte sich eine Feindschaft entsponnen zwischen vier Mädchen, die sich doch auch genauso gut hätten befreunden können.

Wegen der Hose und der zu spät gekommenen Hippie-Attitüde wurde ich von einem Jungen aus unserer Klasse immer wieder gehänselt. Er hieß Flo und gestand mir später seine Liebe. An einem Nachmittag waren wir unten in der Schulgarderobe und packten unsere Rucksäcke für den Heimweg, als Flo von hinten angeschlichen kam und mir eine ganze Colaflasche voll mit Wasser über den Kopf leerte. Ich rastete völlig aus, packte Flo ohne nachzudenken am Hals und schlug seinen Kopf mit aller Kraft gegen die metallenen Garderobenständer. Flo sah mich nur mit großen Augen an, war ganz still und fasste dann mit der Hand an seinen Hinterkopf. Aus einer Platzwunde rann Blut. Man kann nicht immer Love machen, wenn der Feind War will. Flo gab endlich Ruhe, und mein Image hatte eine Facette hinzugewonnen.

Auch wenn es keine Vorbilder gab, so gab es doch wenigstens ein paar Menschen, die Platten zu Hause hatten, die eine Vergangenheit hatten, die einmal in einer Stadt gelebt hatten oder in einem fernen Land. Die auch etwas anderes kannten als die Gondelbahnen und die Eislaufplätze, die Wanderwege und die Freischwimmbäder bei uns in den Bergen. Und da war es ausgerechnet der Religionslehrer, der mit uns mehr das Zweifeln praktizierte als das Glauben, der über die Liebe sprechen wollte und uns über Sexualität aufklärte, der die Musik der Sechziger- und Siebzigerjahre hörte und die Bibel psychoanalytisch auslegte nach seinem Vorbild Eugen Drewermann. Der Lehrer hieß Kern und hatte einen roten Bart, der unten spitz zusammenlief, er trug einen Ring im Ohr, den wir Flinserl nannten, außerdem Jeans, Birkenstock-Sandalen mit warmen Socken und eine Strickjacke, die seinen Bauch ein wenig versteckte. Ich mochte ihn, weil man mit ihm eine ganze Stunde über Bob Dylan sprechen konnte. Ich habe heute noch Musikkassetten, deren Klebeetiketten seine Handschrift erkennen lassen. Pop-Museum: Dylans Zugaben, steht auf einer dieser Kassetten geschrieben. Auf der B-Seite: Gespräch zur Folter. Auf einer anderen Kassette: Dylan live in Tokio 1978.

In der Kassettenhülle steckt ein Blatt Papier, bedruckt mit einer schwarzen Katze, die auf einem Hausdach sitzt und den Mond und die Sterne ansieht. Mit Kugelschreiber hat der Religionslehrer dann die Titel notiert, die er für mich von Schallplatte auf Musikkassette überspielt hat: Von »All I Really Want to Do« bis »Don't Think Twice, It's All Right«. Eine Kassette habe ich bekommen mit The Band ohne Dylan, 1987, und einmal Dylan live mit The Band, da hatte der Religionslehrer eine Klammer über sieben Songs gezogen, und den Rest der Songs hat er übertitelt mit: LP *The Times They Are a-Changin'*.

Dass die Zeiten sich ändern und die Jahreszeiten einander abwechseln, hatte dem Religionslehrer im Gespräch dann doch die Möglichkeit gegeben, auf die Bibel hinzuweisen. Und vielleicht war das durchaus auch tauglich als ein Schlüssel zum Dylan-Verständnis. Die Bibeltexte mehr als Mythenfundus und Zitatensammlung, nützlich für Geschichten und Balladen, weniger von Heiligen als vielmehr von Herumtreibern, Tagedieben, Losern, Streunern. Und immer wieder kommt da ein Antagonist ins Spiel, der uns aufschreckt, antreibt, warnt, uns verführt und an einen anderen Ort bringt. Er ist vielleicht der Mann im langen schwarzen Mantel, von dem Dylan in »Man in the Long Black Coat« singt, erschienen im Jahr 1989 auf dem Album *Oh Mercy*. Der Song setzt ein mit einem Instrumental von Gitarre und Mundharmonika, das sich über eine Minute zieht, ohne dass man Dylan schon singen hören würde. Wie das Zirpen von Grillen an einem verlassenen Ort im Nirgendwo klingt es da, am Stadtrand bei einem alten Tanzlokal, wo der Mann im langen schwarzen Mantel sich herumtreibt. Das Wasser steht hoch, Rauch ist auf dem Wasser, die Bäume sind vom letzten Sturm entzweigerissen, und da hängt noch ein weiches Baumwollkleid zum Trocknen auf der Leine. Die Sichel des Mondes steht hoch oben am Himmel. Der Mann mit dem langen schwarzen Mantel sieht uns in die Augen, wir fragen, ob er tanzen wolle, da hat er ein Gesicht wie eine Maske. Und trotzdem lassen wir uns treiben, schenken ihm unser Herz und gehen mit ihm, ohne ein Wort des Abschieds.

Mein erster Freund war kein Dylan-Fan, er hörte die Doors und behauptete, er sei die Reinkarnation von Jim Morrison. Er hatte sich die Haare kinnlang wachsen lassen, schwarz gefärbt und trug die Haut dazu blass. Immer hatte er einen langen schwarzen Mantel an, ich glaube, sommers wie winters. Ich mochte seinen Mantel, aber mochte ich ihn? Ich mochte es, mit ihm gemeinsam Catull zu zitieren, um damit literarisch zu belegen, dass man hassen und gleichzeitig lieben könne und gleichzeitig nicht wissen müsse, warum man das so macht. Die Sache mit dem sechzehnjährigen Jim Morrison aus den Salzburger Bergen nahm später kein schönes Ende, ich war aber ohnehin nie ein Doors-Fan gewesen, und bald war ich auch von Christa Päffgen alias Nico ziemlich genervt.

Jetzt war es mein Deutschlehrer, der mir seine Plattensammlung zur Verfügung stellte, und ich orderte bei ihm: »Lily of the West«. Der Religionslehrer half beim Kontextualisieren des Dylan'schen Œuvres und überspielte mir eine Platte von Pete Seeger. Meine Mutter wiederum kannte Woody Guthries Musik aus ihrer Zeit in Amerika, und sie gab mir Mike Seeger in die Schule mit für den Religionslehrer, der Pete allerdings seinem Halbbruder Mike vorzog. Vronis Eltern hatten die Beatles, mein Vater hatte Harry Belafonte. Und meine Mutter hatte Joan Baez, Jimi Hendrix, *Hair*, Dave Brubeck, Stan Getz, Astrud Gilberto, Antonio Carlos Jobim, Aretha Franklin, Leonard Cohen, Wes Montgomery und die

Westside Story. Die Plattencover und Kassettenhüllen waren bedruckt mit nachkolorierten Fotos aus den Sechzigerjahren, mit abstrakter Kunst oder mit den Porträts der Musiker und Musikerinnen. Die alten Kassetten aus Amerika waren beigefarben-grau, die Klebeetiketten knallorange, leuchtend magentafarben oder mattschwarz mit silberfarbener Schrift. Alles, was es gab, musste mühsam zusammengetragen werden, ausgegraben, aufgestöbert. Zusatzinformationen waren spärlich vorhanden, und wo hätte man etwas nachlesen können? In der Schulbücherei etwa? Filme waren kaum zu bekommen, in Originalsprache erst recht. Wir haben irgendwo *Monty Python's Flying Circus* aufgetrieben, und bei Gregor im Nachbarort haben wir uns zu viert einmal *Hair* angesehen in der Verfilmung von Miloš Forman.

Die Geschichtslehrerin sah sich in der Verantwortung, uns *Woodstock* zu zeigen, den Film über Woodstock mit den Aufnahmen der Autos, die im Stau stehen, und der Hippies, die durch den Schlamm waten. Die Auftritte von John Mayall, Richie Havens mit seinen vielen Silberringen, Ravi Shankar auf der Sitar, Jimi Hendrix. Country Joe McDonald, Creedence Clearwater Revival, Janis Joplin. Joe Cocker mit seiner bemerkenswerten Art, sich zu bewegen beim Singen. John Mayall war gar nicht in Woodstock?! Und Joni Mitchell doch auch nicht! Und wir ja auch nicht. Aber ich wäre so gern dabei gewesen. Ich wäre so gern auf der Welt und dabei gewesen, so ging es mir beim Zusehen. Ich beneidete damals die Generation meiner Eltern um ihre Jugend, auch wenn die ganz und gar nicht in Woodstock stattgefunden hatte.

Und Bob Dylan? Bob Dylan, der in dieser Zeit doch in der Nähe von Woodstock lebte, tauchte gar nicht erst auf in Woodstock. Die Grillen zirpen. Immer wieder entzieht sich

Dylan den Zuschreibungen und den Erwartungen. Er ist nicht oder nicht mehr die Stimme einer Generation, er verwehrt sich dagegen, auch wenn er in den Jahren davor noch mit der damals viel bekannteren Joan Baez aufgetreten ist und in ihrem Windschatten politische Protestlieder gesungen hat vor großem Publikum. In seiner Autobiografie *Chronicles* beschreibt Bob Dylan, wie er zunehmend müde ist und ausgebrannt nach Jahren des Tourens, wie er zum Klischeebild seiner selbst geworden ist: »Wo ich auch hingehe, bin ich ein Troubadour der Sechziger, ein Folkrock-Fossil, ein Verseschmied aus vergangenen Tagen, ein fiktives Staatsoberhaupt aus einem Land, das keiner kennt.« Aber Bob Dylan ist keiner, der auf ein totes Pferd einprügelt. Er schweigt, er zieht sich zurück, er verändert sich und seine Songs im Lauf seiner jahrzehntelangen Karriere immer wieder. Er enttäuscht seine Fans, er stößt Preisstifter vor den Kopf. Die Nostalgie, die mich im zarten Jugendalter antizipatorisch ereilt hat, ist sein Begleiter nicht. Mit dem Album *Oh Mercy* gelingt ihm nach Jahren des persönlich wahrgenommenen und von der Kritik konstatierten Stillstands ein Anknüpfen an alte Erfolge und ein musikalischer Neubeginn. »Man in the Long Black Coat« wird der meistgespielte Song des Albums. In den *Chronicles* spricht Dylan von der »hypnotischen Macht« des Intros, die der Akkordfolge, den Dominantakkorden und den Tonartwechseln geschuldet sei. »Die Aufnahme klingt nach Verwüstung, als habe die Stadt keine Zwischenräume mehr. Der Song wird aus einem finsteren Abgrund herausgelöst – Visionen eines Geistes, der dem Wahnsinn verfällt, ein Gefühl der Unwirklichkeit – das hohe Kopfgeld in Gold, das auf irgendjemanden ausgesetzt ist. Es gibt nichts Verlässliches, selbst der Verfall verfällt.«

»Man in the Long Black Coat« ist seit langer Zeit einer meiner liebsten Songs von Bob Dylan. Ich höre seine Musik seit bald dreißig Jahren, manchmal ist sie mir ganz nah, manchmal bewege ich mich weg davon oder vergesse sie, bis ich mich wieder an sie erinnere oder etwas Neues höre, für mich neu. Vielleicht war das Musikhören auch damals, in den Neunzigern, nicht bloß der Nostalgie geschuldet, sondern versprach auch eine Art Aufbruch, ein Ausziehen, ein Leben, das ich mir einmal ausgesucht haben werde, soweit das eben möglich ist. Mehr Möglichkeiten erhoffend als die, die von den Bergen begrenzt sind, auch wenn Gondelbahnen hinaufführen und man von oben schon ins nächste Tal sehen kann, wo doch ein Musikfestival stattfindet, nämlich das Blues- und Folkfestival im alten Schloss, oder wo doch eine junge Band ihren Auftritt probt, nämlich die Black Mambas mit ihrem Leadsänger, dem Roli, der auch einen langen schwarzen Mantel trägt. Als wir uns kennengelernt haben, war er gerade siebzehn Jahre alt. Ich trug eine Ratte im Ärmel meines Pullovers mit mir, deren Schwanz schon ziemlich dick geworden war, nachdem ich die Ratte wochenlang mit Körnern, Käse, Obst und Gemüse gefüttert hatte, ohne dass meine Mutter von ihrer Existenz in unserem Kinderzimmer erfahren durfte. Es war Zeit, die groß gewordene Ratte loszuwerden, und der Roli bot gleich den Ärmel seines langen schwarzen Mantels an, worin er die Ratte nach Hause in sein Jugendzimmer im Nachbarort transportieren könne. Kein Wort des Abschieds, fort war er mit ihr. Er hat sich nämlich Hals über Kopf in mein Nagetier verliebt. Und weiterhin zirpen die Grillen.

Talkin' World War Three Blues

von Knarf Rellöm

In den Neunzigern fuhr ich mit einem bekannten Punk-Sänger nach Norwegen in den Urlaub. Nennen wir ihn Moby Dick. Wir fuhren in seinem Bus an den steilen Klippen der norwegischen Westküste entlang.

Diese Klippen und Felsen sind umso erstaunlicher, wenn man bedenkt, dass man vorher, von Hamburg kommend, durch die absolut flachen Gegenden von Schleswig-Holstein und Dänemark fährt und danach eine solche Felsenlandschaft nicht erwartet.

Wir hatten im Auto schon den ganzen Tag Musik gehört. Der Bus verfügte über einen Autokassettenrekorder. Moby Dick hatte Tapes zusammengestellt mit Musik seiner Lieblingsbands Bad Religion und No Means No.

Ich würde die beiden Bands zum intellektuellen Flügel der Punk-Szene rechnen, was ich aber in Gegenwart von Moby Dick tunlichst unterließ. Er reagierte allergisch, wenn jemand intellektuell war. Moby Dick hasste Intellektuelle.

Jedenfalls schlug ich ihm vor, dass wir mal eines meiner Tapes hören könnten. Ich legte meine Kassette ein, ich hatte ein Bob-Dylan-Mixtape zusammengestellt. Die Kassette lief nur wenige Sekunden, dann drückte Moby Dick auf den Eject-Knopf, nahm die Kassette heraus und warf sie aus dem offenen Fenster hinunter in den Fjord. Ich sah sie herunterfallen, Hunderte Meter tief in die Nordsee unter uns.

Jetzt versuche ich zu rekonstruieren, was auf diesem Tape war.

Es begann mit einem Snare-Schlag, der den Vorhang zur Geschichte aufreißt. »Like a Rolling Stone«. *Once upon a time*, beginnt der Song, es war einmal. Es fängt also an wie ein Märchen, ist aber, um den Kontrast möglichst groß zu machen, auf keinen Fall ein Märchen, sondern pure Realität. Die Geschichte vom Abstieg einer jungen Frau hört sich folgendermaßen an: Du hast immer gelacht über all die verrückten Obdachlosen in den Straßen, jetzt sieh mal zu, wie du damit klarkommst, selber ohne ein Zuhause zu sein, du Prinzessin auf der Erbse. Hier ist die Realität, akzeptiere sie.

Nächstes Stück: »Masters of War«.

Viele gut gemeinte Antikriegssongs sind leider schlecht geworden. Es wird gefragt, warum die Blumen nicht mehr blühen und die jungen Männer nicht mehr heimkommen. Nicht so in »Masters of War«, ganz klar: Waffenproduzenten profitieren von Krieg und Tod. Mir fallen nicht viele gute Antikriegssongs ein: vielleicht Sun Ra – »Nuclear War« und Fehlfarben – »Apokalypse«.

»Masters of War« ist radikal fast nur mit einem Akkord gespielt (okay, es sind drei Akkorde, aber 98 Prozent des Songs werden in einem Akkord gehalten) und bezieht seine Spannung aus einer großartigen Gesangsleistung. Wie oft höre ich von anderen Leuten, was für ein schlechter Sänger Bob Dylan sei. Das ist falsch, wobei ich zugeben muss, dass er häufig Anlass dazu gibt, seine Gesangskünste anzuzweifeln. Es gibt zum

Beispiel eine Szene bei den Aufnahmen zum USA-for-Africa-Benefiz-Song »We Are the World«, wo er heillos überfordert ist und mit diesem Song einfach nichts anfangen kann. Doch spricht das nicht eigentlich für ihn?

Es gibt Karaoke-Spiele, in denen man für jeden richtig gesungenen Ton Punkte bekommt. Dieses technische Gesinge ist schön und gut, nur bringt es nichts, wenn die Inspiration fehlt. Abweichungen von der Perfektion und der Norm sind wichtig, um zum wirklichen Kern vorzudringen: der Botschaft eines Songs. Diese Fehler – wie der Perfektionist sagen würde – machen jedoch Kunst aus. Das Unverwechselbare, die Einheit von Form und Inhalt, der Aufenthalt zwischen den Tönen.

Der Pianist Dimitri Naiditch sagte einmal: »Was ist Perfektion? Perfektion ist Tod.«

Und von Thelonious Monk gibt es die Aussage: »Wenn du einen Fehler machst, mach ihn zweimal, dann ist es gewollt.«

Oh, wunderschöne Wiederholung.

Wo wir schon bei den Fehlern sind. Das nächste Stück ist »Bob Dylan's 115th Dream«.

Am Anfang macht Bob Dylan einen Fehler, er verspielt sich und lacht sich kaputt. Das Tonband stoppt, und die Aufnahme beginnt von vorn. Diesen Fehler auf der Aufnahme zu lassen, ihn nicht zu löschen, sondern das Stück mit dem Fehler auf die Platte zu pressen (es zu veröffentlichen), ist großartig. Ich habe 1999 ein Album herausgebracht, das hieß: *Fehler Is King*, denn meine These lautet: Die Leute lieben Fehler.

Es gibt nichts Schrecklicheres, als auf der Bühne eine Band zu sehen, die perfekt spielt und keine Fehler macht. Fehler sind die Wurzel der Kreativität. Damit ich nicht falsch verstanden werde: Es geht nicht darum, etwas schlecht zu machen und es damit zu begründen, dass Fehler passiert sind. Fehler nicht als Ausrede, sondern als das Risiko einzugehen, sie zu machen, um etwas Besonderes, Einzigartiges zu erreichen.

Im Song bringt Bob Dylan verschiedene Mythen durcheinander und zur Sprache:

Captain Ahab (hier als Captain Arab) und die Jagd auf den Wal, die dann zur Jagd auf Amerika wird, Kolumbus und die Entdeckung Amerikas, die Mayflower und die feindliche Übernahme Amerikas durch die Europäer. Das alles brillant durcheinandergewirbelt.

Und dann dieser Titel: »Bob Dylans 115. Traum«. Wer bitte nummeriert seine Träume?

Einschub: Bob Dylan Song-Titel mit Zahlen:

- Positively 4th Street
- Talkin' World War 3 Blues
- I Shall be Free No 10
- Love Minus 0
- From a Buick 6
- Highway 61 Revisited
- Rainy Day Women #12 & 35
- Obviously 5 Believers
- 4th Time Around
- 1 000 000 Dollar Bash

Weiter geht's: »Ballad of a Thin Man«.

Es ist ungemütlich, sich in diesem Song aufzuhalten (wenn man sich mit Mister Jones identifiziert).

Wo bin ich hier,
und was sind das für Leute,
die sich meine Freunde nennen?
Und sie lachen,
und ich mache ihnen vor,
ich gehöre dazu
und sie lachen nur noch mehr[1]

Der *Thin Man* stolpert von einem Missverständnis zum nächsten, von einem Freak zum nächsten, und stellt fest, dass er selbst der größte Freak ist. Ist der Thin White Duke von David Bowie vielleicht die erweiterte Version des Thin Man von Bob Dylan? David Bowie war ja ausgewiesenermaßen Bob-Dylan-Fan, wie alle anderen, die es damals draufhatten (die Beatles sind nur der Anfang einer langen Liste).

In dem Film *I'm Not There* (meiner bescheidenen Meinung nach der beste Film über Bob Dylan) gibt es noch eine andere Lesart dieses Songs, nämlich die der Black Panther: *Mister Jones* ist der weiße Mann, der nicht mehr weiß, was läuft, weil sich die Schwarzen von ihm emanzipiert haben. Mister Jones gehört zum alten Eisen, er hat ausgedient.

Einschub: Bob-Dylan-Songs, die sich mit Rassismus beschäftigen:

- The Death of Emmett Till
- Oxford Town
- Ballad of Hollis Brown

1 (Die Zukunft – Sisters and Brothers, Trikont / München 2010.)
Geschrieben unter starkem Bob-Dylan-Einfluss.

- Only a Pawn in Their Game
- The Lonesome Death of Hattie Caroll
- George Jackson
- Hurricane

George Floyd hat eine unendliche Zahl von Vorgängern, über die Bob Dylan und andere schon in den frühen Sechzigern berichteten. Seitdem hat sich nichts geändert. Und Donald Trump ist auch kein neues Phänomen. Der Song »Talking John Birch Paranoid Blues« könnte heute auch »Talking Donald Trump Paranoid Blues« heißen.

»Subterranean Homesick Blues«

Schon der Titel ein Genuss. Der Sprachrhythmus und die Reime haben als Wurzel den Talking Blues von Woody Guthrie und den Bluesmen & -women. Gemischt mit dem *stream of consciousness* der Beatniks. Bob Dylan hat Jack Kerouac natürlich gelesen, und mit Allen Ginsberg verband ihn eine kreative Freundschaft.

Ginsberg steht sogar im »Subterranean Homesick Blues«-Video im Hintergrund an der Wand. Er hat oft experimentiert, Rhythmus zur Sprache addiert und esoterisch dahergelabert. Von ihm ist der Weg nicht weit zu Gil Scott-Heron (»The Revolution Will Not Be Televised« könnte auch ein Bob-Dylan-Titel sein) und den Last Poets, die in New York an jeder Straßenecke spielten. Und von dort ist es nur ein kleiner Schritt zum Rap. Der Kulturtheoretiker Diedrich Diederichsen meinte mal, wenn Bob Dylans Karriere heute begonnen hätte, wäre er Hip-Hopper geworden.

Talking All That Jazz (*Stetsasonic* aus Brooklyn), rede all den Quatsch.

Reime auf Teufel komm raus,
in deinem Handschuhfach wohnt ’ne Maus.

»She Belongs to Me«

Der Titel soll uns in die Irre führen. Diese Frau gehört natürlich niemandem, sie hat schon alles, sie ist Künstlerin, sie schaut nicht zurück.

Also kein Frauenanbetungsscheiß, obwohl Bob Dylan den auch draufhat.

Hier wird jedenfalls keine Frau verlassen, weil der Held sich mal wieder auf sich selbst konzentrieren muss und wieder richtig leiden muss, um bessere Songs zu schreiben.

Den Song hat Peter Thiessen von der Hamburger Gruppe Kante gern mit mir gespielt.

»I Shall Be Free«

Ein übermütiger, lustiger, besoffener Song. Mitten im Song klingelt das Telefon, der Präsident der Vereinigten Staaten ist dran, zu diesem Zeitpunkt John F. Kennedy. Er sagt: »Mein Freund Bob, was sollen wir tun, um Amerika wieder groß zu machen?« Und Bob antwortet: »Mein Freund John! Brigitte Bardot, Anita Ekberg, Sophia Loren. Und das Land wird wieder wachsen.«

»Talkin’ World War Three Blues«

Es brauchte eine Weile, bis ich merkte, Bob Dylan hat mir etwas zu sagen. Es gab da eine Menge Vorurteile: dass er ein Hippie-Sänger sei, jemand aus einer anderen Generation, jemand, der uns Punks nichts zu sagen hätte. Glücklicherweise schaute und hörte ich genauer hin. In den Achtzigern, als Punk seine Aufgabe erledigt hatte, die Revolution gelaufen war, suchte alles nach neuer Inspiration. Punk mischte sich mit Funk, Jazz, Metal, Rock'n' Roll, Reggae, Pop, Blues, Soul, Lärm und Darkness.

Und einige Musikerinnen, die Punk gemacht hatten, machten jetzt Country und Folk. Die Ersten waren wohl die Pogues. Dann folgte Anfang / Mitte der Neunziger eine Country-, Folk-, Songwriter-Renaissance um Penelope Houston, Barbara Manning, Sonja Hunter, X-tal, Chris Cacavas und die tollen Musikerinnen von OKRA Records. Hank McCoy von den Dead Ringers wurde sogar ein Freund. Ich ging mit ihm auf Tour. Zu dieser Zeit erklärte ich Leuten, die mich fragten, welche Musik ich mache, dass ich so eine Art Aushilfs-Bob-Dylan sei.

Inzwischen hatte ich meinen Bob Dylan studiert, ich hatte mich von seinem revolutionären Stil umhauen lassen, ich fand viel Großartiges (das meiste habe ich hier beschrieben), und ich fand den sehr inspirierenden »Talkin' World War Three Blues«. Dieser Text ist ein Monster der Lakonie und des Fatalismus und in dieser Funktion ein Bruch mit dem Betroffenheitsgestus: Bob Dylan geht zum Psychiater, er hat geträumt, er hätte als Einziger den Dritten Weltkrieg überlebt. Er läuft durch das menschenleere New York, fährt die tollsten Autos, isst die besten Würstchen (alles ist noch intakt, es gibt nur keine Menschen mehr. Oder wenn, dann in Bunkern). Ein Katastrophen-Song, eine Dystopie.

Ich war elektrisiert und schrieb sofort selbst einen Katastrophen-Song:

Stresemann Ecke Schützenstraße

Die Woche über hat es geregnet.
Da haben sich die Balken gebogen.
Und Hunde und Katzen
sind zerplatzt auf dem Gehweg.
Einigen von uns
stand das Wasser bis zum Hals.
Bei einigen war es sogar noch schlimmer.

N'paar Lügner und Schweine hat's auch erwischt
Ein paar Neureiche sind gleich verschwunden
in ihren atomsicheren Bunkern,
und elendig versoffen,
denn die helfen gegen Bomben,
aber nicht gegen Wasser.
Ein paar andere haben gleich investiert.
In Endzeitspiele und Unterwasserliteratur.

Den Osten hat's wieder am schlimmsten erwischt
und die haben gefragt:
warum immer wir?
Noch'n Grund mehr in den Westen rüberzumachen.
Ich saß vorm Fernseher
und Senioren ertranken.
Quatsch, es war nicht der Fernseher,
es war das Fenster.

Ich bin dann raus auf die Straße
in meinen neuen Sommerschuhen.
Und war auch gleich nass bis auf die Socken.

Schmeiß ich sowieso weg,
die Löcher die ich nie stopf
und heute scheint wieder die Sonne
und irgendwo höre ich Lachen.
Irgendwo höre ich Lachen ....[2]

»Talkin' World War Three Blues« arbeitete weiter in mir. Ich schrieb noch einen Song namens »Geschichte der Menschheit, Teil 17: der Krieg«, auch »Krieg Song« genannt. Er geht so:

Vor dem Krieg
hatt ich einen Vater
Vor dem Krieg
hatt ich eine Mutter
Vor dem Krieg
hatt ich sogar Kinder
man muss sich ganz schön einschränken
wenn Krieg ist

Seitdem der Krieg ist
Wohne ich im Keller
Seitdem der Krieg ist
La La La La La
Vor dem Krieg
hatt ich einen Bruder
der wohnt jetzt
auf einer Kanone
und wird bald eingemacht,
das Frontschwein

2 Von der Single Die Aeronauten play Knarf Rellöm / Tom Produkt / Zürich 1996)

man muss sich ganz schön einschränken
wenn Krieg ist.

Seitdem der Krieg ist
Wohne ich im Keller
Seitdem der Krieg ist
La La La La La

Im Keller, da mach ich Musik
und krieg gar nichts mit
eigentlich da bin ich gegen Krieg
aber die da oben
machen ja doch, was sie wollen.

Seitdem der Krieg ist
Wohne ich im Keller
Seitdem der Krieg ist
La La La La La

Ein Stück, das ich zuerst mit meiner damaligen Band Huah! veröffentlichte. Die Goldenen Zitronen fanden den Text so gut, dass sie andere Musik dazu schrieben und das Stück aufnahmen und auf *Das bißchen Totschlag* veröffentlichten. Von Bob Dylan zu Knarf Rellöm zu Huah! zu den Goldenen Zitronen.

Die Geschichte der Inspiration geht weiter.

Nachtrag:
Die Kassette, die Moby Dick in den Fjord geworfen hatte, war nicht für immer in der kalten Nordsee verschwunden. Sie war zufällig auf einen Fischkutter gefallen und beim Aufprall wie

durch ein Wunder nicht zerstört worden. Seit ein paar Jahren gibt es eine sehr eigenständige norwegische Musikszene, die Hip-Hop mit Punkattitüde verbindet und seltsame Bob-Dylan-Textbezüge aufweist.

I Contain Multitudes
oder: Point Dume
von Julia Friese

Ich hatte den Bleistift noch in der Hand, als ich das Restaurant betrat. Er trug ein silbernes Armband um sein Handgelenk. Wir grüßten uns nicht. Nickten nur. In der Ferne kreischten Babys wie Möwen. Sein Gesicht war blass. Als würde er hier gar nicht leben. In Malibu. Dem Ort, dem die Sonne jede Tiefe nimmt. Am Tresen des Restaurants stand ein nackter Mann. Ich blinzelte. Weiße Tischtücher. Weiße Servietten. Weißer Boden. Alles schien zu reflektieren. Zu blitzen. Hatte die Sonne dem Mann die Kleidung? Ich versuchte, mich auf Konturen zu konzentrieren. Gläserränder. Kellner in Westen. Nudeln auf Tellern und Tabletts. Wir warteten. Darauf, hingesetzt zu werden. Den Nackten bat keiner zu Tisch. Er stand. Auf Füßen in Sandkrusten. Die Kellner rauschten an ihm vorbei. Spielten europäische Arroganz. Italienisches Restaurant. Mit jeder Rolle bereitet man sich auf seine große Rolle vor. Eines Tages wird sie kommen. Vorher winkt man dich an die kleinen Tische. In zweiter und dritter Reihe. Nicht an die Glasfront. Für die muss man eine große Rolle spielen. Oder schön und jung sein. Derart, dass alle, die nicht schön und jung sind, denken, das Restaurant habe, was sie wollen. Jugend und Schönheit. Und dann setzten sie sich. Und auf der Karte sind nur Nudeln und Pizza.

Der Kellner sagte uns seinen Namen nicht, bevor er uns in Plastik eingeschweißte Speisekarten gab. Joe setzte sich. Nahm die Papierserviette, die aussah wie aus Stoff. Steckte sie sich in den Ausschnitt seines kurzen Hemdes. Fragte mich, was ich heute gemacht hatte. Ich war bei Jolene, sagte ich. In West Hollywood. Diesem alten Bürogebäude. Schwarz-grauer Teppich. Wie Stahlwolle unter den Schuhen. Mit jedem Schritt wuchs meinen Sohlen ein anderer Bart. Das Rauschen der Ventilatoren. Hinter jeder Tür ein anderes Unternehmen. Und Männer in zu großen Anzügen. Hosenbeine mit Nadelstreifen auf Plastiksohlen. Gestresste Gespräche drangen in Telefone. Und durch offene Türen in Flure. Gesäumt von eisernen Containern. Aus deren Schubladen Papier von Geschäften quoll, die niemanden reicher machten. Am Ende des Ganges – im zweiten Stock – sagte mir Jolene das Wetter voraus. Alle vier Wochen. Für die nächsten vier Wochen. Wir erschienen für 50 Cent. In den blauen Kästen am Straßenrand. Über mit Mantras besprühtem Asphalt. Ich sammelte sie. THE FALLING RAIN IS MONOTONOUS. Notierte sie. WHAT IS COMMONEST, CHEAPEST, NEAREST, EASIEST is ME. Unsere Zeitung ist die Einzige mit *Fortune Teller Weather.* Zum Lesen auf Plastikstühlen. Vor kleinen Tienditas. In Gesellschaft eines aufgeblasenen Cactus Euphorbia. Zu Kaffee im Pappbecher. Ohne Milch. Aber immer mit einem Stäbchen zum Rühren. Die gab es gratis im Tiendita. Hinter silbernem Lametta.

Jolene hatte mir einen Tee angeboten. *Pink Petals.* In einem lauwarmen Glas. Und wie immer hatte sie mir über Tarotkarten von ihrer Karriere erzählt. Der Karriere. Vor zwanzig Jahren. Nebenrollen in Filmen, die beinahe ins Kino gekommen wären. Aber Freunde hätten sie überzeugt. Dass sie Verantwortung habe. Zu dienen. Verantwortung, ihre Gabe zu teilen. Sie sei so gerne Schauspielerin gewesen. Aber es sei doch ihre Pflicht zu geben, was man ihr gegeben hatte. Da kann man nichts machen. Nichts anderes. Über ihrem Kopf ein Schild. Darauf in aggressiver Schreibschrift:

THERE ARE HEROES IN THE SEAWEED. Eine Karte hielt sie in der Hand. Ein Mann mit einem Bein aus Holz. Sie prophezeite:

Es wird sonnig. Heute, morgen und gestern auch. Viel Sonne. Aber die Hornissen werden stechen. Tag für Tag. Würmer lecken dein Blut. Und Frösche sterben unter deinen Schuhen. Aber Sonne. Und nicht kälter als 71 Grad Fahrenheit.

Joe lachte trocken. Dieser Palm-Reader-Quatsch. Er hielt die Speisekarte aufgeschlagen. Las. Über seine linke Schulter beobachtete ich den Nackten. Er fuhr sich durch die Haare. Als überlegte er. Als habe er etwas vergessen. Wer ist das, fragte ich. Zögerlich. Weil ich mir nicht sicher war. Ob er – oder ob ich? Joe sah von seiner Karte auf. Wer?

Ich nicke in Richtung Tresen. Der Nackte. Brice drehte sich um und machte ach. Das ist *everybody.* Mr Jones. Das könntest du sein. Das könnte ich sein. Er blickte wieder in die Karte. Seine Rechte in der Luft. Gestikulierend. Dann rollten sich seine Finger einen unsichtbaren Berg hinab. Kamen langsam zum Erliegen. Auf der Karte und ihren *Pizza Options.* Die Finger des Nackten aber krallten sich in den Tresen. Als hätte er Schwierigkeiten. Zu stehen. In scharfen Windzügen zogen die Kellner an ihm vorbei. Ließen sich nicht von ihrem Ziel abbringen. Die Tische. Sie wollten unsere Bestellung. Dick orderte Wasser und Pizza Nummer 178. Ich hatte noch gar nicht in die Karte gesehen. Hoffte das Beste und bestellte das Gleiche. Der Kellner klappte unsere Karten zusammen. Beide auf einmal. Sah uns nicht an. Ging. Verbrachte die Karten in das Fach seines Pultes vor der Tür. Wartete. Auf neue Gäste. Wie würde er unsere Bestellung übermitteln. Ich verstand es nicht. Aber sah, dass der Nackte in meine Richtung sah. Mich sah. Mit all meinen Fragen. Er beugte sich vor. Ich male Landschaften, sagte er. Mitten in den Raum hinein. Über die Köpfe, Teller und Essenden hinweg. Ich male Landschaften, und ich male Akte. Der Kellner stand weiter hinter seinem Pult. Sah durch die Glastür. Auf den Ozean. Der in der Sonne weiß brannte. Akte und Landschaften, sagte der Nackte. Noch mal. Und Dick zündete sich eine Zigarette an. Er hatte sein Mobiltelefon auf den Tisch gelegt. Mit dem Display nach oben. Als könne ihn jederzeit eine Nachricht erreichen. Eine, die er nicht verpassen durfte. Ein entscheidender Anruf. Hinweis. Etwas. Es ist der 26. November, sagte er. Und seine Weihnachtsbeleuchtung hängt noch nicht. Ich wollte erst fragen. Begriff dann aber. Begriff, Dick reden zu lassen.

Jedes Jahr, sagte er. Ab Mitte November. Fahre er den langen Schotterweg rauf. Er zeichnete den Weg. Mit der Rechten in der Luft. Zwischen uns. Links die Autowracks, sagte er. Die Sonnen verdorrten Büsche. Die Einfahrt. Fahr ich nicht rein. Straight dran vorbei. Sie jagen dich eh weg. Es ist immer einer da. Er passt auf. Ist nicht unfreundlich. Aber er passt auf. Die Wracks. Die Einfahrt. Aber ein paar Meter weiter. Den Weg runter. Fahre ich rechts ran. Mache den Motor aus. Fahrertür auf. Nur ein Stück weit. So weit, dass ich das Zirpen der Zikaden hören kann. Und dann esse ich mein Thunfischsandwich. Es ist nicht wahrscheinlich. Es ist immer nur ein ein Thunfischsandwich langer Moment. Es ist – er verengte die Augen – ein Thunfischsandwich im Heuhaufen der Zeit. Aber es könnte sein.

Er zog an seiner Zigarette.

Ist er schon mal rausgekommen, während du da warst?

Dick blies mir den Zigarettenqualm in das Gesicht. Aschte ab. Auf das Tischtuch. Dorthin, wo ein Aschenbecher gestanden hätte, hätte ein Aschenbecher auf dem Tisch gestanden. Als ich vor sieben Jahren da war, sagte Dick. Machte ich die Tür auf. Die Fahrertür. Meine Tür. Sehe runter. Auf dem Boden. Da war noch ein bisschen Gras. Braunes Gras. Nicht gesundes Gras. Überwiegend Dreck. Aber ein bisschen Gras war da noch. Und im Gras. Lag ein Buch. Taschenbuch. Weiß. Schmutzig. Ich nahm es hoch. Holzstich vorne drauf. Autor Fitzgerald. Im Buch. Visitenkarten. Von Kirchen. Alle aus der Gegend. *St. Aidan's. Cavlary of Pacific Palisades. Waveside. Gathering.* Zwischen dem Deckel und der ersten Seite. Lagen die.

Glaubst du, dass es sein Buch war? Das er dort vergessen hat. Oder abgelegt. Welcher Fitzgerald war es?

Er zuckte mit den Schultern. Es war nicht mein Buch. Ich habe mein Thunfischsandwich gegessen. Und es wieder zurückgelegt. Das Buch. Genau dorthin, wo ich es gefunden habe. In das Gras. Genau in die Mulde, die es hinterlassen hatte. Da habe ich es wieder reingelegt. Ich nehme nichts weg. Verändere nichts. Ich beobachte nur.

Der Nackte am Tresen beobachtete uns. Als er sah, dass ich ihn ansah. Wieder. Sah er mir direkt in die Augen. Bewegte seinen Mund. Formte Wörter. Leise. Zu leise. Ich hörte nichts, aber las Untertitel:

Ich trink' auf den Mann, mit dem du dein Bett teilst.

Dann brach er in Gelächter aus. Lautes, spitzes Gelächter. Er lachte wie ein Delfin. Wenn Delfine lachen könnten. Es war ein Chip-Munk-Lachen. Der Kellner an der Tür drehte sich um. Er wird jetzt was sagen, dachte ich. Jetzt. Er wird ihn herausbitten. Aber er sah sich nur um. Suchend. Fand nichts. Sagte nichts. Der Nackte bewegte sich einen Schritt nach vorn. Ungelenk. In unsere Richtung. Meine Richtung. Ich sollte ihn nicht anschauen, dachte ich. Je mehr man hinschaut, desto mehr passiert auch. Aus dem Augenwinkel sah ich, dass der Nackte zur Glasfront zeigte. 28 Männer sind im Wasser, sagte er. Mit den Bäuchen nach oben. Sie spritzen. Ihnen ist egal, wen sie damit nass machen. Es interessiert sie einfach nicht. Und ich wollte nicht. Aber es war ein Reflex. Ich sah raus. Strand. Möwen. Ein Paar auf einer Decke. Lederblouson an grünen Mantelrücken. Arm umschlungen. Aber niemand auf dem Wasser.

Seit letztem Jahr ist alles anders, sagte Dick. Die Brände. Seine Hecke, an der die Lichter immer gehangen hatten, ist abgebrannt. Statt der Hecke steht da nur noch ein Zaun. Aus Maschendraht. Wahrscheinlich war in der Hecke schon immer ein Maschendraht gewesen. Wahrscheinlich war der Maschendraht das Skelett der Hecke gewesen. Ich weiß es nicht, sagte Dick. Aber ich aß wieder mein Thunfischsandwich. Zur Mittagszeit. Jeden Tag. Im Dezember. Dann. Es war Mittwoch. Fahre ich rechts ran. Mache die Tür auf. Und kann nicht glauben, was ich sehe. Er hatte eine Krippe rausgestellt. Eine Krippe. Das habe ich da in all den Jahren. Nie. Eine Krippe. Genau an der Stelle, wo früher immer die Lichter hingen. Maschendraht und dahinter ein grünes Dach. Mit Stern in der Mitte. Darunter zwei Engel. Ein Dromedar mit – Joe verengte die Augen. Überlegte. Aschte wieder auf das Tischtuch. Schwarz-weiße Krümel. Wie der Körper einer Hornisse. Aber aus Asche. Mit einer roten Decke, sagte Brice. Das Dromedar trug eine rote Decke.

Sir, I'm afraid this is a non-smoking restaurant. Der Kellner von der Tür stand an unserem Tisch. Stellte eine Flasche Pellegrino in einem durchsichtigen Kübel neben die Asche. Und Joe lachte. Ich dachte, wir wären hier in Italien. Der Kellner trat einen Schritt zurück.

Of course, Sir. Er nickte. *I'm sorry, Sir.* Der Kellner ging ab.

Wo war ich?, fragte Joe. Also noch mal. Grünes Dach. Ein Stern in der Mitte. Ein Dromedar mit roter Decke. Ein Esel. Ohne Decke. Schaf. Ohne Decke. Maria in Blau. Josef in Grün. 107 Dollar. Er blies Rauch raus. Theatralisch. Sein Rauch zog über meinen Kopf.

Den Preis rauszufinden war nicht schwer. Amazon. Das Ding war ziemlich leise. Nicht lauter als die Zikaden. Christmas Masters, sagte Dick. Wird jetzt nicht mehr hergestellt. Aber als ich am nächsten Tag wieder hochfuhr. Parkte. Meine Tür aufmachte. Das Thunfischsandwich auf dem Beifahrersitz. Da war die Krippe weg. Als wäre sie nie da gewesen. Aber. Er stützte seine Unterarme auf dem Tisch auf. Rate, was wieder da war?

Er ließ mir keine Zeit zu antworten. Die Lichterkette, sagte Dick, wieder da. Als wäre sie nie weg gewesen. Mit einer flinken Handbewegung nahm er mir den Bleistift aus der Hand. Zeichnete auf das Tischtuch. Einen Schwung hoch. Einen Schwung runter. Drei kleine Kurven links. Eine große Kurve in der Mitte. Ausschlag nach unten. Drei kleine Kurven auf der rechten Seite. Ausschlag nach unten.

Die Reihenfolge der Lichter, sagte Dick. Ist Blau. Er zeigte mit dem Bleistift auf den Anfang der ersten Kurve. Gelb. Grün. Rot. Gelb. Und dann wieder von vorne. Verstehst du? Immer wieder Blau. Gelb. Grün. Rot. Gelb. Und dann wieder Blau.

Der Nackte stand immer noch neben dem Tresen. Hielt die Augen geschlossen. Seine Finger wie Fächer vor das Gesicht.

Ließ sie langsam auf und ab flattern. Lange Finger hatte er. Sie schlugen ihm auf die Stirn. Wie Flügel. Sein Mund sang. Leise. Zu leise. Vielleicht war es gar kein Singen. Sondern nur ein stimmhaftes Ausatmen: *Red Cadillac and black mustache. Rings on my fingers that sparkle and flash.*

Er singt, sagte ich zu Dick. Und Dick zuckte mit den Schultern.

Dir fällt nichts ein, oder? Was das bedeuten könnte. Die Kurven. Mit dem Bleistift schritt er sie entlang. Die Kurven der Lichterkette. Auf. Ab. Zweimal. Dreimal. Sein silbernes Armband schlug dabei gegen den Tisch. Ich mochte das Geräusch. Trank. Das Wasser war viel zu kalt. Hoch. Runter. Zog an den Zähnen. Erinnerte einen, dass man – ganz egal, wie viel Geld man gespart hatte – es doch wieder beim Dentisten würde ausgeben. Müssen. Ich sah auf Dicks Kopf. Dorthin, wo ihm die Haare ausgingen. Hoch. Runter. Und wieder von vorne. Ich stellte mein Glas ab. Es ist ein Song, sagte ich. Und Dick verharrte. Ein Song?

Es ist *Tumbling Tumbleweeds.*

See them tumbling down

Dick bewegte den Bleistift über die Decke.

Pledging their love to the ground.

Langsam.

Lonely, but free, I'll be found.

I'll keep rolling along.

Setzte von vorne an.

Deep in my heart is a song.

Here on the range I belong.

Ich sprach die Zeilen leise. Flüsterte fast. Ich befürchtete, wenn ich lauter sprechen würde, würde mein Sprechen zu einer Aufführung. Auffuhr. Ich hatte Angst, der Nackte würde mich hören. Würde sich angezogen fühlen. Von den Zeilen. Würde denken, ich sang mit ihm. Für ihn. Ich hatte Angst, der Kellner würde mich aus dem Restaurant werfen, während ich mit schmerzenden Zähnen auf Pizza Nummer 178 wartete.

Dick drückte seine Zigarette auf dem Tischtuch aus. Interessante Theorie. Er griff in seine Jeans. Zog einen kleinen Block heraus. Braunes Deckblatt. Eselsohr. Vielbeschriebene Seiten. Blätterte. Bis er Platz fand. Zum Schreiben mit meinem Bleistift. Als läse er meine Gedanken. Hielt er inne. Fragte, darf ich mir den leihen?

Sicher, sagte ich.

Lebowski, sagte Dick.

Fürchterlicher Film.

De gustibus non est disputandum, sagte Dick.

Tumbleweed kommt in genug anderen Filmen vor.

Dick lachte. Ja, immer da, wo angeblich nichts ist. Als ob jemals irgendwo wirklich nichts gewesen wäre. Er lachte schallend. Als seien wir nicht in einem Restaurant. Sondern bei ihm zu Hause. Und als hätte das echte Wände. Kein stoffbespanntes Holz, hinter dem der nächste Nachbar wohnte. Hauste. Nichts, sagte Dick. Ist die größte Erfindung überhaupt. Man muss Hollywood lieben. Für all das *tumbleweed.* Es hat die Verkörperung von Nichts erfunden. Den größten Irrtum der Menschheit aufgedeckt.

Der Nackte sah Dick lachen. Nahm die Vase mit Kunstblumen vom Tresen. Bewegte sie wie ein Feuerholz in seinen Händen. Dann. Nahm er die Blumen aus der Vase. Einzeln. Warf sie auf den Boden. Den weißen Boden. Sing in Me, O Muse, sagte er.

Er wirft mit Blumen, sagte ich zu Dick. Der wieder schrieb. Eilig. Und mit festem Druck.

Alles, was sichtbar ist, kann nicht mehr sein als eine Maske. Aufführung, sagte er. Ohne seinen Blick von dem Notizbuch zu heben. Ich atmete ein. Aus. Klimaanlagen kalte Luft. Schnitt in der Nase wie Papier. Ich ließ meinen Blick kreisen. Sah die Menschen. Die tagein, tagaus in dieser Luft lebten. Arbeiteten. Die zweite und dritte Reihe. Sie alle. Mussten Nasenbluten haben. Immer wieder Nasenbluten. Hier aßen sie Pasta. Und nahmen keine Notiz. Von dem Nackten am Tresen. Der mit Blumen warf. Ich sah die Menschen, die das Restaurant betraten. Hoffnungsfroh. In Shorts und kurzen T-Shirts. Ich stellte mir vor, wie sie noch vor Minuten bei *Whole Foods* gefroren hatten. Nirgends ist es kälter als bei *Whole Foods.* Dort hatten sie Deo-Steine gekauft. Und Palo Santo. Das sie in ihren Wohnzimmern abbrannten. Ich sah sie morgens. In ihren Badezimmern mit grün zugewachsenen Fenstern. Vor denen sie sich die Zähne mit Bambusbürsten putzten. Ich sah sie mit ihren Autos auf den Malibu Country Mart fahren. Aussteigen mit ihren Funkschlüsseln. Beep. Beep. Über die ziegelroten Steine laufen. Flip-Flops über Bewässerungsschatten. Ich sah sie Kuchen wie aus Schwamm kaufen. Die beim Essen in der Hand wackelten, wie ein Hund auf der Hutablage. Ich dachte an diese endlose Straße, die Malibu war. Pacific Coast Highway. Asphalt mit sandigen Löchern und hängenden Stromleitungen. Gesäumt von Einfahrtstoren. Zwischen Mauern aus Büschen und Bäumen. Häuser. Auf Abstand. Mit jedem Haus kaufte man sich seine eigene Sicht auf den Ozean. Man lud ein. Haben Sie das Wasser schon mal aus meiner Perspektive gesehen? Um dann Palo Santo abzubrennen. Und sich mit dem Schellenkranz auf die offene Hand zu schlagen. Tanz mit Gallo Wein. Vom *Whole Foods.* Ich dachte an diesen einen Abend. An dem ich vor der Mauer gewartet hatte. Point Dume. In weißer Kleidung. Andere kamen. Keiner klingelte. Niemand sprach. Wir warteten. Bis Jane uns das Tor aufschloss. Jane im weißen Kleid. Sie flüsterte. Wie unsere Schuhe über den Kiesweg. Und der Wind, der durch den Bergahorn ging. Rote Blumen hinter fadendünnen Zäunen. Im Wohnzimmer legten wir uns auf den Boden. Unverputzter Beton. Kalt. Wie das Hecheln des großen Hundes mit den langen Haaren. Der um uns herumlief. Uns vor Glasfront des Wohnzimmers. Endlich hatten wir einen eigenen Anblick vom Ozean. Aber wir schlossen die Augen. Und Jane und ihre Freunde schritten durch uns hindurch. Wisperten. Barfuß. Zerknitterten Papier neben unseren Ohren. Zogen Sandelholzbürsten durch unser Haar. Wir zerflossen in Zuwendung, die wir nicht sahen. 200 Dollar zahlten wir. Jeder. Danach standen wir wieder auf der Straße. Vor der Mauer. Aber vielleicht, dachte ich, war Los Angeles doch nicht die Stadt, in der der Sozialismus zuerst gestorben war. Vielleicht war sie doch nicht nur eine Ansammlung von Garagen, in denen die Arrivierten ihren Reichtum abluden. Bewirtet von Menschen, die arrivieren wollten, aber von der Straße nicht runterkamen. Die sich nichts mehr wünschten, als nah ans Wasser zu kommen. Nah am Wasser zu bauen. Aber unter den Highways wohnten. In hölzernen, zu kleinen Häusern. Sich ihre Kaugummis in Tienditas holten, in denen ihre Nachbarn hinter Panzerglas saßen. BEI UNSEREM AUFBRUCH AUS DER ALTEN WELT LEITETE UNS DAS SONNENLICHT. Für 50 Cent bekamen sie das *Fortune Teller Weather.* Dazu noch einen Kaffee. Einen Plastikstuhl. SO WALK WITH ME TO BALLY-NA-LEE.

Ein Mann in rosa Shorts bückte sich nach einer der Kunstblumen. Gab sie seiner Frau mit Tuch im Haar. Sie lachte mit dem Mund. Und der Nackte klatschte. Entzückt. Spielt die

Mondscheinsonate, sagte er. Spielt sie in Fis! Ich sah Dick an. Suchte in seinem Gesicht nach einer Reaktion. Aber er sagte nur, er fahre morgen wieder hin. Er hole sich sein Thunfischsandwich. Bei *Casbah.* Oder *Soppressata.* Und dann fahre er wieder hin. Mache die Tür auf. Nur ein Stückchen. So, dass er die Zikaden hören könne, und dann warte er. *To keep my sanity*, sagte er. *Encore. Encore. Encore.* Das silberne Armband schlug gegen das mit Bleistift bemalte Tischtuch.

Ich wollte etwas sagen. Aber die Tür schwang auf. Weit auf. Draußen. Schrien Möwen wie Babys. Cops stürmten in das Restaurant. Ein dunkelblauer Fleck. Mit sechs Köpfen. Und schweren Gürteln. Schritt wie in Stiefeln. Ohne Halt am Pult vorbei. Marschierte über die Blumen. Weiße Stoffblüten unter schwarzer, dicker Sohle. Der Nackte stellte die Vase zurück. Langsam. Auf den Tresen. Die Kellner bedienten weiter. Vier Vodka Soda. Nudeln mit Asparagus. Gelächter. In kulinarischer Erwartung mit dem Oberkörper hinter den platzierten Tellern Zurückweichende. Essen werden. Gleich. Die Augen der Cops starrten rot unterlaufen. Ihre Arme Verlängerungen des Blicks. Die Waffen im Anschlag. Der Nackte wich in die Ecke. Zwischen Wand und Tresen. Mit den Schultern zuerst. Ich habe vier Pistolen, sagte er. Zu laut. Und zwei große Messer. Seine Stimme brüchig. Heiser. Ich muss mich für gar nichts entschuldigen, brüllte er. Die Cops im breiten Stand um ihn rum. Der Nackte – in ihrer Mitte – wurde zum Hund an der Kette. Biss nach den Cops. Panta Rhei. Panta Rhei. Panta Rhei, geiferte er. Aber die Cops traten. Zogen des Vordersten Knie in seinen Magen. Einmal, zweimal. Noch mal. Der Nackte ging zu Boden. Ihre Sohlen auf seinen Bauch. In die dünne Haut. Traten durch. Mit aller Kraft in das Weiche. Immer wieder. Rein. In mir stieg alles auf. Wut. Angst. Tränen und Mittag. Ich hielt mir die Hände vor den Mund. Aufhören, schrie ich. Dahinter. Zu leise.

Jeder bekommt, was er verdient, sagte Dick. Und gab mir den Bleistift zurück. Zu schnell. Er rollte vom Tisch. Der Nackte gab keinen Laut mehr. Sie zogen ihn über die Fliesen. Kehrten mit seinem Körper die Blumen aus dem Restaurant. In der Ferne Möwen. Babys. Die Glastür fiel ins Schloss. Tumbleweed, sagte Dick.

Boots of Spanish Leather

von Bernadette La Hengst

In vielen Büchern und Filmen haben meist männliche Autoren versucht, Dylans »Genie« zu erkunden, was mir immer etwas auf die Nerven ging. Irgendwann muss doch mal Schluss sein mit diesem männlichen Geniekult.

Allerdings packte Dylan mich auch als weibliche Songschreiberin, weil er sich nicht einordnen lassen wollte und sich widerborstig den Begriffen verweigerte, die für ihn erfunden wurden – dem »Sänger seiner Generation«, dem »politischen Folksänger« –, weil er unkorrumpierbar auf seine eigene knochige Art seine Lieder sang, als wäre es ihm egal, ob die Leute ihn lieben oder hassen. Jemand, der ewig lange Texte schrieb, die eigentlich gar nicht in das auf drei Minuten beschränkte Popformat passten und die es gerade deshalb sprengten, um damit neue Türen zu öffnen für andere Sorten von Liedern, abseits des Strophe / Refrain-Korsetts.

Die Leute um mich herum teilten sich immer auf in Bob-Dylan-Hasser und »echte Kenner«. Und war es nicht so, dass Popmusik dafür da war, sich abzugrenzen? Als der Scorsese-Film *No Direction Home* rauskam, sangen alle im Kino heimlich mit und nickten bei den bekannten Interviewszenen und Konzertausschnitten mit den Köpfen, um zu zeigen, dass sie sich auskennen mit seiner Geschichte. Auch ich sang etwas zu laut mit und fühlte mich verbunden, weil ich glaubte, er sei auch ein Teil von mir.

Mein damaliger Freund, ein ausdrücklicher Nicht-Dylan-Fan, fragte nach unserem gemeinsamen Kinobesuch, bei dem ich ihm permanent Erklärungen ins Ohr flüsterte: Warum fühlen sich Dylan-Fans immer als etwas Besseres?

Ha, erwischt.

Also, warum wollen wir uns immer abgrenzen oder gar überlegen fühlen mit unserem Geschmack, mit dem, was andere stellvertretend für uns singen und schreiben? Ist es eine gesunde Suche nach der eigenen Identität? Und wie es so ist mit Identitätspolitiken, sind sie auch immer ab- und ausgrenzend.

Aber wie ich in Dylans Autobiografie *Chronicles. Volume One* entdeckt habe, hatte er seine eigene Identität ebenfalls durch andere geformt, denn er war immer auch ein Fan und kopierte in den Anfangsjahren seine Lieblingsmusikerinnen.

Seine vielleicht wichtigste Inspiration war der politische Folksänger Woody Guthrie, der bis heute eine Faszination auf folgende Generationen von Musikern ausübt. Ted Gaier, der Gitarrist der Hamburger Band Die Goldenen Zitronen hatte zum Beispiel jahrelang auf seiner Gitarre »This machine kills fascists« stehen – denselben Spruch, den Woody Guthrie auf seine Akustikgitarre geschrieben hatte.

Und auch ich selbst singe in meinem Lied »Wir sind die Vielen«, einer Hymne gegen die neuen Rechten, die Zeilen »Pistolen zu Triolen, Gewehre zu Gitarren, anstatt Hassparolen: Lieder zu Waffen!«

Dylan besuchte Guthrie in seiner Anfangszeit in New York in einer Nervenklinik, um ihm seine Bewunderung auszusprechen, und spielte dem mittlerweile gealterten und sehr kranken Folksänger auf dessen Bitte hin ein paar Woody-Guthrie-Songs vor. Der erkannte Dylans Talent und seine verzweifelte Suche nach der eigenen Songsprache und schlug vor, ihm seine unveröffentlichten Songtexte zu überlassen, die in seinem Haus im Keller lagerten. Er könne sie abholen und frei darüber verfügen.

Dylan fuhr daraufhin zur letzten U-Bahn-Haltestelle in Brooklyn, stieg aus und überquerte bei eisigen Temperaturen die letzten hundert Meter des Marschlands zum Haus von Woody Guthrie. Dabei versank er bis zu den Knien tief im Schlick. Dort angekommen, öffnete die Babysitterin der Familie die Tür, Guthries Frau war nicht zu Haus. Anstatt nach den Manuskripten im Keller zu fragen, wärmte sich Dylan kurz die eingefrorenen Beine auf und verließ das Haus wieder unverrichteter Dinge.

Eine berührende Geschichte, die zeigt, wie viel Respekt und Bewunderung Dylan für Woody Guthrie hatte. Und dass der lange Weg zu eigenen Liedern oft über die Songs anderer Musikerinnen und Musiker gehen kann.

Dylans Lieder waren für mich immer voller Missverständnisse, unter anderem weil mein Englisch nie ganz reichte, um die Texte zu durchdringen. Als Jugendliche glaubte ich, »Like a Rolling Stone« sei ein Lied über die Rolling Stones, und da viele ältere Männer mit langen Haaren und Bärten das Lied dauernd hörten, lag da ein männlicher Staub auf dem Song, der nie ganz weggepustet werden konnte. Erst später erklärte mir meine Freundin, die Dylan-Kennerin und Die-Braut-haut-ins-Auge-Keyboarderin Karen Dennig, wovon das Lied eigentlich handelte. Keine Ahnung, ob ich es bis heute wirklich verstanden habe, aber darin liegt wohl auch der Reiz von guter Lyrik, dass sie voller geheimnisvoller Bedeutungen ist.

In den *Chronicles* hat Dylan seine Anfangszeit in New York intensiv beschrieben. Man hat das Gefühl, er hätte immer gefroren, sei von einer Wohnung und von einer Affäre in die nächste gestolpert, immer angetrieben von der Suche nach dem nächsten Song, den er in einer kalten Winternacht in Greenwich Village irgendwo einfing.

Auch dieses Klischee hat Generationen von Songpoeten beeinflusst: Der arme, oft wohnungslose Dichter wankt frierend und einsam durch die Großstadt.

Wichtiger als dieser Mythos waren für mich immer Fragen wie diese: Was ist ein guter Song, wo kommt die Inspiration her, wie kann man sich von seinen Vorbildern lösen und etwas Eigenes finden, wie kann man die Welt beschreiben und dennoch bei sich bleiben? Diese Fragen sind für Songschreibende so existenziell, dass es faszinierend ist, Dylan dabei zuzusehen, wie er diese Fähigkeit langsam geschult hat und über sich hinauswuchs.

Was er beschreibt, hat weniger mit Genie zu tun als mit verdammt viel Arbeit und einer stetigen Weiterentwicklung. Puh. Es bestand also noch Hoffnung für uns »Nicht-Genies«.

Es ist eine feine Balance zwischen dem Bei-sich-Bleiben und dem gleichzeitigen Wahrnehmen der Welt, immer im Bewusstsein, dass andere die Straßen schon mit so vielen Songs gepflastert haben, auf denen wir weitergehen, auf der Suche nach der nächsten Strophe, dem nächsten Refrain, um die Welt in ihrer ganzen Schönheit und Widersprüchlichkeit zu beschreiben.

Auch in Krisenzeiten kann man sich am Beispiel Dylan orientieren: Ihm half ein Ortswechsel, um seine Lust am Singen und Songschreiben wiederzufinden. Mithilfe des einfühlsamen Produzenten Daniel Lanois, mit dem er in New Orleans nach einer langen Schreibblockade sein Album *Oh Mercy* aufnimmt, versucht er seinen Liedern auf den Grund zu gehen. Dylan versinkt tief in der Stadt, er lässt sich treiben, in *Chronicles* beschreibt er den manchmal schmerzvollen Prozess der Suche nach dem richtigen Sound, der richtigen Interpretation eines Songs.

Ich erinnere mich an meine erste große Reise in die USA 1997, die mich auch bis New Orleans führte und zu einigen neuen Liedern inspirierte. Wir waren mit Die Braut haut ins Auge vom Goethe-Institut nach Chicago eingeladen worden, um dort zusammen mit drei anderen Hamburger Bands ein Konzert zu spielen.

Ein Jahr zuvor war ich schon einmal zehn Tage in New York gewesen, dieses Mal würde es eine einmonatige Rundreise werden, und ich war sehr aufgeregt. Unsere Bassistin Peta hatte mit neunzehn als Au-Pair-Mädchen in Boston gelebt, die Mutter unserer Keyboarderin Karen war Amerikanerin, ihre halbe Familie lebte immer noch in den USA, deshalb hatten beide mir einige USA-Erfahrungen voraus.

Die anderen Hamburger Bands, die mit uns reisten, waren weniger begeistert, sie wollten auf gar keinen Fall als Aushängeschild für Deutschlands Kultur herhalten, uns war das relativ egal, denn wie hätten wir sonst jemals die Chance bekommen, in den Staaten zu spielen?

Für uns war diese Tour auch eine romantische Reise auf der Suche nach der musikalischen Geschichte des Landes, angefangen in Chicago, weiter nach New York, über Washington, Nashville, Memphis bis nach New Orleans.

Nach unserem ersten aufregenden Konzert in Chicago, bei dem leider mehr Deutsche als Amerikaner im Publikum waren, flogen wir weiter nach New York.

Unsere Bassistin Peta und ich wohnten in Manhattan bei Brook, die ein paar Jahre in Berlin bei der Kreuzberger Mädchen-Punkband Hullies Gitarre gespielt hatte und nun wieder nach New York zurückgekehrt war. Die Musik hatte sie noch nicht aufgegeben, ihre ältesten Schulfreundinnen spielten in der Girlband Luscious Jackson und waren gerade auf dem Weg, berühmt zu werden.

Mit Brooks Hilfe schafften wir es tatsächlich, im berühmten Punkclub CBGB's aufzutreten. Unsere romantische Vorstellung vom CBGB's wurde allerdings schnell angekratzt, als wir bemerken, dass Musiker hier nicht viel wert waren. Es gab weder freie Getränke noch ein nettes Wort, und als ich es wagte, fünf Minuten den fremden Gitarrenverstärker auszuprobieren, schnauzte der Mischer mich übers Mikrofon an: »This is not a rock school!«

Ohne Soundcheck betraten wir schließlich als eine von fünf Bands um 22 Uhr die heilige Bühne. Doch wir hatten so viel Lust zu spielen und waren so voller Feuer, dass wir die fünfzig müden Zuschauer sofort für uns begeisterten. Ich dachte an das Jahr zuvor, als ich hier zufällig an einem Abend die fantastischen Sleater-Kinney zu sehen gekriegt hatte, und freute mich, dieselbe Bühne zu beschwitzen wie Carrie Brownstein und Corin Tucker.

Im Backstage konnte man förmlich riechen, wie viel Drogen hier verteilt wurden und wie viel Schnaps hier schon geflossen war. Patti Smith hatte hier ihren umwerfenden Song »Rock N Roll N***er« gesungen, Blondie hatten ihr »Hanging on the Telephone« geschmettert, das wir extra ins Programm aufgenommen hatten, die Ramones hatten vielleicht genau hier »Sheena is a Punk Rocker« geschrieben.

Nach dem Konzert bedankten sich viele Leute für unsere Musik, einer sagte, es wäre so gewesen, wie die Beatles zufällig '62 im Star-Club in Hamburg gesehen zu haben. Von den Liverbirds, der ersten All-Girl-Band der Sechziger, die aus Liverpool nach Hamburg gezogen waren, um dort mehrere Jahre den Star-Club zu rocken, hatte er leider noch nie gehört. Zum Abschluss gab es sogar sechzig Dollar auf die Hand – wow, unsere erste Gage in Amerika! Und selbst der Mischer rief uns ein »Welcome« entgegen, glücklich und schweißnass bis auf die Haut verschwanden wir.

Unser nächstes Konzert spielten wir in einer kleinen Galerie in Brooklyn, bei einer Ausstellungseröffnung von Brooks Freund.

Auch hier kamen wir besser an, als wir uns erträumt hatten, und ich fing an, New York zu mögen. Die Aufregung war so groß, dass ich jeden Morgen um sieben Uhr aufwachte, egal zu welcher Zeit ich ein paar Stunden zuvor betrunken ins Bett gefallen war, denn es gab jeden Tag neue Abenteuer zu erleben.

Auf der Suche nach dem Greenwich Village, in dem Bob Dylan Anfang der Sechzigerjahre seine eigene Songsprache gefunden hatte, wurden wir enttäuscht. Das Viertel hatte sich komplett verändert, Gentrifizierung war noch kein geläufiger Begriff, aber wir verstanden, was dort stattgefunden hatte. Die Mieten waren unbezahlbar, und das Viertel wirkte wie ein Folk-Museum.

Nach fünf Tagen in New York hatten wir genug, und nachdem wir unsere Schlagzeugerin Katja verabschiedet hatten, die zurück nach Deutschland flog, mieteten wir uns ein

Auto, um über Washington und Nashville auf der berühmten Route 66 Richtung Memphis zu fahren.

Nashville!

Alle hatten uns gewarnt vor dieser Touristenfalle, dem unglaublichen Kitsch und Souvenir-Überfluss, den nervtötenden Country-Radiosendern und den nicht enden wollenden Läden mit Country-Hemden, -Hüten und -Stiefeln. Alle hatten uns geraten, Nashville in weitem Bogen zu umfahren, aber sie wussten ja alle nicht, dass wir genau das so liebten. Das war unsere Stadt, als Erstes suchten wir eins der teuersten Hotels aus, nur weil es dort einen Swimmingpool in Gitarrenform gab.

Unser Abend war phänomenal, wir sahen eine Country-Band in einer kleinen Bar, die vor zehn Zuschauern ihr Bestes gab.

Wir liehen uns ihre Instrumente und spielten alle Country-Songs aus unserem Repertoire, samt bayrischer Jodeleinlage. Nach ein paar abschließenden Fotos auf dieser legendären Bühne mit Dolly Partons Bild im Hintergrund sprach mich ein Plattenfirmen-Typ an, gab mir seine Karte und meinte, wir müssten ihn unbedingt am nächsten Tag anrufen. Ich fragte ihn, was er denn wolle, er könne es doch jetzt sagen, wenn es so wichtig wäre. Nein, er müsse jetzt gehen, und ich solle ihn unbedingt anrufen. Ich dachte mir, leck mich, du Wichtigtuer, und schmiss die Karte sofort in den Mülleimer.

Die Nachgeschichte dazu ist sehr amüsant, denn zwei Monate später traf ich in Hamburg unseren BMG-Plattenfirmen-Chef, der wusste, dass wir in Amerika gewesen waren, weil ihn ein befreundeter A&R-Manager von BMG Nashville angerufen und ihm von einer unglaublich guten deutschen Frauenband erzählt hatte, die er in einem Club gesehen habe.

Memphis!

Nach stundenlanger Suche fanden wir endlich das Haus von Misty und Christy, deren Telefonnummer ich von einem Freund eines Freundes hatte, wie das hier anscheinend so üblich war. Mit einem Schrei öffnete uns Misty die Tür: »Let's make a paaaarty!«

Sie war eine unglaubliche Erscheinung, eine Mischung aus *Riot Grrrl* und charmant-verdrogtem Kind, das es faustdick hinter den Ohren hatte. Als sie uns ihre völlig anders aussehende »Zwillingsschwester« Christy vorstellte, konnten wir uns kaum halten; die beiden waren wie eine Reinkarnation von Bette Davis und Joan Crawford aus *What Ever Happened to Baby Jane?*.

Misty redete wie ein Wasserfall, rauchte einen Joint nach dem anderen und war froh, endlich wieder frisches Publikum zu haben. Als dann rauskam, dass ich eine Platte der Girlband Hellcats zu Hause hatte, bei der sie Schlagzeug beziehungsweise, wie sich später rausstellte: nur Tamburin gespielt hatte, und sie erzählte, wie sie mit Tav Falco und Alex Chilton auf Tour war, war der Abend für sie gerettet.

Dann ging es los durch die heißesten Läden der Stadt, wo Misty uns wie Zootiere aus *Germany* vorführte. Schon nach der zweiten Bar war sie so blau, dass ich kein Wort ihres sowieso schon breiten Südstaaten-Dialekts mehr verstehen konnte. In einer Bar, wo die Premierenparty eines Films mit Courtney Love in der Hauptrolle stattfand, wurde ich von einem sehr korpulenten, aber sehr traurigen Börsen-Broker elegant über die Tanzfläche geschleudert. Die große Courtney tauchte leider nicht auf, deshalb besuchten wir zum Abschluss des Abends Mistys Rechtsanwalt, der eine Fotogalerie an der Wand hängen hatte, auf der er mit berühmten Rockstars von

Eric Clapton bis Bob Dylan zu sehen war, und bei dem die beiden Drogen kaufen wollten. Schließlich fielen wir um fünf Uhr morgens völlig erledigt in unsere Betten.

Ich wusste nicht, ob ich dieses Amerika überleben würde.

Bei dem kurzen Abstecher nach *Graceland* am nächsten Tag packte mich beim Anblick der bedrückenden niedrigen Decken und kitschigen Möbel im Haus des King das kalte Grausen, und spätestens als Priscillas säuselnde Stimme aus den Lautsprechern beteuerte, wie glücklich Elvis hier gewesen war, dachte ich, ja, es wurde in den Sechzigern mal Zeit, dass Bob Dylan die amerikanische Musikszene, ja, das ganze Land ein bisschen aufgemischt hat.

Am nächsten Morgen trennten sich unsere Wege, meine beiden Freundinnen fuhren Richtung Norden, und ich stand morgens um sechs Uhr in Memphis an der *train station*, um ganz alleine den Zug nach New Orleans zu nehmen.

Während ich leise *Mystery Train* vor mich hin summte, fuhr der Zug in den tiefen Süden Amerikas, ich verstand schon längst kein Wort mehr von dem, was die hinzusteigenden Fahrgäste erzählten, es wurde alles immer unheimlicher, die Sümpfe verschlangen die Menschen, draußen lauerten überall Alligatoren, und zum ersten Mal hatte ich wirklich Angst, dass ich dort niemals wieder lebend rauskommen würde. Die schwarze Mama mir gegenüber konnte anscheinend meine Gedanken lesen und bot mir freundlicherweise ein Sandwich an. War das hier das alte unheimliche und subversive Amerika, das Greil Marcus in seinem Buch *Invisible Republic* über Bob Dylans Zeit mit The Band beschreibt?

Als ich in New Orleans ausstieg, hauten mich fünfundzwanzig Grad aus den Socken. Die Stadt war völlig anders als alle anderen amerikanischen Städte, die ich bisher gesehen hatte – viel kleiner, und über allem liegt der schmutzige Charme südeuropäischer Städte, der erste Ort mit Charakter hier in den USA.

Ich traf Lucky Joe, dessen Telefonnummer ich wieder mal von dem Freund eines Freundes hatte, in der Bar, in der er arbeitete – ein kleiner Späti mit zwei Biertischen. Nachdem wir mein Gepäck zu ihm gebracht hatten, liefen wir direkt zum Mississippi, wo zurzeit eins der vielen Jazz-Festivals stattfand. Hier war im April Hochsommer, und bei Bier am Fluss fingen wir an zu tanzen. Ich kam mir vor wie in einem Film, irgendwas zwischen *Down By Law* und *Die Nacht des Jägers*, und konnte nicht glauben, dass dieser Mississippi wirklich existierte und darauf tatsächlich Schaufelrad-Schiffe fuhren.

Lucky Joes Name war ein Schutzschild gegen seine Depressionen, seine Schatten unter den Augen waren enorm, doch wir lachten viel und wurden trotz der Sprachschwierigkeiten schnell miteinander warm.

Am nächsten Mittag regnete es Hunde, Katzen und Tränen, und ich schlug vor, ins *Mardi Gras*-Museum zu gehen. Nass bis auf die Unterhose liefen wir dorthin, um uns die irren Karnevalskostüme anzusehen. Es war wie in der Geisterbahn zu fahren, lauter teuflische, düstere, indianische, mexikanische oder afrikanische zwei Meter hohe Figuren, viele Todesmasken in bunt geschmückten Wagen. So schade, dass nicht die *Mardi Gras*-Zeit war.

Nach ein paar Bier beim Billard und einem weiteren Tanz am dunklen Fluss fuhren wir zu Joes Auftritt am Abend mit der John Sinclair Band in einer kleinen Bar, in der sonst nur schwarze Musiker auftraten. Zu minimalistisch improvisierter Musik erzählte John Sinclair *Spoken-word*-Jazz-Poet-Geschichten über den Süden Amerikas – auch der Name

Robert Johnson fiel, und wahrscheinlich war alles ziemlich lyrisch, leider verstand ich höchstens die Hälfte. Später erfuhr ich, dass John Sinclair einer der Begründer der linksanarchistischen Sechziger-Jahre-White-Panther-Bewegung war, der weißen antirassistischen Organisation der Black Panthers – er war also eine von vielen lebenden Legenden hier.

Nach weiteren Tagen mit vielen Konzerten, viel Cajun Food mit Crayfish – das sind Flusskrebse, die auf der Straße lebendig in kochendes Wasser geschmissen werden, dass es nur so knackt – oder Alligatorenfüßen, die schmeckten wie alter Kaugummi, war ich endgültig verknallt in diese Stadt, die so anders war als alles, was ich vorher in den USA gesehen hatte. Die Musiker waren leidenschaftlich, und die Musik reichte von Jazz über Soul bis Hip-Hop. Es fühlte sich an, als wäre hier die Geburtsstätte aller Musik, und ich wünschte mir, ich könnte hier länger bleiben, eine Band gründen und ganz viele neue Lieder schreiben. Aber ich musste zurück, das Geld war aufgebraucht, in Hamburg warteten mein Leben und meine Liebsten auf mich. Ich dachte an all die Musik, die ich auf dieser Reise gehört hatte, und bevor das Flugzeug den Ozean überquerte, schrieb ich die ersten Zeilen eines neuen Songs:

Der Zug nimmt mich einfach mit,
ich kann ihn nicht stoppen,
am Fenster zieht ein ganzes Land an mir vorbei,
und überall wohnen Menschen,
alle haben Häuser und Geschichten,
meine lass ich hinter mir,
und er fährt immer tiefer,
immer Richtung Süden,
so tief dass ich glaube,

er fährt in mein Innerstes,
und er rollt und er rollt und er rollt,
und ich bleib hier
für eine Handvoll Rock 'n' Roll.

Jahre später, nach vielen Songs, die ich für Theater-, Stadt- und Dorfprojekte geschrieben hatte, in denen ich mit verschiedensten Gruppen der Bevölkerung Texte sammelte und Chöre gründete, wollte ich 2016 mal wieder die Komfortzone Deutschland verlassen, mich auf ein Abenteuer begeben und auf die Suche gehen nach neuen Inspirationen, um meinen Horizont zu erweitern. Ich wollte mich auf eine Expedition zwischen Madrid und Casablanca begeben, bei der ich in meinem mobilen Tonstudio, das ich »Café Europa« nannte, mit Passanten Liebeslieder schreiben würde.

Jeder Song ist ja ein solches Abenteuer, manchmal fühlt es sich so an, als würde man aus viertausend Metern Höhe einen Fallschirmsprung wagen, selbst mit einem Profi-Tandempartner im Gepäck weiß man nie, ob der Fallschirm tatsächlich aufgeht oder ob man unten auf den Boden platscht wie ein Pfannkuchen.

Jedes Lied ist Neuland und will gesucht und gefunden werden, und wenn es gelingt, manchmal nach Wochen verzweifelter Suche nach dem richtigen Reim, der gelungenen Wendung in der letzten Strophe oder nach einer vermeintlich neuen Akkordfolge, die vermutlich schon in hundert anderen Songs verwendet worden ist, fühlt es sich an wie ein schwereloses Dahingleiten durch die Wolken.

Doch wenn man mit einem Lied hadert und es nach wochenlanger Suche schließlich zu den Akten legt, weil man merkt, dass die Grundidee einfach nicht richtig war, dann trifft es einen hart wie der Sturz auf den nackten Boden. Obwohl ich das schon über dreißig Jahre immer wieder mache und auf einige gelungene Lieder zurückblicken kann, klopft die Angst zu versagen immer wieder an die Tür.

Für meine Reise suchte ich nach einem geeigneten Song, der mich inspirierte, um damit losfahren zu können. Und wieder war es Dylan, der mir den entscheidenden Hinweis gab: Ich stieß auf »Boots of Spanish Leather«, das ich vorher schon gehört, dessen Text ich aber nie wirklich verstanden hatte. Der Song ist 1964 auf Dylans drittem Album *The Times They Are a-Changin'* erschienen. Es ist von dem traditionellen Folksong »Blackjack Davey« inspiriert, die Melodie ist angelehnt an »Scarborough Fair«. Im Gegensatz zum Rest des Albums ist dieser Song fast einfach gestrickt, er handelt von dem Abschiedsgespräch zweier Liebender, bevor sie ihn verlässt, um mit dem Schiff den Ozean nach Spanien zu überqueren. Auf ihre Frage, ob sie ihm etwas von der Reise mitbringen solle, antwortet er, er wolle nur ihre Liebe zurückhaben. Am Ende des Liedes ist sie nicht mehr sicher, ob sie jemals zurückkommen wird, und er wünscht sich von ihr nur eine Sache: »spanish boots of spanish leather«. Dabei denkt man an den Aberglauben, wer Schuhe geschenkt bekommt, läuft dem Schenker davon.

Das Lied ist wie eine Kurzgeschichte, bei der das Ende offengelassen wird.

Gleichzeitig ist ein Songtext ja keine reine Lyrik, sondern immer verbunden mit der Melodie, den Akkorden, der Instrumentierung und dem Sound. Die Gitarre treibt wie leise plätschernde Wellen des Ozeans immer weiter voran, bis sie am Ende verschwindet. Das Lied hat weder einen richtigen Anfang noch ein Ende, wir dürfen durchs Schlüsselloch schauen bei diesem wahrscheinlich letzten Gespräch eines Liebespaares, das sich gerade trennt, ohne es auszusprechen. Ihre Sehnsucht nach den Abenteuern der Ferne ist größer als ihr Verlangen, bei dem Liebsten zu bleiben. Der Grund dafür wird nicht erklärt.

Als Antwort auf »Boots of Spanish Leather« schreibe ich 2017 mein Lied »Wherever I'm Going« als ein Versprechen an meinen Liebsten, von meiner Reise wiederzukommen.

I'm driving my car with my Café Europa,
Oh where is my heart? I traveled so far
away from all lovers, that I left behind,
you're not like the others, oh I changed my mind,
cause love is coming and love is growing,
as long as we're knowing:
you're always with me,
wherever I'm going.

I went from Madrid down to Casablanca,
I'm searching for love-songs in my car,
but life is a desert when you are away,
I sing like a stray cat, at night and by day,
Oh, love is coming and love is growing,
as long as we're knowing:
you're always with me,
wherever I'm going.

Das Lied kommt einfach zu mir, sehnsüchtig wie der heiße Wind, der über die spanische Extremadura bläst, durch die ich mit meinem Siebzigerjahre-Hippie-Bus von Madrid Richtung Casablanca fahre. Eine Ankündigung von dem, was ich mir erhoffe von dieser Reise, auf der ich bei extremsten Temperaturen mit Musikerinnen und Musikern Liebeslieder schreiben und aufnehmen möchte.

In Madrid eröffne ich mein Café Europa jeden Tag an einem anderen öffentlichen Platz vor meinem Bus und locke die Passanten an, indem ich ein paar Songs singe und sie zu Tee oder Kaffee einlade.

Die 15-jährige Clara ist die Erste, die sich zu mir setzt. Sie hat ihre Ukulele dabei und ist so offen, dass wir sofort anfangen, über einen Liedtext zu sprechen. In Begleitung ihrer 16-jährigen Freundin erzählt sie mir, wie sie sich kennengelernt und ineinander verliebt haben. Mein Spanisch ist nicht gut genug, aber meine Assistentin Maria hilft mit der Übersetzung. Ein paar Akkorde später sind die erste Strophe und der Refrain von *Amor es libertad* geschrieben, und wir verabreden uns für den nächsten Abend, um das Lied aufzunehmen. Nach ein paar weiteren wundervollen Kooperationen mit zwei spanischen Rappern in dem alternativen Kulturzentrum La Tabacalera geht es weiter Richtung Casablanca.

Es ist erstaunlich, wie man über sich selbst hinauswachsen kann, wenn man reist. Wahrscheinlich ist die beste Art, kreativ zu sein, wenn man in Bewegung ist.

Trotz vierzig Grad und sehr viel Gepäck, das ich schweißgebadet ständig von einem Ort zum anderen schleppe, schreibe ich neue Songs, arrangiere sie nachts in meinem Bett, um am nächsten Tag aufzuwachen und über das nächste Lied nachzudenken.

In Casablanca kommt alles in Bewegung. Ich bin erschüttert, verunsichert und erstaunt. Der Dreck in den Gassen der Medina klebt an mir, von den Füßen bis zu den Haarspitzen, die Autoabgase im Stau machen mich müde. Es riecht nach

Urin wie nach einem Schlagermove auf St. Pauli. Die Klebstoff schnüffelnden Bettler schlafen neben Müllbergen, wahrscheinlich haben sie ihren Geruchssinn verloren.

Das Hotel Central mit Blick auf den Hafen ist das älteste Hotel Casablancas, unser Stadtführer erzählt so viel zur Geschichte und Architektur der Medina, dass mir ganz schwindelig wird. Kultureller Reichtum und Armut liegen hier nahe beieinander.

In der Theaterschule eines Künstlerpaars erzählt mir der Jazzsänger Yacine von der revolutionären Dichterin und Sängerin Kharboucha, die Anfang des letzten Jahrhunderts die Aufstände gegen die Lehnsherren angeführt hat und nach der zerschlagenen Revolution vom König lebendig in einer Mauer begraben wurde.

Yacine spielt mir eines seiner Liebeslieder vor, sehr schwierige Rhythmik, aber wunderschön tragische Melodie. Ich antworte mit meiner neuen Liedidee im marokkanischen 6/8: »Ridan inshallah, sa äjido al hob fieh Casablanca.« Morgen, wenn Gott will, finde ich eine Liebe in Casablanca.

Er schreibt sofort eine Strophe dazu und singt wie ein marokkanischer Schlagerstar.

Der Slampoet Hamza Khafif, der am nächsten Tag in der Theaterschule auftaucht, sieht aus wie der junge Bob Dylan aus Casablanca.

Er rappt seinen arabischen Text aus einem kleinen schwarzen Notizbüchlein auf eine so seltsam sanfte Weise über die Härte der Stadt, dass ich das Gefühl habe, ich verstehe jedes Wort.

Leider kann ich keine Musikerinnen finden, die Frauen scheinen in der Musikszene so unsichtbar zu sein wie in den Cafés, wo ich als einzige Frau abends Tee trinke.

Als wir mit dem Bus zum Boultek fahren, dem Kulturzentrum für aktuelle Musik, stellt sich uns eine zahnlose Bettlerin in den Weg. Ich biete ihr ein spanisches Bonbon an, da verwandelt sie sich in eine Dame, bedankt sich und fliegt tanzend davon. Schönheit im Dreck. Poesie im Stau.

Ich eröffne mein Café Europa auf dem Parkplatz der Shoppingmall Technopark, eine Heavy-Metal-Band spielt mit mir einen marokkanischen Blues. Leider sind die vorbeilaufenden Mädchen etwas schüchtern, dafür spielt Ibrahim mir selbstbewusst seine Indierocksongs vor. Ich erzähle ihm von meiner neuen Songidee, dass ich die Schönheit im Dreck finden will, und schon jammen wir los, er übersetzt auf Französisch und Arabisch, und bald ist der Song »Beauty in the Dirt« fertig.

In dem angesagten Club Vertigo, in dem wir einen irren zehnköpfigen Männerchor in Frauenkleidern gesehen haben, spiele ich mit Yacine, Hamza und Ibrahim ein mitreißendes Konzert, und mir wird bewusst, dass meine Zeit hier bald zu Ende geht. Allmählich habe ich mich an das Chaos gewöhnt und traue mich alleine durch die Stadt zu laufen, die Angst vor dem Fremden hat sich in Vertrautheit verwandelt.

Am letzten Tag kann ich meinen Traum wahr machen und mit den Jungs ein paar Songs vom Balkon unseres Hotels auf den Place Mohamed El Bidaoui schmettern. Die Zigarettenverkäufer und Kinder sind begeistert, und unsere Casablanca-Hymne schallt über die Dächer bis runter zum Hafen. Ich bin verliebt in diese Stadt und beschließe, bald wiederzukommen, um die Musikerinnen zu suchen, die ich nicht fand.

Die nächste große Reise kommt bestimmt, auf der ich mit meinen Stiefeln aus spanischem Leder, die ich letztes Jahr bei einem Schuhmacher aus Alicante gekauft habe, neue Songs sammeln werde, immer mit einem Dylan-Lied im Gepäck.

Ballad of a Thin Man

oder: Die reine Wahrheit über Herrn Jensen, dieses sexistische, versnobte, minderbemittelte Schwein. Dieses dumme Arschloch. Kacktyp.

von Jan Brandt

Im Nachhinein passte es ins Bild, dass er, als er reinkam, gleich fragte: »Wer ist das?« Keine Begrüßung. Keine Vorstellung. Stattdessen zeigte er uns das Foto von Alice, Sophia und Juliane, das aus der Zeitung. Eddy und Marlon hatten bei der Aktion direkt danebengestanden, aber die beiden hatte man rausgeschnitten, und so, ohne sie, sah es so aus, als ob sie gar nicht dabei gewesen wären. »Alles, was in seiner Welt zählt, sind halb nackte Frauen«, hatte Sophia am Tag nach der Aktion beim Anblick des Fotos gesagt, alle hatten *Change Now* auf den Oberkörpern stehen, und wie zur Bestätigung tippte Herr Jensen bei seinem Besuch auf Juliane in der Mitte, die Halbnackteste von allen, und sagte: »Ich will mit ihr reden.«

»Die ist heute nicht dabei.« Marlon blickte sich im Hof um, als fürchtete er, etwas Falsches gesagt zu haben, als müsste er sich vergewissern, dass sie nicht doch irgendwo saß, womöglich unter einer der Thermodecken versteckt zwischen den Neuen.

»Wie kann ich die erreichen?«

»Was wollen Sie denn von ihr?«

»Ich habe ein paar Fragen an sie.«

»Die können wir auch beantworten«, entschied Sophia.

Herr Jensen zog Stift und Block aus der Innentasche seines Jacketts, und alle dachten, jetzt geht's los, aber er machte sich nur Notizen. Das Smartphone hatte er am Eingang abgeben müssen. Wir machen keine Ausnahmen. Marlon hatte es entgegengenommen, ein Post-it mit »Hr. Jensen« draufgeklebt und in der Küche in den Kühlschrank getan. Da lag es neben unseren.

Den ganzen Sommer über hatten wir uns in Parks getroffen, am Gleisdreieck, im Viktoriapark oder auf dem Tempelhofer Feld, dann, als es kühler geworden war, bei Alice und Sophia. Die beiden wohnten genau in der Mitte, in Schöneberg, direkt am St.-Matthäus-Friedhof. Eine Erdgeschosswohnung, zwei Zimmer, Küche, Bad, tausend Euro kalt, die sie, weil zu wenig Sonne reinkam, immer verflucht hatten. Jetzt verfluchten sie die nicht mehr, weil es im Hof einen Garten gab: eine moosige Grasfläche und eine Sitzecke mit Bänken und Tischen, die alle Nachbarn nutzen durften. Jahrelang hatte niemand im Haus davon Gebrauch gemacht. Seit Juni hing eine Liste im Treppenhaus, auf der man sich eintragen musste, wenn man sich da am Wochenende mit Leuten treffen wollte. Alice und Sophia hatten gleich sieben Termine für uns geblockt, selbst im Dezember noch, obwohl es dann zu kalt sein würde, um nachmittags noch draußen zu sitzen.

Herr Jensen wirkte dünner als auf den Fotos, die wir im Internet von ihm gesehen hatten, dünner und blasser. Manchmal sah er für einen kurzen Moment auf, schaute jemanden an oder ließ seinen Blick umherschweifen, dann beugte er sich wieder über den Block und schrieb und schrieb, als wüsste er über alles längst Bescheid.

Niemand hatte ihn eingeladen. Er hatte gefragt, ob er zu dem Treffen kommen könne, und Eddy, der kleine Eddy, hatte ihm die Adresse gegeben. Dabei hat Eddy überhaupt keine Entscheidungsgewalt. Eddy hätte uns vorher fragen und unsere Antwort abwarten müssen. Wir entscheiden alles gemeinsam, im Plenum. Das weiß Eddy. Aber er hatte uns bis kurz davor noch nicht einmal gesagt, dass er mit Herrn Jensen in Kontakt stand. Ausgerechnet Herr Jensen, der uns als »radikal« bezeichnet hatte, unsere Aktionen als »kontraproduktiv«, unser Verhalten als »übertrieben« und »arrogant«.

Alice war der Meinung gewesen, dass wir ihn gerade deshalb nicht abweisen dürften. »Wir sollten ihn mit allergrößter Höflichkeit empfangen«, hatte sie gesagt und vorgeschlagen, ihn nur mit »Herr Jensen« anzusprechen. »Wir sollten ihm zeigen, wie sehr wir ihn respektieren. Dann wird er uns auch respektieren.«

»Einen Scheiß wird der«, hatte Sophia bei unserem vorletzten Treffen von ihrem Zimmer aus nach draußen gerufen. Sie war auf der Suche nach Zigaretten wieder reingegangen. »Glaubst du, den werden wir mit ein bisschen Höflichkeit umdrehen?«

»Darum geht's doch gar nicht.« Alice war ganz ruhig geblieben, das blieb sie immer, wenn Sophia laut wurde.

»Ach nee, worum denn? Um Arschkriecherei?« Sophia setzte sich, eine Kippe in der Hand, aufs Fensterbrett.

»Um Gewaltfreiheit. Das gilt doch für alles. Für immer. Nicht nur bei Aktionen.«

Dem hatten bis auf Sophia alle anderen zugestimmt. Und seitdem hieß Herr Jensen Herr Jensen.

Wir hatten uns vorgenommen, ihn zu ignorieren und unser Programm durchzuziehen. Aber jetzt, da er da war, merkten alle, dass das nicht möglich war. Alle verhielten sich anders, zurückhaltender. Jason sagte keinen Ton und strich sich, wie um ihr Schweigen zu kompensieren, pausenlos durch den Bart. Alice lief alle paar Minuten ins Haus und brachte aus der Küche Kaffee und Kuchen mit, obwohl niemand danach verlangt hatte. Selbst Sophia machte nicht so eine Welle wie sonst, wenn irgendjemand bei der Vorstellung der Neuen dazwischenrief, anstatt sich an die Regeln zu halten.

»Und das hier, das ist es?«, fragte Herr Jensen, er hatte niemand Bestimmten angesprochen, sondern nur mit seinem Stift herumgefuchtelt. Aber da er neben Marlon an der Friedhofsmauer lehnte, antwortete Marlon: »Nicht immer.«

Und Eddy, der rechts von ihm stand, sagte: »Das ist seins.«

»Was ist meins?«, fragte Herr Jensen, schaute vor sich auf den Boden und klopfte seine Taschen ab, als fürchtete er, etwas im Gras oder zwischen den Kieseln verloren zu haben. Dabei war er gar nicht gemeint gewesen.

»Das ist die Frage.« Es war nicht ganz klar, wer das gesagt hatte, weil Sophia gleichzeitig darum bat, zur Tagesordnung zurückzukehren.

Herr Jensen sprach erst Eddy, dann Marlon an. Er wollte wissen, was Eddy damit gemeint hatte und welchen Stellenwert Eigentum in unserer »Organisation« habe, ob das in unserem Leben eine Rolle spiele, schließlich tauche der Begriff »property« in einer der Aktionen auf. Aber weder der eine noch der andere gab ihm Auskunft. Sie schauten jetzt wieder nach vorne und beteiligten sich per Handzeichen an der Abstimmung.

Herr Jensen schien der ganzen Sache nicht folgen zu können. Er machte sich zwar weiterhin Notizen, fragte Eddy und

Marlon zwischendurch aber immer wieder, was das jetzt zu bedeuten habe. »Das.« – »Und das.« Er wiederholte einzelne Gesten, ohne dass ihm einer von beiden Beachtung schenkte.

»Ich wette, er trägt Hosenträger«, sagte Leslie zu Fernanda, so laut, dass alle es hören konnten. Sie saßen abseits, auf dem Ledersofa, das sie aus Sophias Zimmer auf die Terrasse geschleppt hatten, da saßen sie immer und griffen nach jedem Redebeitrag zu ihren Edelstahlflaschen. Nicht nach ihren eigenen Redebeiträgen, nach denen der anderen. Sie selbst beteiligten sich nicht an den Diskussionen, was sie nicht davon abhielt, alles untereinander zu kommentieren.

»Er sieht aus wie ein … wie sagst du, *un sacerdote, un clerigo*?«

»Ein Kleriker? Ein Priester?«

Fernanda lachte. »Darf der hier überhaupt rein?«

Leslie zuckte die Schultern. »Haben wir erlaubt.«

»No!«, sagte Fernanda. »Ich meine, ist das nicht gegen seinen Glauben?«

»Was ist denn sein Glaube?«

»Dass alles immer besser wird. Ganz von selbst.«

Sie stießen mit ihren Edelstahlflaschen an, und Sophia bat um Ruhe. Aber wie gesagt, zurückhaltend, leise, nicht wie sonst, wenn Leslie und Fernanda mal wieder nur miteinander sprachen anstatt mit uns.

Ursprünglich hatten wir für jedes Treffen eine neue Moderatorin oder einen neuen Moderator wählen wollen, aber bei den Vortreffen hatten sich immer nur zwei oder drei Freiwillige gemeldet, und stets war Sophia dabei gewesen und hatte gesagt: »Ich mach das gern, kein Problem.« Sie ist nicht unsere

Gruppenleiterin. So etwas gibt es bei uns nicht. Niemand von uns steht über den anderen. Dadurch, dass sie bei jeder Aktion Verantwortung übernimmt, alles mitorganisiert und Ansprechpartnerin für die Neuen ist, hat sie jedoch inzwischen eine Position, die ihr eine gewisse Autorität verleiht. Leslie und Fernanda kamen ihrer Bitte nach, stellten ihre Flaschen auf den Boden und konzentrierten sich wieder auf das Gespräch.

Es gibt auch kein richtiges Programm, also keine echten Tagesordnungspunkte, die wir durchgehen und abhaken. Höchstens Stichpunkte. Es geht nicht um Vollständigkeit oder Beschlussfähigkeit. Wir protokollieren auch nichts oder bewahren irgendetwas von unseren Aktionen auf, außer vielleicht Eddy, der meint, als Pressekontakt alles, was über uns erscheint, sammeln zu müssen. Und an dem Tag, als Herr Jensen dabei war, ging es auch nicht darum, etwas Neues zu planen, dann hätte er nämlich gar nicht dabei sein dürfen. Jede Gruppe macht ihr eigenes Ding. Meist erfahren die anderen erst unmittelbar vor den Aktionstagen davon. In der Woche davor, wenn wir uns koordinieren müssen. Damit nicht zwei Gruppen am gleichen Ort auftreten und wir uns besser über die Stadt verteilen. Je mehr Orte es gibt und je weiter diese voneinander entfernt liegen, desto schwieriger ist es, uns zu kontrollieren. An dem Tag machten wir nur eine Nachbesprechung von *Death Is Not The End – Performances of a Post-Pandemic Society* und entschieden über Neuaufnahmen. Keine Nachricht für Herrn Jensen, jedenfalls keine, die es auf die Titelseite schaffen würde, es sei denn, jemand von uns würde doch noch zu Gewalt aufrufen, und sei es nur als Scherz, doch das war nicht zu erwarten. Wir mögen ja alle sehr unterschiedlich sein, komplett verschieden, wenn man sich anschaut, wo wir herkommen, wie wir aufgewachsen sind usw. Aber in dieser Hinsicht sind wir uns einig. Keine Gewalt.

Das war etwas, was Herr Jensen einfach nicht begriff. Immer wieder fragte er Eddy und Marlon, wie wir unsere Ziele – soziale Gerechtigkeit und Klimaschutz – auf diese Weise erreichen wollen. Ob wir nicht einen Schritt weitergehen müssten. Uns laufe doch die Zeit davon. Das bringe doch so nichts. Alles, was Eddy dazu sagte, war: »Ich dachte, Sie finden das ›radikal‹ und ›übertrieben‹, Herr Jensen. Und auf einmal ist Ihnen das nicht radikal und übertrieben genug?«

So habe er das nicht gemeint, entgegnete Herr Jensen. Jede einzelne Aktion, die Besetzung und Bespielung von Straßen und Plätzen, Ministerien und Parlamenten, Flughäfen und Fabriken, sei für sich genommen zwar radikal und übertrieben, aber insgesamt gesehen doch völlig wirkungslos. »Wenn ihr wirklich etwas bewegen wollt, müsst ihr langsam mal zu härteren Mitteln greifen. Da könnt ihr nicht nur –«, er fuchtelte wieder mit seinem Stift herum, als schriebe er Worte in die Luft, »– Kunst machen. Theater. Sonst passiert doch nichts.«

»Ach, darum geht's Ihnen, Herr Jensen?«, fragte Marlon. »Dass etwas passiert?«

»Ja, klar«, sagte Herr Jensen. »Euch doch auch.«

»Aber Sie wollen Nachrichten. Und wir Ergebnisse.«

»Und was habt ihr bisher erreicht?«

»Viel. Wir werden immer mehr.«

»Hier?« Er wies auf die Anwesenden, zehn, zwölf Leute, die Neuen mitgerechnet.

»Überall.«

»Weißt du, wie der aussieht?«, fragte Leslie Fernanda.

»Wer?«

»Herr Jensen.«

»Kennst du Freakshows? Gab's früher beim Zirkus.«

»Ich war mal bei einer in Venice Beach.« Fernanda zog ihre Beine aufs Sofa und verschränkte die Arme über den Knien. »Das war voll krass. Da gab's einen Typen, der hat sich Nägel mit einem Hammer ins Gesicht geschlagen. Echte Nägel.«

Leslie lachte. »Und jetzt stell dir unseren tapferen Herrn Jensen vor. Wie er da reingeht und wie der Nagelmann zu ihm sagt: ›Na, wie fühlt sich das an, ein Freak zu sein?‹ So sieht er nämlich aus. Genau so.«

»Wie der Nagelmann?« Fernanda sah sie verständnislos an.

»Nein. Wie Herr Jensen.«

»Versteh ich nicht«, sagte Fernanda, aber bevor Leslie es ihr erklären konnte, fragte Sophia übertrieben laut in die Runde, ob noch jemand etwas zur Sache zu sagen habe. Ihre Stimme hallte von den Wänden wider. »Nein? Gut. Dann können wir ja endlich weitermachen.«

Für Sophia sah Herr Jensen aus wie jeder andere Typ, der meint, etwas Besseres zu sein. Das erklärte sie hinterher in kleinem Kreis, bei Bier und Wein gegenüber, draußen vor der Blues Garage. Sie hielt es für einen Fehler, ihn eingeladen zu haben, und warf Eddy einen vorwurfsvollen Blick zu.

»Ich habe den nicht eingeladen«, verteidigte sich Eddy.

»Aber du hast ihm unsere Adresse gegeben.«

»Ich dachte, wenn der einmal dabei ist, wenn der weiß, wer wir sind und was wir machen, was dahintersteckt, dann schreibt der nicht mehr so einen Scheiß.«

»Der wird auch weiterhin Scheiße schreiben«, sagte Sophia. »Wie der schon reinkam und nach Juli fragte, da hätte ich schon kotzen können. Der hat doch überhaupt keinen Plan.

Dem geht's doch gar nicht um das, was wir machen oder wollen. Dem geht's nur um sich selbst. Um Sensationen. Was der für Fragen gestellt hat … Wie fühlt sich das an? … Wie fühlt sich das an?«

»Der ist genau wie die anderen«, unterbrach Alice sie. »Wir sollten das lassen mit denen.«

»Der steht auf der anderen Seite«, setzte Sophia ihren Gedankengang fort. »Der kann sich das einfach nicht vorstellen, wie die Welt in zehn oder zwanzig Jahren aussehen wird. Als wir über Jasons letzte Aktion gesprochen haben, die vorm Reichstag, mit den Kostümen, *The Property of Jesusjason*, da kam der ja gleich wieder mit irgendwelchen Fakten an, die das Gegenteil belegen sollen.«

»Der hat sich angegriffen gefühlt.«

»Ja, klar«, sagte Sophia. »Das übersteigt einfach seine Fantasie. Das regelt sich schon von selbst! Wenn ich das schon höre. Nichts regelt sich von selbst. Wenn uns die letzten dreißig Jahre irgendwas gelehrt haben, dann das.«

»Ja«, sagte Alice. »Und als er dann von Spenden anfing. Dass wir einen Verein gründen sollten. Da hätte ich echt zu viel kriegen können.«

»Ja, klar. Immer schön spenden. Ist ja steuerlich absetzbar. Und auch noch gut fürs Gewissen. Diese ganze Haltung …« Sophia schüttelte den Kopf. »Wie der geredet hat. So ein richtiger … Professorensohn.« Der Vater an der Uni, die Mutter am Bundesverwaltungsgericht. Steht im Internet. Hatten wir vorher gegoogelt. »Bestimmt hat er mit seinen Anwaltseltern als Kind schon immer schön über uns abgelästert. Die armen Schauspieler*innen. Die armen Künstler*innen.«

»Und zum Einschlafen haben sie ihm Christian Kracht vorgelesen«, sagte Alice.

Sophia lachte. »Aber echt. Genau so sieht er aus. Bisschen kaputt. Aber der Anzug sitzt.«

»Er hat so eine Ahnung«, sagte Alice. »Irgendwas passiert. Aber er weiß nicht, was es ist. Er kommt einfach nicht dahinter.«

»Ich sag dir, die Typen sind alle gleich. Wirst sehen, der kratzt nur an der Oberfläche. Wie wir aussehen. Wie wir diskutieren. Über unsere Handzeichen. Unsere Klamotten. Darüber schreibt der. Garantiert.«

Alice nickte. »Das glaube ich auch. Dem geht's nicht um die Sache. Hat der gar kein Interesse dran.«

»Immerhin war er da«, sagte Eddy.

Und daraufhin sahen Alice und Sophia ihn gleichzeitig an, mit einem kalten, vernichtenden Blick, als hätte er uns mit seiner eigenmächtigen Aktion alle verraten.

Nach einer Minute Schweigen fragte Marlon: »War sein Vater da nicht Geschäftsführer? Oder im Vorstand oder so?«

»Wo?« Sophia wandte sich mit dem gleichen Blick zu ihm um.

»Bei der Zeitung.«

»Wer?«, fragte Alice. »Herr Jensen?«

»Jetzt hört doch mal mit diesem Herrn-Jensen-Scheiß auf«, rief Sophia. »Das ist doch albern. Das bringt doch nichts.« Und obwohl an dem Abend alle mit ihr darin übereinstimmten, konnten wir es einfach nicht lassen, ihn so zu nennen.

Kurz vor Beginn der Sperrstunde erzählte uns Marlon noch eine andere Geschichte. Sophia und Alice waren schon nach Haus gegangen. Der Rest unserer immer kleiner werdenden Gruppe spazierte über die Monumentenbrücke nach Kreuzberg, und Marlon sagte: »Habt ihr das mitbekommen, als Leslie und Fernanda von der Freakshow anfingen?« Alle hatten das mitbekommen, war ja nicht zu überhören gewesen. »Da musste ich an Jasons Performance mit den Bändern denken.«

»Die hat ja auch wieder keinen Ton rausgekriegt heute«, sagte Eddy.

»Macht die doch bei Nachtreffen nie. Immer nur, wenn's um die Entwicklung geht, um die nächsten Aktionen. … Na, jedenfalls, als ich Herrn Jensen das Handy zurückgegeben habe, kam Jason in die Küche, ohne Maske und alles. Hat sich vor ihn hingekniet, die Arme ausgebreitet und ihre High Heels gegeneinandergeschlagen, und ich so: ›Alter, was kommt denn jetzt? Zieht die hier vor ihm noch mal ihre Show ab? Die ganze Jesusnummer?‹«

»Ja, ja«, sagte Eddy ungeduldig. »Und dann?«

»Und dann hat sie dieses Regenbogentuch aus ihrem Mund gezogen und ihm in die Hand gedrückt: ›Hier haben Sie Ihren Hals wieder. *The Property of Jesusjensen.* Besten Dank auch.‹«

Eddy kriegte sich nicht wieder ein. Er musste stehen bleiben und sich am Brückengeländer abstützen, weil er vor Lachen nicht mehr gehen konnte. Dann fragte er: »Und was hat Herr Jensen gemacht?«

»Den hättet ihr sehen sollen. Wie der geguckt hat … Aber das Tuch hat er eingesteckt.«

»Was?« Eddy war außer sich. »Echt? Der spinnt doch. Was will der denn damit?«

»Dran riechen«, mutmaßte Marlon. »Oder er schiebt sich's selbst rein.«

»Ihhh«, machte Eddy. »Das ist ja pervers.«

»Du bist pervers.«

»Deine Mutter ist pervers.«

Dann rannten sie voreinander davon und versuchten, sich alle paar Meter gegenseitig in die Hacken zu treten. Wir holten sie erst auf der anderen Seite der Brücke wieder ein, in Höhe der Tankstelle, und da merkten wir, dass wir genauso betrunken waren wie sie.

Trotzdem holten wir uns Nachschub, noch ein Wegbier. Eddy, der kleine Eddy, war so betrunken, dass er sich ein Auge zuhalten musste, um weiterhin geradeaus gehen zu können. Und so, in diesem Zustand, erzählte er uns noch eine andere Herr-Jensen-Geschichte, wie Herr Jensen vom Treppenhaus noch einmal in den Hof zurückgekommen ist, um ihn nach der Nummer von Juliane zu fragen.

Dann wurde es konfus. Das, was er sagte, ergab überhaupt keinen Sinn, und es fiel uns schwer, die Dinge in die richtige Reihenfolge zu bringen: Der einäugige Eddy erklärte, dass er zu Herrn Jensen »Jetzt?« gesagt habe, woraufhin Herr Jensen »Aus welchem Grund?« gerufen habe. Eddy habe »Wie?« gesagt und Herr Jensen »Was hat das zu bedeuten?«. Am Schluss habe Eddy ihn angeschrien: »Du blöde Kuh, gib mir Milch, oder verpiss dich.«

Marlon fragte, ob es nicht ganz anders gewesen sei: ob nicht er, Eddy, es gewesen sei, der »Aus welchem Grund?« gefragt habe – wegen Julianes Nummer –, und ob nicht Herr Jensen ihn als Kuh bezeichnet habe oder vielmehr uns alle, schließlich sei der doch nur zu unserem Treffen gekommen, um uns für einen seiner blöden Artikel zu melken. »Vielleicht wollte der noch mehr aus dir rauskriegen? Immerhin hat er uns die ganze Zeit mit Fragen gelöchert.« Aber Eddy bestand auf seiner Version der Geschichte.

Als die Reportage eine Woche später in der Zeitung stand, war es so, wie Sophia prophezeit hatte. Es ging nur um unsere Thermodecken und Edelstahlflaschen, um unsere Gesprächskultur und die Kostüme, die Herr Jensen als »Verkleidungen von Laiendarstellern aus Provinzbühnen« bezeichnete. Sophia, die als Erste darauf aufmerksam geworden war, schickte uns einzelne Sätze via Messenger, bevor wir den ganzen Text zu lesen bekamen. Eddy hatte sich auf der Website der Zeitung für ein Probeabo registriert, das er, wie er uns mitteilte, sofort wieder gekündigt hatte, nachdem der Artikel freigeschaltet worden war. Jason, hieß es darin, sei nicht mehr als ein »queerer Polit-Clown«, über dessen Späße niemand lachen könne, weil diese ohne Beipackzettel nicht zu verstehen seien. Eddy beschrieb er als einen »jungen Mann, der nach zwei Studienabbrüchen endlich seine Bestimmung« gefunden habe: »Teil einer Gemeinschaft zu sein, Mitglied einer quasi-religiösen Performance-Sekte«. Und Sophia wolle das Gesicht dieser neuen Kunstbewegung sein, »eine Hinterhof-Greta des deutschen Kulturbetriebs«; dabei sei sie nicht mehr als die nervige Schülerin in der letzten Reihe, die zu allem etwas zu sagen habe und immer dazwischenrufe, während die Lehrer versuchten, unter widrigsten Bedingungen den Lehrplan einzuhalten.

Was Sophia aber am meisten aufregte, war nicht der persönliche Angriff auf sie selbst, sondern dass Herr Jensen uns »antidemokratische Tendenzen« unterstellte, weil bei den Treffen Leute mit kritischen Meinungen angeblich nicht zu Wort kämen.

»Damit meint der doch sich selbst, dieses Arschloch«, rief Sophia, nachdem sie alle, die bei Herrn Jensens Besuch dabei gewesen waren, spontan zu einem Zoom-Meeting einberufen hatte.

»Das ist Verleumdung«, sagte Alice neben ihr. »Wir sollten den verklagen.«

»Das bringt doch nichts«, sagte Marlon. »Bei den Eltern.«

»Ich habe eine Rechtsschutzversicherung«, erklärte Alice, aber Sophia wollte davon nichts wissen: »Das wertet den nur auf. Der hat schon viel zu viel Aufmerksamkeit bekommen. Das war von Anfang an der Fehler, den überhaupt einzuladen. Wie der schon reinkam. Diese Fresse. Wie so ein dummes, grinsendes Kamel. Keine Ahnung von nichts. Überall rumschnüffeln, aber zu blöd, irgendwas zu begreifen. Aber die Zeit für diese Typen ist abgelaufen. Das sage ich euch. Und die kommt auch nicht wieder.«

»Gibt's kein Gesetz, das dem verbietet, vorbeizukommen?«, fragte Marlon. »Ich meine, bei unseren Aktionen. Kann man den davon nicht irgendwie ausschließen?«

»Du meinst, mit 'nem Platzverweis?«, fragte Sophia. »Wie bei der Polizei, ja? Willst du den wegtragen lassen?«

»Nee«, sagte Marlon. »Ich meine nur, kann man dem nicht so was wie Hausverbot erteilen?«

»Draußen? In der Stadt?«

»Vielleicht sollten wir ihm einfach ein Paar Kopfhörer schenken«, schlug Eddy vor.

»Was?«, fragte Marlon.

Und Sophia sagte: »Kopfhörer.«

»Ja«, sagte Eddy, »so geräuschunterdrückende. Damit der nichts mehr mitkriegt von dem, was wir sagen.«

»Bist du stoned, oder was?«, rief Sophia. »Der kriegt sowieso nichts davon mit. Mit oder ohne Kopfhörer. Das ist scheißegal. Als der da war, hat der doch überhaupt nicht zugehört. Hast du das nicht gemerkt?«

»Also«, setzte Eddy zu seiner Verteidigung an, »bis auf

diese Sache ganz am Schluss hatte ich schon das Gefühl, dass der –«

»Welche Sache?«, unterbrach ihn Sophia.

»Er wollte Julis Nummer haben«, erklärte Marlon, bevor Eddy ihr antworten konnte.

»Boah, ey«, sagte Alice, »was für ein Schwein. Darum ging's ihm die ganze Zeit. Um Julis Nummer.«

»Ja, klar«, pflichtete Sophia ihr bei. »Der findet die geil. Dieses sexistische, versnobte, minderbemittelte Arschloch. Das war alles. Nur deshalb wollte der bei dem Treffen dabei sein. Dieser Kacktyp.«

»Das glaube ich nicht«, sagte Marlon, aber warum er das nicht glaubte, führte er nicht weiter aus, und als Eddy sich noch einmal für seine Entscheidung, Herrn Jensen die Adresse gegeben zu haben, rechtfertigen wollte, reichte es Sophia: »Jetzt hört endlich mit eurem Herrn-Jensen-Scheiß auf.«

Und das taten wir.

Kein Wort mehr über Herrn Jensen.

Kein Wort.

Fourth Time Around

von Maik Brüggemeyer

1.

Als ich ihn dort sitzen sah, spürte ich einen Stich in der Brust, so als hätte jemand meine Selbstachtung, die da offenbar irgendwo saß, mit einer Nadel zum Platzen gebracht, und nun wäre nur noch ein blinddarmgroßer Rest in der kläglichen Form einer Luftballonleiche davon übrig. Grund für diese Qual waren weder sein dunkelblonder, nach unruhiger Nacht oder starkem Rückenwind aussehender Schopf noch die große altmodische schwarze Hornbrille, die auf seiner Nasenspitze thronte. Es war die Jacke. Er trug eine eng geschnittene dunkle Wildlederjacke mit zwei Knopfreihen – so wie Bob Dylan sie auf dem unscharfen Foto von Jerry Schatzberg trägt, das man auf dem Cover seines Albums *Blonde on Blonde* sieht.

Als meine Eltern mich ein halbes Jahr zuvor gefragt hatten, was ich mir zum Schulabschluss wünschte, hatte ich gesagt: »Eine Wildlederjacke« und natürlich nicht irgendeine Wildlederjacke gemeint, sondern genau *so* eine Wildlederjacke. In der Woche nach der feierlichen Zeugnisübergabe waren wir in die große Stadt gefahren – nach Osnabrück –, denn mein Vater wusste von einem großen Modekaufhaus, »wo sie«, so seine Worte, »sehr schöne Jacken haben, auch für den Übergang«. Und irgendwie befand ich mich nach meinem Abitur ja tatsächlich in einer Art Übergang.

Bei Betreten des Geschäfts wurde mir allerdings klar, dass ich hier nicht finden würde, was ich suchte. Alle Kunden sahen so aus wie meine Eltern und trugen die gleichen Sachen wie meine Eltern. Niemand hatte hier auch nur eine entfernte Ähnlichkeit mit Bob Dylan, ja, nicht einmal mit Donovan.

Mit hängenden Schultern schlurfte ich durch die Kleiderständerreihen, zog ab und zu lustlos eine Jacke heraus, gab ihr einen verächtlichen Blick und hängte sie unanprobiert zurück. Bis ich meinen Vater entdeckte, der sich offensichtlich von einem um zwei Köpfe kleineren Verkäufer beraten ließ, dessen in der Mitte gescheitelter aschblonder Schopf so gerade über das Jackenangebot lugte, und mich freudestrahlend zu sich winkte. Ich schlurfte lustlos zu ihnen hinüber. Die beiden schauten auf ein hellbraunes, kragenloses Stück, das vor ihnen auf dem Kleiderständer drapiert lag.

»Ihr Herr Papa hat mir erzählt, dass Sie eine Wildlederjacke suchen?«, begann der schnauzbärtige Mann neben meinem Vater das Gespräch und tänzelte dabei Vorfreude oder Größe vortäuschend auf seinen Fußballen. Sein schmaler Körper steckte in einem absurd breitschultrigen fliederfarbenen Sakko, was ihm die Anmutung eines Parfümflakons gab, wie er vor dem Badezimmerspiegel meiner Oma hätte stehen können.

»Schau dir die mal an«, juchzte mein Vater immer noch strahlend.

»Das ist wirklich eine sehr gute Qualität«, präzisierte sein Gewährsmann und nestelte an seinem blumenbunten Einstecktuch.

»Und runtergesetzt«, sagte mein Vater.

»Italienisch. Ein ganz toller Schnitt, sehr modern«, ergänzte der fliederfarbene Händler, an dem, wie ich nun bemerkte, ein kleines vergilbtes Schildchen angebracht war, das ihn als »Herr Schnetgöke« auswies.

»Italienisch« und »modern« waren Attribute, deren Beifügung Kunden in der deutschen Provinz Mitte der Neunziger das sichere Gefühl gaben, hier nichts falsch machen zu können. Das wusste Herr Schnetgöke natürlich auch.

»Die kannst du auch mal sonntags anziehen«, nickte mein Vater.

»Sonntags« war in seiner Welt ein Synonym für den Gottesdienst, bei dem man den Kontrollblicken der ganzen Gemeinde ausgesetzt war. Deren ästhetisches Ideal war allerdings eher von Peek & Cloppenburg als von *Blonde On Blonde* geprägt. Für die Gemeinde, vor die ich in dieser Jacke treten wollte, galt das nicht. Dort würde sie weder sonntags noch alltags die gewünschte Wirkung erzielen, da war ich mir ziemlich sicher. Sie hatte nicht mal einen Kragen, geschweige denn Knöpfe. Mein Vater spielte mit dem Reißverschluss. »Der geht ganz leicht«, sagte er.

»Ja«, sagte ich zögerlich und angesichts der Auftrag-perfekt-ausgeführt-Zufriedenheitsmiene meines Vaters bereits resignierend, »das ist immer wichtig, dass der Reißverschluss ganz leicht geht.«

Mein Vater nickte. »Qualität«, sagte er.

»Ziehen Sie doch mal über.« Herr Schnetgöke hatte die Gelegenheit genutzt und stand nun, als wolle er mich einfangen, mit ausgebreiteter Jacke hinter mir.

»Ich … ich weiß nicht«, war alles, was ich hervorbrachte, als der kleine Mann leise ächzend meine Arme in die Ärmel zwang und so lange an dem Textil ruckelte, bis ich umschlossen war von dieser italienischen Moderne. Die Schulternaht kam mitten auf meinen Oberarmen zu liegen, meine Hände schauten kaum aus den beigefarbenen elastischen Bündchen hervor.

»Da kannst du auch mal einen dickeren Pullover drunter anziehen«, sagte mein Vater und nickte fachmännisch. »Gut für den Übergang.«

Da war er wieder – der Übergang. Ich fühlte mich schon ganz übergangen.

»Jetzt stell dich mal gerade hin, nicht wie so 'n nasser Sack«, gab mein Vater noch einmal einen Vatersatz-Evergreen zum Besten.

Ein verstohlener Blick auf mein reflektiertes Ebenbild zeigte, dass ich in der Tat keine gute Figur machte. Ich hatte mir nie wirklich Gedanken darüber gemacht, wie ein nasser Sack eigentlich aussah, ebenso wenig wusste ich, was man sich – ein anderer Klassiker meines Vaters – unter einem »Affen auf 'nem Schleifstein« vorzustellen hatte, aber beim Anblick meines Spiegelbildes ergaben diese Sprüche auf einmal Sinn.

»Steht Ihnen ausgezeichnet«, versuchte Herr Schnetgöke die Situation zu retten.

»Und runtergesetzt«, sagte mein Vater und nickte. Das Ding war aus seiner Sicht schon gekauft.

»Aber das ist überhaupt nicht das, was ich haben will«, beschwerte ich mich. »Ich will was mit 'nem Kragen und Knöpfen und in meiner Größe.«

Herr Schnetgöke schüttelte traurig den Kopf. »Das werden Sie heutzutage nicht mehr finden. Man trägt jetzt diesen Blousonschnitt. Das ist gerade ganz aktuell.«

Der »Blouson« verströmte, so wie er ihn aussprach, keineswegs die in der französischen Wortherkunft mitschwingende Eleganz und Weltläufigkeit, sondern als »Bluseng« den Charme einer Erstkommunionsfeier im Münsterland. »Auch die Herbst- und Winterkollektionen setzen ganz auf den *Bluseng* dieses Jahr«, fuhr er fort. »Und qualitativ werden Sie nichts Besseres finden.«

»Und runtergesetzt«, nahm mein Vater sein Mantra wieder auf.

»Schon gar nicht für den Preis«, bekräftigte Herr Schnetgöke, der nun auch begriffen hatte, welches Argument hier kaufentscheidend war.

Diese demütigende Szene, an deren Ende mein Vater Herrn Schnetgöke noch eine Dose Imprägnierspray als kostenlose Beigabe aus den schmalen Rippen geleiert hatte, schoss mir durch Kopf, Mark und Bein, als ich Hannes in der Jacke meiner Träume in der hintersten Ecke des sogenannten Kakaobunkers, so nannte man in Münsters Studentenkreisen das Kellerbistro des fürstbischöflichen Schlosses, sitzen sah. Und dass ich dieses mir so überaus peinliche Geschenk meiner Eltern nun auch noch tatsächlich trug – mein unbewusstes Motiv dafür wäre ein gutes Thema für ein Blockseminar am Psychologischen Institut an der Fliednerstraße gewesen –, machte eine Kontaktaufnahme auf, wie man heute sagt, Augenhöhe nicht unbedingt leichter.

Ein Freund, Jan, dessen Wohnung ich übernehmen wollte, was ich mir aber alleine nicht leisten konnte, hatte mir von Hannes erzählt, ja, er hatte gesagt, dass er fast jeden Tag – egal, ob Vorlesungszeit oder Ferien – ab mittags lesend in diesem Kakaobunker sitze, dass er nur ein einziges Mal eine Vorlesung besucht und nach etwa zwanzig Minuten bereits wieder verlassen habe, dass er ein Zimmer suche und Geld absolut keine Rolle spiele, weil er das Beste überhaupt habe: einen reichen Vater mit schlechtem Gewissen. Denn nach dem Tod seiner Mutter hatte der kleine Hannes Vonstein, so hieß er mit vollständigem Namen, seine Kindheit und Jugend in einem Internat verbringen müssen.

»Hallo«, sagte ich, als ich mich zu ihm an den Tisch setzte.

»Hallo?«, fragte er, mich über den Brillenrand musternd.

»Ich bin Paul«, sagte ich ein wenig hilflos.

»So, so«, sagte er, den Blick schon wieder auf das vor ihm liegende Buch gerichtet, so als bestehe seinerseits kein weiteres Interesse.

»Ähm … wegen der Wohnung«, kam ich nervös gleich zum Punkt. »Die wäre ab dem ersten Oktober frei.«

»Ach ja, du bist der mit der Wohnung, richtig. Wo war das noch mal?«

»In Mauritz. Über der *Kurbelkiste.* Dem Kino.«

»Ist das weit?«

»Mit dem Fahrrad zehn Minuten von hier.«

»Okay, ich nehme sie.«

»Willst du sie dir nicht vorher ansehen?«

»Wozu?«

»Ich mein ja nur, so macht man das doch eigentlich.«

Er zuckte mit den Schultern. »Kann schon sein. Interessiert mich nicht. Ich brauche ein Zimmer, du brauchst ein Zimmer. Es gibt eine Wohnung mit zwei Zimmern. Ich nehme das größere von beiden.«

»Ah, okay.« Es schien alles sonnenklar. »Und der Umzug? Wollen wir uns einen Bulli mieten und dann einfach …«

»Ich hab nix zum Umziehen. Ich lass mir ’ne Matratze liefern, der Rest passt in meinen Rucksack. Was hast du da eigentlich für eine seltsame Jacke an? Ist das irgend so ein

Verbindungskostüm? Hoffentlich keine schlagende Verbindung.«

»Was? Nein. Das, äh, ist ein *Bluseng*«, sagte ich.

»Ein was?«

»Das … das ist … ein Geschenk von meinen Eltern.«

»Sind die tot?«

»Nein, wieso?«

»Dann versteh ich nicht, was du mit der Jacke sagen willst.«

»Sagen?«

»Na, mit allem, was du der Welt zeigst, sagst du doch irgendwas. Und diese Jacke sagt mir: ›Der Typ hat irgendein Problem, das er verarbeiten muss. Kann sein, dass das harmlos ist, kann aber auch sein, dass er sich nächste Woche vor einen Zug wirft oder Amok läuft oder eine Banklehre macht oder was.‹«

»Das sagt meine Jacke?«

»Yep.«

»Dann sollte ich die wohl tatsächlich besser nicht mehr anziehen?«

»Wenn du der Welt nicht mitteilen willst, dass du ein Problem hast, solltest du das Ding schnellstmöglich loswerden. Auch wenn dich das natürlich nicht von dem Problem an sich befreit. Oder … vielleicht doch! Kennst du Alejandro Jodorowsky?«

»Diesen abgedrehten Regisseur?«

»Er ist viel mehr als das. Er ist ein Guru. Ein Magier.«

»Aha.«

»Er hat ein ganzes Buch darüber geschrieben, wie man sich selbst befreien kann. Durch rituelle Akte.«

»Und das heißt?«

»Ganz einfach: Wenn die Jacke ein Symbol für dein Problem ist, musst du sie zerstören, um das Problem zu lösen. Verbrenn sie.«

»Was? Dein Ernst?«

»Klar. Los, lass uns machen.«

Wild entschlossen stand er auf, nahm seine Brille ab, steckte sie in die Innentasche seiner Jacke, sein Buch – es war eine ziemlich zerlesene Ausgabe von Richard Brautigams *Sombrero Fallout* – in die Seitentasche und schlenderte lässig durch das Kellergewölbe Richtung Treppe. Es war eine einzige Bewegung. Dabei schaute er sich nicht nach mir um. Ich folgte ihm. Wir stiegen ins Erdgeschoss hinauf, durch die große Glastür die Freitreppe hinunter auf den Schlossplatz, dann rechts über die Hüfferstraße in die Badestraße, in der samstags immer der Flohmarkt begann, der sich an der Promenade bis zum Aasee zog, dann in die Kastellstraße bis zum Parkplatz vor einem alten, lang schon geschlossenen und heruntergekommenen Hotel. Da blieb er stehen, wischte den sich nach dem strammen Marsch abzeichnenden Schweiß mit dem Jackenärmel von der Stirn, schnaufte durch, kramte aus seiner Jackeninnentasche ein Zippo-Feuerzeug hervor und winkte mich fordernd näher heran – so dachte ich jedenfalls.

»Nicht du. Die Jacke«, sagte er. Ich entledigte mich des Blusengs, leerte die Taschen, in denen sich nur ein paar Pfefferminzbonbons, ein Kugelschreiber und Taschentücher befanden, als er ihn mir schon ungeduldig aus der Hand riss. Dann wischte er mit dem Fuß das Laub beiseite und legte die Jacke feierlich auf die freie Stelle.

»Willst du oder soll ich?«, fragte er.

»Was?«, fragte ich.

»Na, das Benzin draufschütten und anzünden.«

»Äh, mach ruhig.«

»Also wenn es irgendwie therapeutisch sein soll, musst du es eigentlich selbst machen.«

Er öffnete den Einfüllverschluss an der Unterseite des Feuerzeugs und überreichte es mir. Ich drehte es um und sprenkelte tropfenweise das Benzin auf die Jacke.

»Haben wir denn jetzt noch irgendwas zum Anzünden?«, fragte ich.

Er stutzte, schaute auf das nun leere Feuerzeug.

»Oh, scheiße, nicht bedacht.«

Er sah sich suchend um, ging zurück zur Straße, versuchte mehrere Fahrradfahrer zu stoppen, was ihm aber nicht gelang, verschwand aus meinem Blickfeld und kam mit einem Pfeife rauchenden älteren Herrn zurück. Er trug Baskenmütze und Nickelbrille, dazu einen zerknitterten, leicht exzentrischen Anzug mit braun-beigem Hahnentrittmuster.

»Das ist Herr Grossmann«, sagte Hannes. »Er spielt für uns den Prometheus und bringt uns das Feuer.«

Herr Grossmann lachte und schaute auf die am Boden liegende Jacke.

»Ich hoffe, ich komme glimpflicher davon als der alte Titan, wenn ich Ihnen helfe. Was haben Sie denn vor?«, fragte er freundlich interessiert und ein wenig belustigt.

»Es ist eine Art Exorzismus«, sagte Hannes. »Mein Freund hier muss die bösen Geister der Vergangenheit austreiben.«

»Sie sehen gar nicht aus, als ob Sie schon eine Vergangenheit hätten«, sagte Herr Grossmann, während er mich musterte.

»Sie würden sich wundern – er war schon mal viel älter als jetzt«, sagte Hannes und zwinkerte mir zu.

Herr Grossmann reichte mir eine gelbe Schachtel, auf der in irgendeiner wohl nordischen Sprache »Pibe Taendstikker«

geschrieben stand. Ich zog ein langes Streichholz heraus, entzündete es an der Reibefläche und warf es auf die Jacke, die geräuschlos mit einer blauen Flamme antwortete. Dann zog sich das Feuer langsam über den gesamten Rücken und setzte einen beißenden Geruch frei. Wir traten alle einen Schritt zurück. Hannes hustete. Ich rieb mir die vom stechenden Rauch tränenden Augen, Herr Grossmann drehte uns den Rücken zu und rauchte seelenruhig weiter. Nach etwa zwei Minuten zogen sich die Flammen zurück, und der nun schwarzfleckige Lappen kokelte vor sich hin.

»Na, um die Jacke ist es nicht schade«, sagte Herr Grossmann.

»Wie meinen Sie das?«, fragte ich.

»Wenn das echtes Leder wäre, hätte das nicht so gebrannt«, sagte er. »Das ist Kunstleder.«

»Ach was. Also, da hat man mir allerdings etwas anderes gesagt im Kaufhaus.«

Herr Grossmann schüttelte den Kopf. »Dem Feuer macht keiner was vor«, sagte er. »Aber ich hoffe, Ihre Dämonen sind nun ausgetrieben.«

»Das hoffe ich auch. Vielen Dank für Ihre Hilfe!«

Herr Grossmann zog seinen Hut, grinste und kniff dabei die Augen zu. Dann ging er bedächtig Richtung Promenade. Kurz darauf verließen auch Hannes und ich den rituellen Ort.

2.

Ich sah Hannes erst am Tag unseres Umzuges wieder. Er trug wieder die *Blonde on Blonde*-Jacke. Während ich mit einigen Freunden Kisten mit Büchern und Schallplatten die Treppen hochhievte, schlängelte er sich leichtfüßig an uns vorbei, inspizierte die beiden Zimmer und heftete an eine der Wände des größeren mit zwei Stecknadeln ein offensichtlich aus einer Zeitschrift herausgerissenes Bild von Edie Sedgwick. Das Fotomodell, das Andy Warhol Mitte der Sechziger zur Königin seiner Factory erkoren hatte, trug darauf große Ohrringe, ein Ringelshirt und schwarze Strumpfhosen. »Das muss fürs Erste reichen«, sagte Hannes, nachdem er sein Werk begutachtet hatte. »Matratze kommt die Tage irgendwann. Schönen Umzug noch.«

Dann verschwand er, und ich sah ihn für den Rest des Semesters nicht mehr wieder. Weder im Kakaobunker noch in der Mensa oder irgendwelchen Hörsälen, in Kinos oder Clubs, bei Konzerten oder auf Flohmärkten. Aber die Miete war jeden Monat mehr oder weniger pünktlich auf meinem Konto.

3.

Es war an einem kalten Februarabend. Ich hatte das Haus den ganzen Tag nicht verlassen, aber auch das Treppenhaus war eisig, als ich nach einer Vorstellung in der *Kurbelkiste* die zwei Stockwerke hoch zu meiner Wohnung stieg. In Gedanken war ich noch bei Claudia, der von Holly Hunter gespielten alleinerziehenden Mutter aus Jody Fosters Film *Home for the Holidays*, den ich gerade gesehen hatte. Die alleinerziehende Mutter arbeitet als Kunstrestaurateurin in Chicago, und am Tag, als sie fürs Thanksgiving-Fest zu ihren Eltern nach Baltimore fliegen will, bricht ihre gesamte Existenz zusammen. Ihr wird gekündigt, die Tochter eröffnet ihr, dass sie bei den Eltern ihres Freundes feiern und zum ersten Mal mit ihm schlafen wird, und sie selbst verliert am Flughafen ihren teuren Mantel, der so eine Art Symbol dafür ist, dass sie es trotz widriger Umstände geschafft hat, ein erfolgreiches Leben zu führen. In ihrer Heimatstadt Baltimore angekommen, muss sie stattdessen in einem monströsen pinkfarbenen Jackenungetüm herumlaufen, das ihre Mutter ihr rauslegt, die von Anne Bancroft gespielt wird, der Mrs. Robinson aus *The Graduate.*

In der Küche war Licht, als ich in die Wohnung kam. Am Tisch saß rauchend Hannes. Er trug seine *Blonde on Blonde*-Jacke auf der nackten Haut. Vor ihm standen die Flasche Rum, die mir mein Freund Klaus zum Geburtstag geschenkt hatte, und meine gesamten Biervorräte. Beziehungsweise meine gesamten geleerten Biervorräte. Dafür hielt er sich noch ganz gut auf seinem Stuhl. Aber seine allgemeine Verfassung schien mir bei näherem Hinsehen doch besorgniserregend. Seine durch die Brille vergrößerten Augen waren feuerrot, als hätte er geweint – aber nicht Wasser, sondern Benzin. Unter dem linken befand sich ein dunkler Fleck, wohl ein Bluterguss. Auf seiner Stirn klebte ein Pflaster.

»Was ist passiert?«, fragte ich und versuchte, dabei nicht allzu besorgt und mütterlich zu klingen.

»Das Bier ist alle«, sagte er, nahm einen Zug von seiner Zigarette und deutete auf die leere Rumflasche. »Wusstest du, dass dieses Gesöff hier ursprünglich nur in der Shakespeare Tavern in Kingston ausgeschenkt wurde? Der Typ, der die betrieben hat, hat das Zeug extra für seine Kneipe – gebrannt?«

»Destilliert. Das ist Zuckerrohrwein, da muss man nichts brennen.«

»Ah, das mag ich so an dir, dass du immer genau weißt, was du zu dir nimmst.«

»Da ist ja nun nicht mehr viel übrig, was ich zu mir nehmen könnte. Was ist der Grund für dein einsames Besäufnis?«

Hannes hob die Schultern. »Du warst nicht da.«

»Nein, ich meine – warum überhaupt besaufen?«

»I once had a girl or should I say, she once had me«, sang Hannes, während er aufstand und eine der offensichtlich doch noch nicht ganz leeren Bierflaschen umstieß, die sich in einer kümmerlichen Pfütze über den Tisch ergoss, in Zeitlupengeschwindigkeit seitwärts rollte, zu Boden fiel und zerschellte.

Na klar, er hatte also das ganze Semester bei einer Freundin verbracht. Das war die Erklärung für sein spurloses Verschwinden. Das Zimmer bei mir war nur ein Auffangnetz für den Notfall gewesen. Aber vielleicht würde er nun nach dem, wenn ich das richtig deutete, Ende der Beziehung tatsächlich in unsere gemeinsame Wohnung einziehen. Ich versuchte, meine Freude darüber zu verbergen und das Gespräch auf emotional halbwegs sicheres Terrain zu leiten.

»Das ist mein liebster Lennon-Song«, sagte ich. »Überhaupt hat er 1965 einen Lauf gehabt – nicht nur ›Norwegian Wood‹, auch ›Girl‹, ›In My Life‹, ›Help‹, ›You've Got to Hide Your Love Away‹. Das war die neue Melancholie, die durchs Kiffen in seine Lieder gekommen ist.«

»Ja, interessant, dass er irgendwann anfing, über sich selbst zu schreiben. Aber ich dachte, das sei der Dylan-Einfluss gewesen, nicht das Kiffen.«

»Sicher war es so – mittelbar und unmittelbar quasi. Bis zum ersten Treffen mit Dylan hat Lennon ja hauptsächlich gesoffen und Amphetamine genommen, um sich aufzuputschen und nicht ins Grübeln zu kommen über den ganzen Scheiß mit seiner Mutter, die ihn weggegeben hat, als er fünf war.«

»Ich dachte, die wär gestorben?«

»Die ist gestorben, als er ein Teenager war. Da hatten sie sich gerade wieder einander angenähert, waren so was wie beste Freunde geworden – sie hat ihm das Gitarrespielen beigebracht. Und als er siebzehn war, hat sie ein betrunkener Polizist totgefahren. Fünf Jahre später ist Lennon dann schon selbst Vater geworden und hatte keine Ahnung, was das eigentlich ist – Vatersein. Seinen hat er so gut wie nie gesehen, der war bei der Handelsmarine und hat sich irgendwann aus dem Staub gemacht. Keine Liebe und Anerkennung von zu Hause, und dann kamen plötzlich der Ruhm und die schreienden Mädchen. Das hat ihn überfordert. Und dann hat ihn das Kiffen ruhiggestellt, und er hat in seine Abgründe geschaut. Die Texte wurden ehrlicher, die Musik wurde langsamer – statt dieser typischen Beatstücke hat er plötzlich diese Folksongs geschrieben. ›Norwegian Wood‹ oder ›You've Got to Hide Your Love Away‹ sind ja beispielsweise näher an ›A Hard Rain's a-Gonna Fall‹ oder ›The Times They Are a-Changin'‹ als an ›A Hard Day's Night‹ oder ›I Want To Hold Your Hand‹ – die haben so einen Walzerrhythmus. Und Dylan hat sich dann ja wiederum die Akkorde von ›Norwegian Wood‹ geborgt und ›Fourth Time Around‹ geschrieben. Und Lennon war dann wiederum so paranoid, dass er dachte, Dylan richte sich mit der Zeile ›I never asked for your crutch / Now don't ask for mine‹ direkt an ihn.«

»Verfolgungswahn vom Kiffen vermutlich.«

»Haha, ja. Aber es gibt durchaus noch weitere Anhaltspunkte, dass da was dran ist. Ich meine, schau dir mal die Jacken an, die die Beatles auf *Rubber Soul* tragen, und die Jacke, die Dylan auf dem Coverfoto von *Blonde on Blonde* trägt.«

»Du hast eine Jackenobsession, weißt du das?«

»*Rubber Soul* erschien im Dezember 1965. Da ist ›Norwegian Wood‹ drauf, und die Beatles tragen auf dem Cover braune Wildlederjacken. Ein halbes Jahr später erscheint *Blonde on Blonde* mit ›Fourth Time Around‹, und Bob Dylan trägt *auch* eine braune Wildlederjacke.«

»Ja ja, ich hab's kapiert.«

»Und auf dem Cover seines nächsten Albums, *John Wesley Harding*, trägt er wieder dieselbe Jacke! Da stellt er mit zwei bengalischen Musikern und einem Zimmermann aus seiner Nachbarschaft sogar das *Rubber Soul*-Cover nach und nimmt auf dem Bild grinsend die Position von Lennon ein – Zweiter von links. Und auf dem Album danach, *Nashville Skyline*, hat er *schon wieder* diese Jacke an und nimmt die gleiche Pose ein wie Eric von Schmidt auf dem Cover seines Albums *The Folk Blues of Eric von Schmidt*, das wiederum auf dem Foto auf *Bringing It All Back Home* zwischen Dylan und Sally Grossman auf der Chaiselongue liegt.«

»Irre.«

»Und der Titel, also *Bringing It All Back Home*, spielt natürlich auf die Bands der *British Invasion* an – also Beatles, Stones, Herman's Hermits und so weiter –, die mit ihrer Version von amerikanischer Musik Mitte der Sechziger plötzlich in Amerika Erfolg haben, woraufhin Dylan eben sagt: Ich bring die Musik wieder dorthin, wo sie hingehört.«

»Entweder ich bin sehr betrunken, oder deine Argumentation ist vollkommen stichhaltig.«

»Und ›Fourth Time Around‹ beginnt doch mit einem Streit. Sie schlägt ihn, er tut so, als wolle er gehen, und sie sagt: ›Don't forget, everybody must give something back for something they get‹.«

»Woraufhin er ihr sein letztes Stück Kaugummi gibt und sie ihn rauswirft.«

»Richtig. Und wer hat auf der Bühne immer Kaugummi gekaut?«

»Wer?«

»John Lennon!«

»Ist das so?«

»Voll! Denk daran, wie er bei dieser weltweiten Fernsehübertragung ›All You Need Is Love‹ singt oder wie die Beatles in der *David Frost Show* auftreten und ›Hey Jude‹ spielen. Er kaut *immer* Kaugummi. Ich weiß, das war beides nach ›Fourth Time Around‹, aber warum sollte er erst 1967 mit Kaugummikauen angefangen haben. Ich bin mir sicher, dass Dylan da auf Lennon anspielt.«

»Also ist Dylan in dem Song die Frau, der Lennon ein Kaugummi gibt und die ihn daraufhin rauswirft?«

»Ganz genau. Das Kaugummi ist ja genau wie der Rock 'n' Roll ein Symbol für den *American Way of Life* und die damit verbundene Coolness. Lennon gibt Dylan also etwas, was dem eigentlich längst gehört.«

»Eulen nach Athen tragen.«

»Sozusagen. Kohlen nach Newcastle, Rock 'n' Roll nach Amerika.«

»Ich dachte immer, der Song handle von Dylans Affäre mit Edie Sedgwick, und das verwackelte Foto auf dem Cover von *Blonde On Blonde* zeige ihn, nachdem sie ihn rausgeworfen hat.«

»Das stimmt wahrscheinlich auch. Alles stimmt. Dylan ist die Frau, *und* Dylan ist der Mann. Jedenfalls hat Lennon 1965 die besten Lieder seines Lebens geschrieben. Dann fing er mit LSD an und hat sich hinter psychedelischen Bildern und Rückwärtsgitarren versteckt.«

»Was ist mit ›Strawberry Fields Forever‹? Das war später.«

»Das hat er in Spanien bei den Dreharbeiten zu diesem Richard-Lester-Film geschrieben …«

»How I Won the War.«

»Genau. Im Spätsommer 1966 war das. Da hat er kein LSD genommen, soviel ich weiß. Aber Ringo hat ihn besucht, und sie haben gemeinsam gekifft.«

»Interessante Theorie. Dylan hat also Lennon gezeigt, was es heißt, John Lennon zu sein, indem er ihm einen Joint gab.«

»Er war die Schlange auf dem Baum der Erkenntnis, die Lennon verführt hat, und der Joint war quasi der Apfel.«

»Und Lennon revanchierte sich mit einem Kaugummi.«

* * *

Ich weiß gar nicht mehr, wie der Abend zu Ende ging. Als ich wach wurde, lag ich angezogen in meinem Bett. Ich ging in die Küche. Auf dem Tisch standen neben Rum- und Bierresten auch noch zwei geleerte Literflaschen Tankstellen-Rioja. Außerdem lag da ein Wohnungsschlüssel. Wohl der von Hannes. Er selbst war nicht mehr da. Das Edie-Sedgwick-Bild in seinem Zimmer hatte er mitgenommen. Anscheinend war er ausgezogen. Ich ging zurück in mein Zimmer, um *Rubber Soul* aufzulegen. Aber ich konnte die LP nicht finden.

4.

Die gesamten Semesterferien lang waren Hannes und meine *Rubber Soul*-LP wie vom Erdboden verschwunden. Seine Miete wurde nicht mehr überwiesen. Ich schleppte meinen Schrank, mein Regal, mein Bett und meine Plattenkisten schließlich in das größere Zimmer und vermietete das kleinere an einen schweigsamen Typen aus Warschau, mit dem ich im Filmseminar ein Referat über den litauisch-amerikanischen Filmemacher Jonas Mekas gehalten hatte, das wir nun zu einer Hausarbeit ausbauen mussten. Da war es ganz praktisch zusammenzuwohnen.

Ende Mai, genauer gesagt: am vierundzwanzigsten, kam ich am späten Nachmittag von der Uni-Bibliothek heim, und schon als ich die Treppen hinaufstieg, sah ich, dass etwas an der Wohnungstür hing. Zunächst dachte ich, der Hausmeister, der am Vormittag, als ich aufgebrochen war, das Treppenhaus gewischt hatte, hätte dort seine Jacke aufgehängt und schließlich vergessen. Doch dann sah ich, dass es die Jacke von Hannes war. Halb unter der Fußmatte lag ein Zettel, ich bückte mich, hob ihn auf und faltete ihn auseinander.

»Ich hab's nicht vergessen«, las ich, »für alles, was man bekommt, muss man etwas zurückgeben. H.«

Danksagung

Mein Dank gilt allen Autorinnen und Autoren, die ihre Kreativität in den Dienst dieser Anthologie gestellt und mich ein ums andere Mal überrascht und begeistert haben, im Besonderen Julia Friese, die mir, wenn es eng wurde, zudem mit Ideen und Zuspruch zur Seite stand, sowie meinem Agenten Daniel Wichmann, selbst ein großer Dylan-Fan, der dieses Buch auf den Weg gebracht hat, und Daniel Oertel, der die Texte durch sein Lektorat noch besser gemacht hat.

Die Autoren

Jan Brandt, geboren 1974 in Leer, Ostfriesland. Sein Roman *Gegen die Welt* (2011) stand auf der Shortlist des Deutschen Buchpreises und wurde mit dem Nicolas-Born-Debütpreis ausgezeichnet. Außerdem erschienen von ihm *Tod in Turin* (2015), *Stadt ohne Engel* (2016), *Der magische Adventskalender* (2018) und *Ein Haus auf dem Land/Eine Wohnung in der Stadt* (2019).

Marion Brasch wurde 1961 in Ostberlin geboren. Nach dem Abitur arbeitete die gelernte Schriftsetzerin in einer Druckerei, bei verschiedenen Verlagen und beim Komponistenverband der DDR, später fürs Radio. Ihren ersten Roman *Ab jetzt ist Ruhe* veröffentlichte sie 2012. Ihr aktueller Roman *Liebe woanders* erschien 2019.

Maik Brüggemeyer, geboren 1976, arbeitet seit 2001 beim *Rolling Stone*. Er schreibt über Musik, Literatur und Film. 2011 erschien sein erster Roman *Das Da-Da-Da-Sein*, 2015 folgte *Catfish*. Zuletzt erschienen die Sachbücher *I've Been Looking For Frieden. Eine deutsche Geschichte in zehn Songs* (2018), *Pop. Eine Gebrauchsanweisung* (2019) und *Schöner kann es gar nicht sein. Die Beatles von 1957–1970* (2021).

Julia Friese ist freie Autorin, gebürtig aus Hagen in Westfalen. Sie lebte mal in Honolulu, mal in München, mal in Hamburg. In Berlin ist sie geblieben, um zu schreiben. Ihre Texte schafften es bisher in Zeitungen, Radio und Musikzeitschriften sowie auf Theaterbühnen und das Einwickelpapier von Schwangerschaftsbekleidung.

Frank Goosen lebt seit seiner Geburt im Jahr 1966 in Bochum. Noch nicht mal fürs Studium der Geschichte, Germanistik und Politik zog es ihn fort. Ab 1992 tobte sich der Kabarettist mit dem Kneipen-Literaturkabarett Tresenlesen aus, das sich erst 2000 nach fast eintausend Auftritten trennte. 2001 erschien sein erstes Buch *Liegen lernen*, gefolgt von weiteren Romanen und zahlreichen Kurzgeschichten. Seinem Fußballfaible huldigt er in dem Buch *Weil Samstag ist* und in einer *Kicker*-Kolumne. Zuletzt erschien seine Story-Sammlung *Sweet Dreams. Rücksturz in die Achtziger.*

Tino Hanekamp, Jahrgang 1979, arbeitete als Musikjournalist und gründete in Hamburg den Musikclub Weltbühne, der 2005 geschlossen wurde, und den Club Uebel & Gefährlich. 2011 veröffentlichte er seinen Debütroman *So was von da.* Zuletzt erschien *Tino Hanekamp über Nick Cave.* Er lebt in der Nähe von San Cristóbal de las Casas / Mexiko.

Ilona Hartmann ist freie Autorin und Texterin. Geboren 1990 bei Stuttgart, zog sie direkt nach dem Abitur erst nach Leipzig und dann nach Berlin, vor allem aber ins Internet, wo sie bis heute lebt. Texte von ihr finden sich regelmäßig auf ZEIT *Online*, in *Der Freitag* und auf *Twitter.* Ihr erster Roman *Land In Sicht* erschien 2020.

Bernadette La Hengst kommt aus Ostwestfalen, sie rockte mit ihrer All-Girl-Beat-Punkband Die Braut haut ins Auge in Hamburg durch die Neunziger, seit 2004 lebt sie in Berlin. 2019 erschien ihr sechstes Soloalbum *Wir sind die Vielen.* Seit 2003 realisierte sie unzählige Theaterstücke als Musikerin, Autorin oder Regisseurin zwischen Berlin, Hamburg, Freiburg und Bonn. Sie schrieb unregelmäßig Artikel u.a. für *Szene Hamburg, taz, Junge Welt* und veröffentlichte Texte in verschiedenen Büchern.

Judith Holofernes ist Sängerin, Gitarristin, Songwriterin und Autorin. Mit ihrer Band Wir sind Helden wurde sie berühmt. 2013 veröffentlichte sie ihr erstes Soloalbum *Ein leichtes Schwert*, 2017 den Nachfolger *Ich bin das Chaos.* 2015 erschien ihr illustrierter Gedichtband *Du bellst vor dem falschen Baum.*

Michael Köhlmeier wurde 1949 in Hard am Bodensee geboren und lebt heute in Hohenems / Vorarlberg. Er studierte Germanistik und Politologie in Marburg sowie Mathematik und Philosophie in Gießen und Frankfurt. Michael Köhlmeier schreibt Romane, Erzählungen, Hörspiele und Lieder und tritt sehr erfolgreich als Erzähler antiker und heimischer Sagenstoffe und biblischer Geschichten auf. Für seine Bücher erhielt er zahlreiche Auszeichnungen. 2021 erscheint sein Plädoyer für eine offene, humane Gesellschaft *Wenn ich wir sage.*

Tom Kummer, geboren 1961 in Bern, ist ein Schweizer Autor. Als Journalist löste er im Jahr 2000 wegen fiktiver Interviews einen Medienskandal aus. Nach mehreren Jahren in Los Angeles mit seiner Familie lebt er wieder in Bern. Er schrieb u.a. *Good Morning, Los Angeles – Die tägliche Jagd nach der Wirk-*

lichkeit (1997), *Blow Up* (2007) und *Nina & Tom* (2007). Sein Roman *Von schlechten Eltern* (2020) wurde für den Schweizer Buchpreis nominiert.

Stefan Kutzenberger, geboren 1971 in Linz, studierte in Wien, Buenos Aires, Lissabon und London und lebt als Schriftsteller, Kurator und Literaturwissenschaftler in Wien. Zahlreiche Publikationen und Präsentationen zu Autofiktion, Kunst und Kultur in Wien um 1900 und zur literarischen Wechselbeziehung zwischen der europäischen und der lateinamerikanischen Literatur. Seit 1996 vielfältige internationale Kunstprojekte. 2018 erschien sein Debütroman *Friedinger*, 2020 sein Bob-Dylan-Roman *Jokerman*.

Norman Ohler, geboren 1970, ist der Autor von vier Romanen und zwei Sachbüchern. Sein erster Roman *Die Quotenmaschine* erschien 1995 zunächst als Hypertext im Netz und gilt als weltweit erster Internet-Roman. *Mitte* (2001) und *Stadt des Goldes* (2002) komplettieren seine Metropolentrilogie. 2015 erschien *Der totale Rausch* über die kaum aufgearbeitete Rolle von Drogen im Dritten Reich. Es wurde in mehr als 30 Sprachen übersetzt und stand auf der Bestsellerliste der *New York Times*. 2017 erschien Ohlers historischer Kriminalroman *Die Gleichung des Lebens*. Mit dem erzählenden Sachbuch *Harro & Libertas* behandelte Ohler 2019 erneut einen bislang nur unzureichend gewürdigten Stoff aus dem dunkelsten Kapitel der deutschen Geschichte.

Eric Pfeil, geboren 1969, ist Autor (u. a. *Das Pop-Tagebuch* beim *Rolling Stone*) und veröffentlichte seit 2013 mehrere Alben als Musiker, zuletzt 2019 mit seiner Band Die Realität.

Gegenwärtig arbeitet er an einem Buch über die Geschichte des Italo-Pop.

Teresa Präauer, geboren 1979 in Linz / Österreich, ist Schriftstellerin und schreibt Romane und Essays. Aspekte-Literaturpreis 2012, Erich-Fried-Preis 2017. Nächste Buchpublikation: *Das Glück ist eine Bohne*, Wallstein 2021.

Knarf Rellöm, geboren 1962 (irdische Zeit) auf dem Mars. Dortselbst frühe musikalische Gehversuche. Mit drei Jahren Klavier, mit vier Oboe. Übersiedlung auf die Erde, genauer: Nordeuropa, Dithmarschen, erste Punkband Electric China. Ab 1985 Sänger & Komponist der Band Huah!. Veröffentlichte die Platten *Was machen Huah! Jetzt?* und *Scheiß Kapitalismus.* Fälschlicherweise für Hamburger Schule gehalten, jedoch eher Neptunsche Schule. Danach unter verschiedenen Namen verschiedenste Platten, unzählige intergalaktische Tourneen und Kollaborationen mit anderen Musikern und Theaterprojekte. 2019 erschien ein Sammelsurium seiner Texte für und über Musik, Zeitungen, Radio und Unveröffentlichtes unter dem Titel *Wir müssen die Vergangenheit endlich Hitler uns lassen.*

Polly Roche, geboren 2002, ist kürzlich von Köln nach Berlin gezogen. Sie arbeitet als Model für die Agentur Le Management und macht nebenbei Musik.

Christiane Rösinger war Mitgründerin, Sängerin und Texterin der Berliner Bands Lassie Singers und Britta. In den Neunzigerjahren war sie eine der Betreiberinnen der legendären Flittchenbar am Berliner Ostbahnhof, die sie 2010 zu neuem Leben erweckte. Neben ihrer Arbeit als Musikerin – *Songs*

Of L. And Hate (2010), *Lieder ohne Leiden* (2017) – schreibt sie für verschiedene Zeitungen und Magazine. 2008 veröffentlichte sie ihr erstes Buch *Das schöne Leben*, es folgten *Liebe wird oft überbewertet* (2012), ein humorvolles Plädoyer für das Alleinleben, der Bericht ihrer Reise zum Eurovision Song Contest nach Baku, *Berlin-Baku* (2013), und *Zukunft machen wir später: Meine Deutschstunden mit Geflüchteten* (2017).

Frank Schulz, Jahrgang 1957, für die Romane seiner sogenannten Hagener Trilogie – *Kolks blonde Bräute*, *Morbus fonticuli oder Die Sehnsucht des Laien* und *Das Ouzo-Orakel* – wurde er vielfach ausgezeichnet. Zwischen 2012 und 2016 erschienen seine drei *Onno Viets*-Romane *Onno Viets und der Irre vom Kiez*, *Onno Viets und das Schiff der baumelnden Seelen* und *Onno Viets und der weiße Hirsch*. Zuletzt erschien der Erzählband *Anmut und Feigheit* (2018).

Stella Sommer ist Sängerin, Songwriterin und Musikerin. Mit ihrem Projekt Die Heiterkeit veröffentlichte sie seit 2010 vier Alben. Des Weiteren veröffentlichte sie auch solo zwei englischsprachige Alben, zuletzt 2020 *Northern Dancer*. Sie ist in St. Peter-Ording aufgewachsen und lebt in Berlin.

Benedict Wells wurde 1984 in München geboren. Nach dem Abitur 2003 zog er nach Berlin. Dort entschied er sich gegen ein Studium und widmete sich dem Schreiben, seinen Lebensunterhalt bestritt er mit diversen Nebenjobs. Seine Bücher erschienen bisher in 38 Sprachen, sein vierter Roman *Vom Ende der Einsamkeit* stand über achtzig Wochen auf der Bestsellerliste. Zuletzt erschien sein Roman *Hard Land* (2021).